Une femme sans larmes

Du même auteur

Chez Calmann-Lévy

Dark nights, 2014

Où cours-tu William…, 2017

Et Mara ferma les yeux, 2019

Denis
Jeambar

Une femme sans larmes

roman

CALMANN
LÉVY

COUVERTURE
Conception graphique : olo.éditions
Illustration : Remords / Sphinx enlisé dans le sable, de Salvador Dalí (1931), Eli and Edythe Broad Art Museum, Michigan State University, U.S.A. © Salvador Dalí, Fundació Gala-Salvador Dalí / ADAGP, Paris, 2022.

ISBN 978-2-7021-8466-0

À Nicole, Vanessa,
Élodie, Paloma,
Barnabé, Lothaire,
Ombeline.

Pour laver […] la main souillée du meurtre, c'est en vain que tous les fleuves réuniraient leurs ondes.

ESCHYLE, *L'Orestie*

Loin d'eux. Vois se pencher les défuntes Années,
Sur les balcons du ciel, en robes surannées ;
Surgir du fond des eaux le Regret souriant.

Charles BAUDELAIRE,
« Recueillement », *Les Fleurs du mal*

Connais-tu le Remords, aux traits empoisonnés ?

Charles BAUDELAIRE,
« L'Irréparable », *Les Fleurs du mal*

Prologue

La peur

Mon nom est Nahama Ruben. J'ai toujours été bouleversée par le comportement des commandos avant leur entrée dans le théâtre d'ombres des opérations secrètes, monde de l'indicible. La loi du silence les saisit sans préavis. Même en territoire ami, ces combattants d'outre-tombe parlent si bas que seule l'oreille de leur compagnon le plus proche peut les entendre. Tout, autour d'eux, se transforme en menace mortelle et la peur les prend de la gorge au ventre. Les entraînements physiques les plus sophistiqués et les préparations psychologiques les plus raffinées n'y font rien. À l'heure de l'action, les plus vaillants des vaillants tremblent malgré la haine de l'ennemi. Il faut être fou, drogué ou suicidaire pour ne rien éprouver quand le calcul des probabilités réduit à coup sûr vos chances de vivre.

Au cours des missions auxquelles j'ai participé, jamais je n'ai échappé à cette pulsion sourde qui me disait : « Si tu ne tues pas, tu seras tuée. » J'ai tué. Sans pitié, sans merci, au poignard parfois, main ferme, cœur glacé, moi, chanteuse de jazz qui fit chavirer tant de cœurs quand ma voix murmurait :

What a diff'rence a day makes
Twenty-four little hours
Brought the sun and the flowers
Where there used to be rain

My yesterday was blue, dear
Today I'm a part of you, dear
My lonely nights are through, dear
Since you said you were mine.

Puis un jour, tout craque et les remords deviennent poison. Le crime s'enfonce dans l'âme et la brise.

1

Le chemin de Damas

Le jour a baissé la garde et la nuit est tombée à petits pas. Le ciel s'est lentement métamorphosé en une salle de bal. De gros nuages sombres valsent maintenant avec grâce autour des quelques étoiles que l'on devine encore. Dans une poignée de minutes, vers une heure du matin, une voûte de goudron noir se répandra au-dessus de nos têtes et nous enveloppera dans un linceul, sans horizon, sans ombre, sans bruit. La température a déjà dégringolé et la chaleur a fondu pour devenir une agréable fraîcheur nocturne.

Nous avons cessé de parler depuis longtemps quand notre Jeep CJ-6 arrive, moteur au ralenti, à hauteur de la colonie d'Ein Zivan sur la route 91, à quelques kilomètres de la frontière syrienne et de Quneitra, caravansérail dévasté, jonché d'ordures et des sinistres décombres de son histoire, détruit par deux guerres israélo-syriennes, cimetière fantomatique de maisons transformées en pierres tombales par les tirs d'artillerie, zone tampon où survivent une centaine d'habitants. Notre première étape.

Nous ne sommes que trois passagers et je suis à l'avant. J'ordonne au chauffeur, un vieux sergent-major taciturne à la gueule militarisée, de s'arrêter un instant devant le mémorial dressé face à l'entrée de la colonie. Il obéit sans prononcer le moindre mot. J'imagine qu'il est heureux de faire une pause dans ce lieu. Le monument commémore les trente-trois soldats du 134e bataillon de reconnaissance qui ont laissé leur peau dans ce secteur pendant la guerre du Kippour. Notre conducteur faisait partie de cette unité. Il a alors fait preuve d'un courage rare qui lui a valu la médaille du mérite. Il a veillé à ce que les corps de ses camarades tués ne tombent pas entre les mains des soldats syriens. On ne laisse jamais l'un de ses compagnons sur le champ de bataille. Il connaît les moindres recoins de la zone et pourrait encore s'y déplacer les yeux fermés.

Un ultime éclat lunaire silhouette le paysage désert avant que les ténèbres ne se jettent dessus. La stèle est étrange, un morceau de char Sherman, les restes d'un transport de troupes blindé, une tourelle syrienne de 122 millimètres, des plaques portant le nom des victimes israéliennes. Deux cèdres mémoriels ont été plantés entre des débris de tanks et de véhicules de combat. Un petit bois a poussé tout autour, des chênes du mont Thabor à tronc tortueux et branches noueuses. Une puissante odeur d'écorce et de mousse humide flotte dans l'air frais de ce début d'automne. Depuis les affrontements de 1973, les armes se sont tues dans ce royaume de la tribu juive de Manassé, dont les frontières embrassaient Damas il y a trois mille ans sous le règne du roi David le bien-aimé. Des vergers et des vignobles cultivés avec patience ont poussé mais la menace rôde ici en permanence, épidémie jamais éradiquée. L'angoisse demeure et, lorsqu'une masse de stratocumulus avale la lune, on se dit que ces terres peuvent s'embraser d'un instant à l'autre sous ces cieux hantés. Un coup de feu hasardeux et c'est l'explosion. Le Golan est une grenade dégoupillée et la route que nous allons prendre pour entrer en Syrie, un vieux sentier de guerre. Dans ces parages, mon père a été massacré le 10 juin 1967. Ce jour-là, mon destin a basculé. C'est pour le venger que je suis sur ce chemin de Damas. Pour éliminer un assassin au cœur de la capitale syrienne.

*

Pas le moindre échange entre nous. En dépit de mes 31 ans, je suis la plus âgée du trio que transporte le major à travers cette nuit de catacombes. Les deux hommes qui m'accompagnent, Fouad et Nassim, ont 29 et 30 ans. Je ne connais pas leur véritable identité, ils ignorent la mienne. Pour eux, je suis Aya. Comme moi, ils sont passés entre les mains de la Section arabe du Mossad et parlent un parfait dialecte levantin. Nos fausses pièces d'identité font de nous trois Syriens originaires de Qanawat, un village désertique perché sur le rebord du canyon creusé par le wadi Al-Ghar, dans les confins occidentaux du Golan.

Le plus jeune membre du commando a le visage d'un fellah moustachu, l'autre, de peu son aîné, porte sur les seuls contours du menton une épaisse barbe mal taillée. Ils ont le teint mat, des cheveux noirs, rien ne les singularise de simples pauvres paysans syriens. Leur physique est banal, mais ce sont des athlètes surentraînés et des *kidons*[1] confirmés. Ces deux passe-murailles ont déjà tué plusieurs fois de sang-froid en terre ennemie. Je ne suis qu'une *katsa*[2], un agent d'opération dont le meurtre n'est pas encore le métier même si j'ai appris à donner la mort depuis mon recrutement, il y a bientôt dix ans, au sein de l'Institut pour le renseignement et les opérations spéciales. En dépit de mon inexpérience, je dirige ce commando. Nos chefs m'ont choisie parce que je porte en moi plus de haine que mes deux camarades réunis. Fouad et Nassim sont des soldats d'élite, ils se battent d'abord pour la défense de leur pays. Israël compte plus que tout pour moi, mais venger mon père est devenu une obsession aveugle depuis sa disparition. Peu m'importe la cible car jamais je ne retrouverai les vrais coupables. Il faut qu'un ennemi paye, un dirigeant syrien, un haut gradé, un donneur d'ordres, un dignitaire du régime d'Hafez el-Assad, faute de pouvoir éliminer le boucher en chef lui-même. Nos maîtres du crime ont parié sur cette fureur qui brûle en moi.

*

Cela fait maintenant de longues semaines que se prépare l'opération. En apparence, rien dans le face-à-face israélo-syrien ne la justifie ces temps-ci. La tension demeure forte entre les deux pays mais ce mois de septembre 1985 n'a connu aucune escarmouche sur le front du Golan. Le chaudron moyen-oriental bout ailleurs, entre l'Iran et l'Irak, au Liban, sous l'œil vigilant

1. Tueurs du Mossad.
2. Agent d'opération du Mossad.

du Bismarck damascène. Calculateur glaçant, hanté par le désir de rayer Israël de la carte, il en attend gloire et puissance dans le monde arabe.

Dans cette marmite infernale, le Mossad a plongé une longue cuillère il y a plus de trois ans. Au cœur de la capitale syrienne, notre taupe est connue sous le nom de Yaman al-Bachir. Je l'apprendrai bien plus tard, il s'appelle en fait Élie Benabou. Né juif marocain en 1940, il parle un parfait arabe syro-libanais. Ophtalmologue de renom, fort de brillantes études de médecine menées à Paris puis à Londres dans les années 60, il a fait son *aliyah*[1] en 1967 après la guerre des Six Jours quand il a compris combien Israël, rêve ou sanctuaire de tous les Juifs, était fragile et menacé. Il s'est aussitôt engagé dans l'armée pour accomplir son service militaire. Repéré pour sa témérité, il a été recruté par les services spéciaux de Tsahal pendant les combats de 1973, puis formé au sein de la mystérieuse et secrète Section arabe, créée pour infiltrer des Juifs nés dans le monde arabe chez les pays voisins d'Israël. Depuis longtemps, ils s'appellent entre eux les *mista'arvim*, « ceux qui sont devenus comme des Arabes ». Peu à peu, Élie Benabou s'est transformé en Yaman al-Bachir, espion de haut vol, faux-vrai citoyen syrien. Au cours de cette mue, il a laissé un souvenir singulier à ses instructeurs. Ses démiurges sont allés si loin dans les supplices imposés pour sa formation qu'ils ont fini par craindre de le tuer ou de le faire basculer dans la folie. Rien ne l'a fait craquer. Il mourrait plutôt que de parler. Il fut alors décidé qu'il pouvait remplir la mission la plus dangereuse, une patiente installation dans les entrailles du pouvoir en Syrie.

1. Acte d'immigration en terre d'Israël.

Élie a d'abord été chargé d'opérer à Londres à la fin des années 70 sous son nom arabe d'adoption. Son passé a été effacé par un de nos agents dans les registres d'état civil de Casablanca, sa ville marocaine de naissance. Son histoire familiale a été réécrite au Liban. Impossible de retrouver ses origines juives dans son arbre généalogique arabisé. Il est désormais le dernier survivant d'une famille syrienne qui a sombré dans les tourmentes du Proche-Orient. Ses parents, âgés de 68 ans tous les deux, vivent sous leur nom de Benabou en France, dans la communauté sépharade de la petite Jérusalem de Sarcelles. Ses deux sœurs, plus jeunes, mariées, sont à présent installées à Paris. Il a rompu tous liens avec les siens depuis 1973. Officiellement, il a disparu pendant la guerre du Kippour. Nul en Israël n'a pu donner la moindre nouvelle à sa famille. Elle vit dans la mémoire éplorée de ce fils et frère dont le corps n'a jamais été retrouvé. Dès son recrutement, il a informé le Mossad que, si ses proches se trouvaient un jour dans de grandes difficultés, il renoncerait à ses activités. Pour que, au fil des ans, nul n'oublie cette exigence, elle est consignée dans son dossier. Il y est aussi noté qu'il n'a jamais pris le risque de les approcher depuis douze ans. Le service veille sur eux et l'informe de leur situation.

En trois années d'immersion dans la capitale britannique, le double talent de praticien et d'espion de Yaman al-Bachir lui a permis de tisser un vaste réseau de médecins et de diplomates arabes pour s'ouvrir en grand les portes de la communauté syrienne londonienne. Fin 1981, l'un de ses patients, un conseiller politique de l'ambassade, protégé d'Hafez el-Assad, lui a proposé un poste dans une clinique privée de Damas réservée aux dignitaires du régime. Il a fait mine d'hésiter puis de ne céder que par patriotisme, sans négliger la promesse de gagner beaucoup d'argent, un solide gage dans ce régime corrompu. Officiellement célibataire, il a une compagne au passé aussi opaque que le sien. Jasmine est une charmante Anglo-Indienne de 41 ans, au teint cuivré, à la chevelure de jais. Formée à Oxford aux méandres de la diplomatie moyen-orientale, traductrice, elle travaille au service de Sa Majesté. Yaman est tombé amoureux d'elle lors d'une soirée à l'ambassade syrienne en 1982, mais il la manipule et s'est convaincu qu'il romprait sans hésiter si elle devenait un obstacle à sa mission. Elle lui fait parfois des confidences sans importance sur la politique arabe du Ministry of Foreign Affairs, qu'il refile aux Syriens quand ça ne prête pas à conséquence. En retour, il lui livre des bribes de ce qu'il apprend dans le secret de son cabinet médical à Damas. Jamais il ne lui a avoué ses liens avec le Mossad. Il s'est servi de ce concubinage public pour conserver son cabinet à Londres. Ainsi peut-il faire des allées et venues régulières entre les deux pays et transmettre sans encombre des informations aux services de renseignement israéliens. Le mensonge est devenu sa seconde nature et la condition impérative de sa survie dans la capitale des Omeyyades où le Juif est l'ennemi juré, le responsable du déshonneur militaire du pays, l'occupant honni du Golan.

*

Yaman a choisi notre cible. Il a gagné sa confiance en lui sauvant l'œil droit frappé d'un glaucome par fermeture de l'angle. Son patient est de nouveau hospitalisé à Damas. Il souffre d'une infection bénigne sur l'organe opéré. Le diagnostic volontairement pessimiste de Yaman l'a inquiété. Il a souhaité lui-même rester quelques jours en observation à la clinique. Cet officier supérieur de 51 ans, membre du Mukhabarat[1], est à la fois l'un des poulains d'Assad et un homme de terrain, un faucon du désert d'une cruauté jamais assouvie. L'idée même de perdre la vue l'affole. Il redoute de devoir abandonner son rang dans le régime. Une cécité le priverait d'assister à l'agonie de ses victimes et d'en faire le récit à la cour du président alaouite. Yaman l'a classé parmi les officiers les plus pervers du régime et n'a cessé de demander au Mossad un feu vert pour l'éliminer. Il est devenu le confident de ses supplices qu'il raconte avec une jouissance écœurante. Dans leurs conversations, Shihabi détaille avec jubilation ses trouvailles dans la recherche des souffrances qu'il inflige et apprécie ce médecin qui l'écoute décrire ses horreurs avec attention sans jamais s'émouvoir ni se départir de son sourire. Il voit en lui un frère de torture. La pire qu'il pratique est une lente extraction des yeux de ses proies, qu'il relâche ensuite dans des lieux désertiques. Il filme ses vautours de combat fondant sur leurs orbites vides et ensanglantées pour y déchiqueter à coups de bec les chairs restantes. Yaman lui a suggéré de lui montrer ces images et les lui a commentées en expert avec une froideur qui a renforcé la confiance que ce monstre lui accorde. Au cours de ce visionnage, le tortionnaire lui a expliqué qu'il entendait perfectionner sa technique. Il la veut plus atroce encore pour le jour de l'inéluctable

1. Service de renseignement syrien.

reconquête du Golan. Il lui a confié son dégoût des Juifs et la promesse qu'il s'est faite de leur faire regretter de ne pas être tous morts à Auschwitz.

Yaman l'a encouragé, appelant lui aussi de ses vœux cette extermination, le poussant avec habileté à lui dévoiler ses projets. Son patient ne lui en a pas livré les détails, mais il a compris qu'il fomentait une opération terroriste dans l'une des colonies israéliennes du Golan proche de la frontière syrienne. Il n'a précisé ni le lieu ni la date du massacre. Yaman n'a pas insisté, il s'en est tenu à ces bribes d'informations, les a communiquées à Israël tout en dressant un terrifiant portrait psychologique de Shihabi. « Ce type incarne le mal absolu, a-t-il précisé à son correspondant du Mossad dans le secret de son cabinet d'ophtalmologue à Londres. Il ne vit que dans la recherche du pire. Rien en lui n'est humain. Le meurtre est sa vie et la douleur de ses ennemis son obsession, mais il est animé plus que tout par un désir névrotique d'en finir avec les Juifs. Il enrage de ne pas encore en compter dans la longue liste de ses victimes et veut passer au plus vite à l'action. Il en est à consigner dans un carnet les traitements inédits qu'il leur réserve. Il voudrait aller au-delà des crimes nazis pour devenir un héros syrien. Il est conscient de sa cruauté mais croit qu'on ne peut s'imposer que par la peur absolue d'une mort atroce. En fait, c'est un lâche qui redoute lui-même de mourir. J'ai tout prévu pour qu'il ait conscience pendant une ou deux minutes de l'inéluctabilité de sa disparition, afin qu'il crève dans l'effroi. »

À Tel-Aviv, nul n'a mis en doute la véracité de ce portrait. On y est animé depuis des années par ces mots de Golda Meir : « Ceux qui font souffrir les Juifs font ensuite souffrir d'autres peuples ; c'est ce qui s'est passé avec Hitler, et c'est aussi ce qui se passe avec les terroristes arabes. » Malgré tout, pour le Mossad, la nécessité du meurtre exige des certitudes. La minutieuse description de la cible par Yaman a donc été décortiquée. Les analystes n'ont finalement vu aucune subjectivité dans son portrait. Ils ont conclu ainsi : « Diagnostic clinique précis établi par un praticien compétent. »

La question a été débattue de savoir si Shihabi est un personnage-clé du régime syrien. De nombreuses précisions ont été demandées. Cette élimination ne peut être un simple coup d'éclat ou la seule exécution d'un monstre, il faut qu'elle réponde à un objectif politique impératif et contribue à une forme de déstabilisation. Une liquidation doit signifier qu'Israël peut abattre n'importe qui n'importe où. Cet homme ambitionne d'arriver au plus près d'Hafez el-Assad, sa réputation est grandissante dans les cercles intimes du président alaouite. Il a toutes les chances de parvenir assez vite à ses fins puisqu'il est déjà le numéro trois du Mukhabarat. Il deviendra dans un avenir proche le responsable principal des actions criminelles du régime. Des vérifications ont donc été ordonnées sans consulter al-Bachir. Le service a acquis la conviction que la menace est bien réelle et surtout imminente.

La décision de tuer Shihabi a été prise six mois plus tôt et un plan a été élaboré. Yaman n'agira pas lui-même pour ne pas compromettre sa mission d'infiltration. Il a insisté sur la nécessité de poursuivre son travail et de préserver son réseau, qui lui ouvre de plus en plus de portes dans le palais présidentiel. Un commando viendra à Damas en suivant à la lettre la feuille de route qu'il établira lui-même. Il a tout programmé avec une précision chirurgicale. Il ne croit pas au risque zéro mais cherche sans cesse à l'atteindre. Il infectera l'œil droit d'Ali al-Shihabi lors d'un examen de routine et se posera des questions sur l'état de sa vue pour l'inquiéter. Au bout de deux ou trois jours, son patient souffrira de plus en plus et reviendra le consulter en urgence. Il le laissera repartir et lui fixera un nouveau rendez-vous trois jours plus tard. Le diagnostic préoccupant qu'il effectuera à ce moment-là incitera son patient à demander à rester en observation à la clinique. Il sera placé aussitôt sous perfusion. C'est alors qu'il sera empoisonné.

Yaman aura un alibi parfait. Il s'envolera à 20 heures pour Londres avant qu'opère le commando, au cours de la première nuit d'hospitalisation de la cible. Comme d'habitude, il se rendra à l'aéroport en taxi et laissera son véhicule, une Mercedes noire 280 E, dans le parking souterrain de la clinique. Il fixera une clé ouvrant le coffre de la voiture dans le repli du pare-chocs arrière. Le caractère instable et la paranoïa de Shihabi ne permettent pas de garantir qu'il décide de rester hospitalisé au-delà de vingt-quatre heures. Si c'était le cas, il exigerait une protection renforcée. Un garde du corps ne le quitte jamais et demeurera sans doute en faction devant sa chambre dès le premier soir.

Une approche minutieuse a été étudiée pour déjouer cette surveillance. Yaman a arrêté la date de l'opération, défini les itinéraires et les moyens de se déplacer, établi le scénario heure par heure puis, au sein de la clinique, minute par minute. À 17 heures, avant de quitter la clinique, il examinera Shihabi et lui administrera par perfusion un puissant sédatif, un produit paralysant dont les effets dureront au moins sept heures. Il placera sous le matelas du malade trois scalpels de chirurgie, armes d'appoint en cas de coup dur. Avant de partir, il donnera l'ordre médical exprès qu'on ne trouble pas le repos de son patient avant 21 h 45, heure à laquelle trois de ses assistants, dont une femme, viendront vérifier son état. Notre heure aura sonné.

*

Ali al-Shihabi aurait pu être le meurtrier de mon père, le barbare qui l'a découpé en morceaux, et je vais l'exécuter. L'assassinat d'un être aimé est une terrible douleur mais ses détails techniques sont le siège de l'inhumanité. Je me répète en moi-même ces mots depuis des semaines et des mois. Si ma détermination est aveugle, je domine la fureur qui me pousse à agir. J'ai appris à dissimuler mes sentiments et mes émotions tout au long de ma formation d'agent au sein de la division des Opérations spéciales, après mon profilage et mon entrée dans la Melukah. Que de tests subis ! Jamais je n'ai commis une erreur ou défailli. Je me suis accrochée, souvent au bord de l'effondrement, effrayée parfois par la violence qu'on m'inoculait, harassée par les épreuves physiques, mon corps malmené par l'apprentissage du krav maga, l'art martial d'une brutalité inouïe mis au point par le service. J'ai résisté à tout pour devenir une légende, le cercle des agents de terrain autorisés à tuer. Et maintenant, je suis là, en pleine nuit, proche du but, sur le chemin de Damas, pour ma conversion définitive au crime d'État.

D'un geste, j'ordonne au chauffeur et à mes deux compagnons de grimper dans la Jeep afin de reprendre la route. Il nous faut arriver à Quneitra juste après l'aube pour y prendre le deuxième bus du matin en direction de la capitale syrienne. Le trajet est court mais nous avons encore beaucoup à faire avant de passer en Syrie. Nous roulons à petite vitesse. Le bruit étouffé du moteur de 155 chevaux trouble à peine la nuit, mystérieuse comme une mare d'eau dormante. Une menace sourde croupit dans cette atmosphère inerte et épaisse. La route sous contrôle israélien est vide. La circulation y est interdite du crépuscule au lever du jour. Personne n'ose s'aventurer seul dans ce no man's land incertain, zone frontière indécise, peuplée d'une vingtaine d'implantations juives barricadées derrière des fils de fer barbelés et de six villages druzes musulmans placés sous une constante surveillance. Des deux côtés de la ligne de cessez-le-feu sur le flanc Est du plateau, à moins de dix kilomètres maintenant, les troupes sont en alerte permanente par crainte des infiltrations et des actions de commandos.

Les postes militaires de Tsahal jalonnent notre parcours. Tous ont reçu ordre de laisser passer notre véhicule sans poser la moindre question. Barrière. Arrêt devant des soldats armés jusqu'aux dents, entourés de chars prêts à démarrer, des Merkavas Mk2 à ravitaillement rapide en munitions, équipés pour monter à l'assaut à la première alerte et riposter aux tirs sporadiques de l'artillerie syrienne. Échange de regards. Pas une seule parole n'est prononcée. Le major est connu dans ces parages. Il a le visage découvert alors qu'avec mes deux équipiers nous sommes à présent encapuchonnés. Les soldats de ces zones de contrôle ne doivent rien savoir de nos projets ni pouvoir nous identifier. Le chauffeur lui-même ignore le but de l'opération. Sans doute l'imagine-t-il de la plus haute importance car jamais il n'a approché un tel secret. Sa mission est de déposer notre trio dans une totale discrétion, sans que personne ne nous repère, à une poignée de kilomètres de notre premier objectif, la ville nouvelle de Quneitra, construite par les Syriens, d'où partent des bus en direction de Damas via la route numéro 7. Il n'a même pas osé me demander pourquoi il ne pouvait pas nous amener plus près de la frontière non officielle alors que notre armée campe partout dans les parages. Je ne lui aurais pas répondu. Ce vieux roublard a bien compris que l'approche particulière que l'on nous impose est une première épreuve pour vérifier notre préparation, notre minutie, notre endurance, nos nerfs. En particulier les miens.

*

Il est plus de 2 heures du matin quand le major coupe le moteur de la Jeep. Il l'a engagée dans un sentier sur la droite de la route, a contourné un bosquet de chênes kermès puis s'est enfoncé sans hésiter dans un bois sur une piste étroite débouchant sur une petite clairière taillée dans la forêt, une bauge invisible aux senteurs de mousse. Les deux kidons bondissent hors du véhicule pour se lancer aussitôt dans une manœuvre qu'ils ont répétée plusieurs fois. Ils dégagent une planque dont ils ont un signalement précis entre deux pins rabougris. Sous des branchages et des feuillages, dans un trou profond, hâtivement cimenté, recouvert d'une planche en bois transformée en fausse plaque de terre, est déposée une malle métallique. Pendant qu'ils s'en emparent, je sors de la Jeep trois sacs militaires frappés chacun d'une lettre : *X*, *Y*, *Z*. Ils contiennent nos nouvelles tenues. Des qamis gris poussiéreux à longues manches, descendant jusqu'aux chevilles pour mes deux compagnons. Des baskets vieillies avec de la boue mais en très bon état pour pouvoir détaler si nécessaire. Un keffieh blanc pour Fouad, un shemagh à damier rouge et blanc et son agal noir destinés à Nassim. Deux frères syriens de la famille Atassi, vivant dans le village de Qanawat selon leurs papiers d'identité jetés dans des sacs à dos crasseux au milieu d'oranges, d'une boîte en plastique remplie de fèves à l'huile et à l'ail, de trois bouteilles d'eau. Ils s'éloignent avec pudeur de quelques pas, font vite, conservent chacun sous leur tenue arabe un boxer gris de sportif et un tee-shirt de la même couleur. Ils me tournent le dos pendant que je me déshabille pour enfiler une abaya noire et usée par-dessus ma culotte en coton et mon short en Lycra très collant. Je porte déjà une brassière de running plaquée sur ma poitrine aux seins très ronds sans trop de compression pour garder une grande liberté de mouvement. Je dissimule mes cheveux ébène coupés court sous un hijab noir corneille que je noue autour de mon cou mais que je pourrai ramener sur le bas de mon visage si nécessaire. Je garde les chaussures que je porte depuis notre départ. Elles paraissent misérables mais sont adaptées à mon corps, conçues pour corriger la légère boiterie de ma jambe déformée depuis mon enfance. Pas question pour nous trois de sembler nous dissimuler dans les heures qui vont suivre. Depuis des semaines, nous sommes devenus des paysans du plateau du Hauran, contraints de nous rendre à Damas pour y consulter un médecin et savoir si je suis enceinte.

D'après nos papiers, je suis Aya, la femme vertueuse de Fouad. Nassim est l'aîné des Atassi. Il nous accompagne pour nous protéger. Solidarité familiale et musulmane.

Le scénario d'infiltration est à la fois simple et dangereux. Nous l'avons répété des heures durant jusqu'à cesser d'être juifs. Nous ne nous connaissons tous les trois que sous nos noms syriens. Depuis de longues semaines, nous ne nous parlons qu'en arabe. Rien en principe ne peut nous faire repérer. Tout a été imaginé pour que nous ne commettions aucune erreur. On nous a soumis à des effets de surprise pour vérifier que nous ne réagissions pas spontanément en hébreu à une interpellation ou à un contrôle inopiné. L'entraînement nous a robotisés, transformés en paysans et en machines à tuer. Nous plions avec précaution les vêtements ordinaires que nous portions jusque-là, jean, pull de coton épais à capuche, et les rangeons dans le coffre en métal. Fouad et Nassim le glissent dans la planque puis remettent en place le camouflage.

Cette clairière est à la fois notre point de départ et de retour. Le major viendra nous y récupérer dans trente-six heures si tout se déroule bien. Il n'a pas bougé de son siège dans la Jeep, raide, mains accrochées au volant, feignant l'indifférence pendant notre transformation en modestes fellahs. Il est, pourtant, aux aguets, nous surveille, nous évalue. Je l'ai même senti me chercher du regard quand il a compris que j'étais en train de me déshabiller. Juste un coup d'œil dans la nuit. J'ai souri en devinant son imperceptible mouvement de voyeur. Je reviens vers lui, suivie par Fouad et Nassim. C'est de nouveau un sous-officier exemplaire, pose martiale, respectueux des ordres, fidèle à sa mission. Ce soldat madré vient de comprendre que la marche qui nous attend a pour objectif de nous transformer définitivement en Arabes afin de mieux nous noyer dans la foule de Damas ou d'ailleurs. C'est ce qu'ont voulu les stratèges de notre mission, quatre heures d'efforts pour changer de peau et d'allure avant de plonger dans la mêlée syrienne. Quatre heures au cours desquelles nous serons encore sous surveillance rapprochée pour vérifier que notre métamorphose est parfaite. Je devine que le major brûle de parler, d'en savoir plus, de nous encourager. Il voit bien à nos tenues que nous allons nous jeter dans la gueule du loup et risquer nos vies. Il n'a droit en retour qu'à la phrase convenue : « Ici, dans trente-six heures. » J'ajoute d'un ton sec, sans appel : « Soyez ponctuel ! Allez-y, maintenant. » Ça lui apprendra à se rincer l'œil. Il ne bronche pas, démarre en douceur, le puissant moteur de la Jeep presque muet. Alors qu'il amorce un demi-tour pour sortir de la clairière et nous fait face, il semble marmonner. A-t-il dit : « Bonne chance ! » ou, comme je le crois : « J'espère qu'ils ne vont pas bouffer ce beau petit cul ! » ? Même si le secteur est sécurisé, il poursuit sa route au ralenti afin de ne pas troubler le silence qui écrase les lieux.

*

Nous allons parcourir huit kilomètres à pied pour rejoindre la gare routière au nord de Quneitra. Inutile de nous précipiter. J'ouvre la marche avec prudence, attentive, sur mes gardes, sans jamais hésiter tant je me suis concentrée sur les photos aériennes de ce sentier. Notre trajet a été modifié à la dernière minute et je n'ai eu qu'une heure pour l'étudier mais je pense en connaître tous les repères et les pièges, comme si je l'avais déjà arpenté des dizaines de fois. J'étudie le Golan depuis tant d'années…

Je songe à notre feuille de route. Nous ne prendrons pas le premier car pour Damas à 7 heures du matin. Il est souvent contrôlé puisque toujours à moitié plein. Celui de 8 heures attire beaucoup plus de passagers et les militaires hésitent à faire descendre tout le monde quand ils l'arrêtent. Seul un officier monte alors à bord pour jeter un coup d'œil sur ces voyageurs chargés de paquets qui se rendent en général dans le souk Hamidiyé de Damas, un temple du commerce avec sa nuée de vendeurs à la sauvette et son alignement d'étals entre les colonnes corinthiennes soutenant une longue nef haussmannienne. Nous avons appris tous les dédales et les recoins de ce capharnaüm où se pressent les Damascènes et les familles débarquées de la campagne en bus déglingués ou en voitures brinquebalantes plus ou moins rafistolées. Dès notre arrivée au terminal du bus vers 10 heures, nous nous fondrons dans ce flot bruyant, continu, et traînerons une partie de la journée dans le souk. En début d'après-midi, suivant un rituel fréquent des fellahs, nous nous rendrons dans la cour bordée de piliers ouvragés de la grande mosquée des Omeyyades. Nous nous installerons à l'ombre d'un portique pour déjeuner, du hoummous, des boulettes kebbé, du basboussa, de l'eau, achetés dans le souk. Ensuite, nous ferons mine de nous reposer et de somnoler au milieu de la foule bavarde, des villageois comme nous ou des simples promeneurs. Vers 16 heures, nous nous séparerons pour franchir l'entrée à trois baies de la salle de prière, vaste rectangle de style byzantin au sol recouvert de tapis, enveloppée dans la lumière tamisée descendant des hautes fenêtres. Fouad et Nassim avec les hommes, moi avec les femmes. Nous connaissons tous les rites qui y règnent et s'organisent autour du mihrab principal flanqué d'une chaire en marqueterie de pierre imitant le bois.

Nous nous retrouverons à 17 heures devant la porte sud de la mosquée et plongerons dans la rue des orfèvres pour atteindre le souk Assagha et traîner devant ses bijouteries. J'y flânerai à pas lents, suivie comme mon ombre par Fouad et Nassim. Nous gagnerons le palais Azem, fermé à cette heure, puis nous traverserons le souk Bzouriyé aux odeurs d'épices, empli du parfum du zaatar, mélange d'huile d'olive, de thym sauvage, de poivre d'Alep, de coriandre, de cumin et d'anis. L'heure sera venue de disparaître dans le plus vieux hammam de la ville pour y reprendre des forces avant de passer à l'action. Les femmes ne s'y pressent qu'en fin de journée car l'accès leur en est interdit plus tôt. Une fois encore, je me séparerai de mes compagnons qui rejoindront, eux, la vaste salle de relaxation réservée aux hommes. Nous n'en sortirons qu'à 19 heures, repasserons par Bzouriyé pour acheter des fruits puis nous gagnerons la rue Maysaloun et nous installerons dans un hôtel très modeste, le Palmyra, où Yaman nous a réservé une chambre sans se compromettre en se faisant passer pour un membre de notre famille. Nous en repartirons aux alentours de 21 heures lorsque montera le crépuscule. Il sera temps de faire mouvement pour éliminer Shihabi.

*

Je sais très bien où je vais malgré la modification de notre itinéraire la veille du déclenchement de l'opération. Nos chefs, j'en suis certaine, ont voulu ce test pour vérifier nos capacités d'adaptation et d'improvisation. Surtout les miennes, néophyte lâchée dans l'arène de la guerre secrète. Cet excès de précautions me rassure plus qu'il ne m'irrite. Je suis à la fois déterminée et domestiquée, convaincue par la minutie maniaque de nos formateurs obsédés par cette phrase qu'ils ne prononcent qu'en anglais : « *The devil is in the details.* » Le nouveau tracé à travers le Golan est plus long, plus accidenté, plus initiatique. Nous allons d'abord cheminer sur un plateau à découvert mais la nuit est si dense que nul ne peut nous repérer de loin, dans ce maquis herbeux parsemé de grands pins d'Alep au fort parfum de sève, silhouettes de vieillards pliant sous le poids des ans, et de chênes, plus petits, au branchage désordonné. Nous ne sommes même pas poursuivis par nos ombres dans ce paysage écrasé par une obscurité tombale qui ne se dissoudra que vers 5 h 30 avec l'apparition d'une lune gibbeuse. Nous aurons déjà parcouru deux kilomètres et demi et descendrons par une piste abrupte au fond d'une vallée étroite. Cinq kilomètres de marche nous attendent au creux de cette gorge encaissée, sèche, traversée par une sente recouverte ici et là de pierriers. Ensuite, nous franchirons la ligne de cessez-le-feu de 1973 sur laquelle les Nations unies ont installé les postes de sa force d'observation. Une passoire à travers laquelle nous nous faufilerons sans la moindre difficulté. Nous déboucherons sur une route non asphaltée à cinq cents mètres seulement au nord de la nouvelle Quneitra. De là, nous rejoindrons la station des cars pour Damas.

*

Même si nous n'avançons pas en territoire ennemi, nous nous comportons comme si nous pouvions être surpris à chaque instant. Nous sommes désormais des Arabes errant en zone israélienne, donc une menace pour le pays. Nous aurions pu être déposés à deux pas de Quneitra mais cette longue approche a été programmée pour exacerber notre concentration et nous empoussiérer comme des fellahs sortant d'une marche dans le désert. Chaque séquence de l'opération est à double fond. Tout est conçu pour nous préparer à l'imprévu.

D'un geste, j'ordonne une pause au milieu d'un amas de rochers près de la lèvre de la crevasse. Nous marchons trop vite et avons déjà pris une demi-heure d'avance sur notre horaire. Il n'est pas question de traîner à Quneitra dans l'attente du bus. Fouad et Nassim ne prononcent pas un mot. Ils scrutent la nuit, sur leurs gardes. Des animaux en alerte. Ils se rapprochent de moi et me glissent en arabe : « De l'autre côté du ravin, quatre hommes, quatre soldats, ils ne nous ont pas encore repérés mais ils nous cherchent. S'ils nous trouvent, ils nous arrêtent. Ils en ont sûrement reçu l'ordre. La chasse est ouverte, nous sommes le gibier. » J'acquiesce et leur signale ma propre découverte : à une centaine de mètres sur notre gauche, une masse de broussailles qui sert, j'en suis certaine, de planque à un autre commando chargé de nous surveiller et de nous sauter dessus au premier faux pas. Nous sommes presque pris en tenaille. Tout a été imaginé pour que nous tombions dans ce traquenard. Le chemin imposé nous a jetés dedans. Pas question de nous laisser aller plus loin si nous ne sommes pas capables de déjouer ce piège.

J'ai étudié les cartes à fond, je sais que l'on peut revenir sur nos pas, contourner l'embuscade et descendre dans la gorge en aval après une bonne demi-heure de marche supplémentaire au milieu de bois de pins puis d'un bosquet de chênes, avec un passage à découvert dans le maquis. Fouad et Nassim approuvent et me suggèrent de prendre à revers les types planqués dans la masse broussailleuse pour les coincer. Je refuse net. Nous ne sommes pas là pour ça. Un mot d'ordre est gravé dans ma tête : ne penser qu'à l'objectif, ne jamais s'en laisser distraire. Ils acquiescent. Eux aussi me testent. Un oui les aurait inquiétés. Peut-être les a-t-on même prévenus de ce guet-apens et chargés d'évaluer ma réaction face à ce danger. Ils scrutent ma peur. Nul n'y échappe à un moment ou à un autre, m'ont dit mes instructeurs. Fouad et Nassim l'ont sans doute connue et peut-être leur arrive-t-il encore de la ressentir. Je m'ausculte et en cherche l'empreinte. Pour le moment, elle n'est pas là, pas encore, même ma bouche n'est pas sèche. Si j'échafaude des hypothèses sur Fouad et Nassim, je ne cède pas non plus à la paranoïa. Une petite dose de parano bien contrôlée excite malgré tout la vigilance.

Nous repartons en rampant sur plus d'une centaine de mètres, marquons un temps d'arrêt pour vérifier que nous ne sommes pas suivis, bifurquons enfin sur la droite à couvert dans un entrelacs d'arbres bas et d'épineux. Les deux kidons me glissent qu'il n'y aura sans doute pas d'autre embûche. Je le crois aussi. Il serait dangereux de trop mettre nos nerfs à rude épreuve. Tout en sachant ma recommandation inutile tant ils sont aguerris, je leur demande de rester en alerte, le pire serait de tomber sur une patrouille en mission de routine qui n'aurait pas été prévenue de notre passage. Est-ce possible ? Tout a été prévu avec tant de soin par nos stratèges et planificateurs… Même si les détails de leurs visages se perdent dans la nuit, je devine que Fouad et Nassim sourient. Je chasse une idée folle. Et si tout cela n'était qu'un jeu, un montage pour me mettre à l'épreuve, sans Damas pour destination finale ? Le mot m'échappe : *« Bullshit ! »* Mes deux compagnons se taisent. Je serre mes mains, les relâche, retrouve instantanément mon calme sans m'imposer d'exercice respiratoire.

Nous marchons désormais sans précipitation, nos regards scrutent le sol pour ne pas heurter des branchages secs et faire du bruit en les brisant, sondent la masse végétale que le ciel de moins en moins uniforme transforme en une farandole de spectres. Le bord de la gorge est maintenant devant nous, accessible par un layon raviné et escarpé. Fouad propose d'ouvrir la voie. Je l'ai vu à l'œuvre lors des entraînements, sa souplesse est inouïe, son sens de l'équilibre inné, rien ne semble pouvoir le faire trébucher. Je lui cède ma place sans hésiter, Nassim m'emboîte le pas. L'un et l'autre connaissent mon handicap, cette jambe incurvée et trop courte qu'ils ont découverte lors d'une interminable séance de natation destinée à éprouver notre résistance. Ils n'ont fait aucun commentaire sinon pour s'étonner de ma ténacité dans l'effort. Ils ont avalé ce jour-là dix kilomètres sans s'épuiser et je les ai suivis jusqu'au bout.

Fouad descend avec prudence, préoccupé surtout de ne provoquer aucun éboulis qui signalerait notre présence. Peut-être sommes-nous encore observés mais nos habits se fondent dans la sombre paroi basaltique. Seules des lunettes nocturnes pourraient nous détecter. À mi-pente, nous marquons une pause à l'abri dans le pli d'un énorme pan de roche grise et cessons de bouger. Le silence est total, dépeuplé. Nous avons appris à rester ainsi, immobiles, guettant le moindre bruit, un froissement, un chuchotis de la nature, un murmure d'homme... Quinze minutes d'arrêt, d'écoute, aucun mouvement ne peut nous échapper. À ce jeu, je suis la meilleure et mes coéquipiers le savent. J'ai l'oreille absolue et le chant m'a appris à lire le silence comme personne d'autre. Je consulte ma montre. Nous sommes dans le timing fixé. Lorsque nous atteindrons l'oued asséché au fond de la vallée, il sera 4 h 30, nous progresserons sur le côté droit où règne une obscurité de caverne liée au relief tourmenté, une paroi vertigineuse avec des décrochements, des surplombs, de gros halliers de fardoches suspendus dans le vide. La marche sera plus facile dans le lit de cette rivière éphémère. Nous avancerons à pas lents. La prudence restera de mise. « Ne jamais céder à l'euphorie de la facilité », combien de fois cette phrase m'a-t-elle été répétée !

Je glisse à Fouad et Nassim que nos instructeurs peuvent encore nous réserver un nouveau coup tordu. Peu convaincus, ils répondent par de simples hochements de tête. Mon intuition me dit qu'ils me mentent. Ils ont encore besoin d'être rassurés par mon comportement. Je suis certaine à présent qu'ils ont suggéré de me mettre une dernière fois à l'épreuve dans cette approche. Je suis leur cheffe, mais sans doute ont-ils ordre d'arrêter eux-mêmes l'opération avant que nous entrions en territoire ennemi s'ils ne me jugent pas à la hauteur. Je les dirige mais ils m'encadrent comme des cerbères qui peuvent me disqualifier à la dernière minute s'ils doutent de mes capacités physiques et de ma volonté d'aller au bout. Jusqu'au meurtre. On les a préparés à cette décision radicale. Ils peuvent très bien accomplir cette mission à deux et se passer de moi. J'affronte une épreuve de tueuse de sang-froid alors qu'ils ont déjà plusieurs missions réussies derrière eux et qu'ils ont prouvé que donner la mort ne les effraie pas. Mais je suis Aya, femme de Fouad, belle-sœur de Nassim, et rien ne peut m'arrêter. Mon corps et mon esprit sont devenus des armes létales. Je pourrais même abattre ces deux hommes s'il le fallait pour poursuivre ma mission. Ils m'ont vue à l'œuvre tout au long des examens que nous avons subis. Face à ma détermination fanatique à agir, j'ai deviné une ou deux fois la sidération dans le regard de chacun et le respect. Mais il n'y aura pas de cadeau s'ils me prennent en défaut. Ils me déclareront hors jeu. Ils n'ont plus qu'une poignée de kilomètres pour le faire. Quand nous serons côté syrien, ils ne pourront plus me mettre sur la touche, sauf à m'abattre. Ou moi, à en faire autant.

Une brise tiède traverse soudain le ravin et le réchauffe. Surprise par ce changement brutal d'atmosphère, je ne manifeste rien. J'ai repris le commandement, flanquée de Fouad et Nassim, un peu en retrait. Ils ont à peine tressailli au passage de ce surprenant souffle d'air. Sans me retourner, je murmure en arabe : « C'est fréquent, par ici. Le désert n'est plus très loin, un coup de vent matinal. Ça ne dure pas, en général. » Je me reproche aussitôt d'avoir voulu leur signifier que j'ai enregistré leur fugace réaction. Je suis stupide. Ils ne bronchent pas. Comme prévu, le lit de l'oued amorce un coude brutal sur la gauche, un angle droit qui m'oblige à ralentir. Le goudron nocturne commence à se dissoudre. Devant moi, pas d'horizon, une haute falaise et un étranglement que j'ai repéré sur les cartes. La combe continue après cet angle à 90 degrés avant de s'évaser et de décrire des méandres serrés. Des hommes peuvent nous attendre là, embusqués, dernière chausse-trape avant de sortir d'Israël, ultime exercice peut-être dans mon parcours de combattante. Je me plaque contre la roche, commande d'un geste à mes deux compagnons d'en faire autant et repars très lentement de l'avant, prête à faire face à un assaut.

*

Pourquoi ? Pourquoi ont-ils fait ça ? Mon pied gauche heurte un obstacle mou. Mon cœur bondit. Je trébuche, tends mon bras droit vers la paroi pour ne pas tomber, deux poignes me broient les épaules et me retiennent dans ma chute. Je me redresse instantanément, shoote dans un galet qui retombe sans bruit sur le sol sablonneux. Un bruissement d'ailes trouble l'air au-dessus de nos têtes, sans doute un vautour moine. Les mains de Fouad et Nassim me relâchent. Je devine que tous les deux se figent. Une odeur effroyable envahit l'atmosphère. Je baisse les yeux, me crispe, ma respiration est devenue bruyante. Mon pouls s'emballe. Je lutte contre l'accélération de mon rythme cardiaque. Devant moi gît un cadavre de cheval en décomposition avancée. Il fallait donc que cette nuit se termine ainsi. Par une confrontation brutale avec la mort, pour s'assurer qu'elle ne me fera pas renoncer. Dans quelques heures je dois prendre moi-même la vie d'un homme. Je regarde sans broncher ce tas de chairs pestilentielles, l'estomac au bord des lèvres. Je ne tremble pas, conserve mon sang-froid mais la peur cette fois s'engouffre en moi, narquoise, comme heureuse de m'avoir surprise, discrète car elle n'insiste pas, tire sa révérence en une fraction de seconde, juste un bref salut pour que je sache qu'elle ne m'épargnera pas le moment venu. Loi du silence, muette, je contourne sans hésiter la charogne éventrée et repars de l'avant d'un pas rapide, en ravalant une montée de bile amère, sans me retourner vers mes deux compagnons. Ils suivent. L'un des deux étouffe une éructation nauséeuse. Même eux n'ont pas été préparés à affronter la puanteur de ces boyaux grouillants de nécrophores, cette exhalaison fétide.

Encore une petite heure de marche pour Quneitra…

L'aube surgit sans prévenir. Il est 6 heures. Un coup de vent emporte la nuit. Le paysage s'emplit d'une lumière douce et se découvre vite. Dans une demi-heure, le soleil se lèvera et il fera plein jour. Sans m'en rendre compte, je ralentis, saisie par la crainte d'être repérée dans ce nouveau monde dévoilé. Je sais pourtant que rien ne nous menace. Tsahal a déployé ici sa main de fer pour qu'aucun réseau terroriste ne puisse s'y infiltrer. Notre passage est sécurisé dans ces confins du Golan jadis syrien. « À partir de 6 heures, la lumière éclairera tout », nous a glissé sans explication supplémentaire un officier avant notre départ. Le faux jeu du chat et de la souris est terminé. Nous sommes maintenant en territoire ennemi et la vraie partie commence.

*

Nous avançons sans prononcer un mot. L'aurore est muette. La chaleur s'installe. Elle montera jusqu'à 27 degrés dans la journée. Aucune pluie n'est annoncée. Il n'y a jamais d'eau sur ces terres au mois de septembre. Je devrais me réjouir d'avoir traversé la nuit sans commettre la moindre faute. Impossible, j'ai appris à ne jamais croire que la partie est gagnée. Un sentiment de solitude me gagne, je baisse la tête et m'observe sans reconnaître la femme que je suis devenue, cette Syrienne en abaya noire saupoudrée de poussière grise. À qui appartient ce corps ? Je voudrais parler, m'étonner de ce personnage qui me fait penser à un corbeau de mauvais augure. La réalité m'écrase et me donne soudain envie de m'arrêter. La ligne obscure entre l'être réel que je suis, une chanteuse d'opéra israélienne sophistiquée de 31 ans en quête de célébrité, et cette paysanne sans âge, couleur de deuil, arpentant un oued, se brouille dans des pensées furtives. J'en oublie presque les deux hommes à mes côtés et me demande à nouveau si je ne devrais pas rebrousser chemin. Mon regard flotte dans le ciel envahi d'un rose que chassera bientôt un bleu parfait.

Mon père me voit-il ? Que pense-t-il de moi ? Et ma mère, si raffinée ? Je songe en un flash aux escapades de mon enfance avec mes parents à travers la Galilée, ses oliviers, les vallons boisés conduisant au mont Méron et à son sanctuaire, les routes sinueuses pour y accéder, la leçon de géographie depuis la station forestière de Yodfat, avec son site archéologique et ses traces ultimes d'un village juif détruit par les armées romaines il y a bientôt deux mille ans, le sommet du mont Atzmon, haut de quelques centaines de mètres seulement, tout en pentes douces, mais dominant la vallée de Beit Netofa traversée par un canal irriguant la partie basse de la Galilée. Je m'émerveillais quand nous parcourions le bassin si verdoyant de Beit Hakerem, arrosé par la rivière Hillazon, les terres rougeâtres, les arbres fruitiers accrochés comme des alpinistes à des parois accores. Je recevais des cours d'histoire au fil des kilomètres, ici les razzias du sheikh Dahir al-Umar et son exécution par Gâzi Hasan Pacha, le Victorieux, ailleurs la révolte contre l'occupation romaine conduite par Rabbi Akiva et Shimon bar Kokhba, la victoire de Josué sur les Cananéens à Méron, la terre des vérités, l'*alma mater* des Croisés investie en 1944 par des catholiques italiens convertis au judaïsme et sa synagogue vieille de mille sept cents ans, avec ces mots gravés sur son linteau : *Que la paix règne sur ce lieu et sur tous les lieux en Israël.*

Quelle paix ? Je suis l'une des victimes de cette fausse promesse millénaire. Ma vie avance désormais sur un fil. Si je poursuis ma route vers Damas, elle basculera pour toujours. Il n'y aura pas de retour en arrière possible après le meurtre que je m'apprête à commettre. Je vais tuer un homme monstrueux qui n'est coupable de rien envers moi. En ai-je le droit ? Comment vais-je vivre avec le spectre de ce crime ? Jamais, dans mes jeunes années, lorsque mes parents cherchaient à m'enchanter et à m'éduquer, je n'ai imaginé ce destin, cette marche vers un assassinat assumé. La conscience du geste que je vais accomplir fracasse tel un missile la forteresse de mes certitudes édifiée sans relâche depuis le massacre de mon père. J'ai cru que cette horreur rendait mes choix justes. J'ai agi jusqu'à présent en être conscient et conséquent, persuadée d'appartenir au camp de la morale et de la probité. Pour vaincre l'abjection, il faut en emprunter les moyens, me suis-je dit. Tandis que se précise sous mes yeux l'horizon de la frontière syrienne, que j'accélère inconsciemment le pas, tous ces points de repère qui ont balisé mon existence se brouillent. La chaleur monte alors que mon corps se glace. Mon but se rapproche, une inquiétude nouvelle me gagne. Pas de tuer ou de mourir mais de me perdre. J'ai l'impression de me jeter dans un champ de décombres. Sous mes pas, le sol devient pourtant de plus en plus ferme, l'oued se transforme en un sentier de sable tassé où rien ne pousse et où tout s'efface. Dans le friselis du vent matinal nos traces déjà s'estompent. Je regarde en arrière, personne ne saura dans quelques minutes que nous sommes passés par ici. Est-ce un voyage sans retour ? Ma tête triomphe de mes membres, me vole mes perceptions physiques, me plonge dans le flou. Je suis Orphée descendant aux Enfers, je me retourne vers mon innocence qui s'envole à jamais. La limite s'approche qui me rendra pour toujours coupable et me précipitera dans les tourments jusqu'à mon dernier jour. Ce meurtre que je vais perpétrer sera, je le pressens, le fardeau de mon existence. Je continue néanmoins ma marche, le passé m'empêche de renoncer. L'image du corps de mon père, déchiqueté, tronçonné, éparpillé, carbonisé, dévoré par les chiens, me hante. Mon destin est écrit depuis dix-huit années et je fonce à présent vers lui, prisonnière de cet engrenage infernal qui voit un massacre barbare conduire un vivant à commettre un acte semblable. Quneitra est ma porte d'entrée dans le tunnel de la sauvagerie. Avance, Nahama. Avance. Oublie tout ce que tu voulais faire, pour faire ce que jamais tu n'aurais cru devoir faire…

*

Soixante-sept kilomètres séparent Quneitra de Damas. L'autocar a mis plus de trois heures pour les parcourir. Il est parti avec vingt-cinq minutes de retard puis a effectué une dizaine d'arrêts, prévus ou improvisés, pour embarquer des hommes et des femmes le guettant sur le bord poussiéreux de la chaussée. Peu après le départ, puis aux abords enfin de la banlieue damascène, nous avons subi sans encombre trois contrôles militaires. Juste une inspection du regard la première fois. À Judaydat' Artuz, au carrefour de la route 6, trois soldats sont montés à bord. Ils nous ont posé des questions sur le village où nous vivions et sur notre famille, ont insisté pour savoir ce que nous allions faire à Damas et quand nous rentrerions chez nous. Nassim s'est présenté comme l'aîné et a répondu patiemment, sans se départir d'un sourire de sympathie pour les hommes qui l'interrogeaient. Il leur a précisé que j'étais enceinte et devais consulter un médecin dont il a donné le nom. Pour que je puisse me reposer, nous passerions la nuit à l'hôtel et rentrerions chez nous par le premier bus du lendemain matin, à 5 heures. Nous coucherions dans un modeste établissement, le Palmyra, rue Maysaloun, proche de la place des Omeyyades et de la gare routière de Samariah. La patrouille n'a manifesté aucune suspicion apparente et ne m'a pas accordé la moindre attention. Visage légèrement baissé, j'ai joué la femme soumise alors que j'étais inquiète de sentir l'accélération des battements de mon cœur devant ces soldats. Jamais, lors des épreuves de formation, je n'avais connu un tel trouble. Mes deux compagnons m'avaient confié qu'il m'envahirait par surprise à un moment ou à un autre. Personne n'y échappait. Les militaires ont posé pour finir des questions à Fouad et lui ont souhaité d'avoir un garçon. Ils ont déclaré que tout était en ordre, ont fait demi-tour et nous nous sommes rassis côte à côte sur la banquette. Les pulsations de mon pouls avaient déjà retrouvé un rythme normal.

La lenteur du voyage nous a surtout alanguis. « Profitez-en pour récupérer de votre marche nocturne », nous avaient recommandé nos officiers instructeurs. J'ai décidé que nous dormirions à tour de rôle. Fouad le premier, Nassim ensuite et moi pour finir. Aucun d'entre nous n'a vraiment sombré dans le sommeil. Tout juste avons-nous somnolé. La route chaotique, les arrêts incessants et les conversations bruyantes se sont chargés de nous tenir en éveil. La crainte aussi d'être démasqués chaque fois que le car franchissait un barrage de sécurité avec son armada de soldats en uniforme vert, équipés de lourds gilets pare-balles, adossés à des véhicules blindés, mitraillettes braquées sur des ennemis invisibles.

Nous sommes entrés à petite vitesse dans Damas. Malgré les voies rapides, la ville est un enfer automobile. Nous avons encore pris du retard et sommes arrivés à destination peu avant midi. Notre errance programmée a commencé. Une journée pour devenir syriens à part entière, être certains que personne ne s'interroge sur nous dans la rue, un regard qui traîne sur nos visages, une tête qui se retourne étonnée, des échanges avec des vendeurs dans le souk sans que nos accents provoquent le moindre étonnement. Tout ce temps pour vérifier que nous sommes désormais des *mista'arvim* qui pourront mener leur mission à bien et rentreront demain sains et saufs en Israël. Si nous échouons, on ne réclamera pas nos corps. Nous n'existons pour personne.

Nous avons suivi le plan à la lettre. « Pas d'improvisation s'il n'y a pas d'imprévu », nous avait martelé notre principal officier traitant. Nous n'avons commis aucune erreur. J'ai observé mes compagnons à la dérobée. Ils sont comme des poissons dans l'eau, silhouettes de fellahs asservis, calmes tout en étant sur le qui-vive. Leur vigilance s'exprime dans des regards furtifs, indécelables car ils baissent la tête pour que personne ne surprenne le mouvement de leurs yeux. J'en ai fait autant sans prendre le moindre risque. Je marche à leurs côtés, épouse soumise, le visage toujours incliné vers le sol. Heures étranges, paresseuses, sans autre but que de nous plonger dans la foule animée, braillarde, pour s'y faire anonymes, être certains de ne pas attirer l'attention quand nous passerons à l'action.

Par deux fois, comme prévu, nous nous sommes séparés. J'ai suivi le chemin des femmes dans la mosquée des Omeyyades, pieuse drapée de la tête aux pieds dans son abaya noire, immergée dans cette assemblée féminine fixant la niche vide du mihrab pour prier l'Ineffable. Personne ne m'a remarquée. Je suis ressortie pour rejoindre Nassim et Fouad penchés sur le bassin des ablutions au centre de la cour prolongeant la salle de prière. Nous n'avons échangé aucun regard, feignant d'être absorbés par des gestes rituels que nous avions répétés des dizaines de fois. Plus tard, dans le hammam Nour ed-Din, dénudée pour prendre un bain de vapeur, je n'ai rien fait pour m'isoler, guettant les autres femmes, craignant malgré tout que ma peau, plus couleur de miel que cuivrée, trahisse mes origines et que ma jambe déformée intrigue. Une belle femme d'une cinquantaine d'années, élancée, aux gestes élégants, appartenant sans doute à une famille prospère, est venue s'asseoir à mes côtés et a engagé la conversation. Sa curiosité était telle que j'en ai conclu qu'elle n'était pas là simplement pour se détendre. Convaincue qu'elle appartenait aux services de renseignement syriens, j'ai choisi à la fois de lui répondre et de tenir le rôle d'une jeune fatmah intimidée, modeste, découvrant le lieu. Elle a d'abord semblé ne pas se satisfaire de mes réponses. Elle était attentive et soupçonneuse, puis elle a soudain changé de ton et a loué le charme de mon visage et de mes seins. Elle les a effleurés d'un geste qui m'a fait reculer. Elle a murmuré : « Sais-tu que le Coran n'interdit rien ? Pourquoi es-tu venue ici ? C'est curieux, pour une paysanne. » Je lui ai répondu en butant volontairement sur les mots, comme une femme inculte : « Mon mari est... dans la salle des hommes... Il doit déjà m'attendre... Nous devons voir un médecin... J'attends un bébé... Il voulait que je me repose un peu dans le hammam. » Sa main droite a caressé furtivement mon visage, elle a ajouté : « Dommage, je t'aurais fait découvrir le massage au safran, le *sihaqa*[1] et les plaisirs d'Hind bint al-Nu'man[2] ! » J'ai pris un air affolé et fait mine de me recroqueviller de peur. Elle s'est levée sans précipitation, m'a lancé un regard plus amusé que suspicieux puis a disparu dans le nuage de vapeur.

Je n'ai pas bougé, méfiante, me reprochant de ne pas avoir repéré les issues de la salle embrumée. Deux options, toujours deux options au moins, m'avait-on martelé. Je craignais que la femme m'ait démasquée. Je

1. Le lesbianisme.

2. Personnage imaginaire, première lesbienne apparue dans la littérature médiévale arabe.

m'étais comportée en parfaite musulmane, mais avais-je bien répondu à ses questions, mon attitude avait-elle été la bonne ? J'ai patienté une dizaine de minutes puis je suis sortie. La dragueuse était là, en grande discussion avec deux hommes, des policiers en civil. J'ai aperçu Nassim et Fouad, me guettant à quelques mètres derrière eux. J'ai avancé sans ralentir. La femme s'est retournée sur mon passage alors que l'un des deux hommes me désignait d'un geste bref. Elle a secoué la tête en signe de dénégation et ils ont repris leur conversation. Alors que nous nous éloignions, j'ai entendu un cri aigu féminin, je n'ai pu m'empêcher de regarder ce qui se passait, les deux policiers sortaient une femme de Nour ed-Din en la traînant par les cheveux. Nous avons repris notre chemin. Fouad et Nassim m'ont interrogée à voix basse. Je leur ai répondu sèchement : « Plus tard. »

*

Lorsque nous sommes entrés dans l'hôtel Palmyra, personne ne nous a prêté attention. On y a l'habitude de voir débarquer à l'improviste des familles de fellahs venues pour la journée à Damas et repartant le lendemain à l'aube. Nous sommes parmi nos semblables, le sous-peuple tyrannisé et muet d'Assad. Grâce aux informations transmises par Yaman al-Bachir, nous savons tout de cet établissement minable. Avant de rejoindre la chambre, équipée de trois médiocres lits, Nassim a demandé où nous pourrions trouver un restaurant bon marché pour y dîner. Il a expliqué que nous avions besoin d'un peu de repos après cette longue journée et que nous ne sortirions sans doute pas avant 21 heures.

Le vieil homme à la réception a un étrange visage, couleur ocre foncé, déformé par des rides profondes, éclairé par des yeux bleus très vifs. Il a acquiescé sans commentaire puis nous a indiqué deux adresses où nous pourrions manger. Il nous a tendu une seule clé pour la chambre située au premier étage. Les fenêtres ouvrent sur la rue comme l'a suggéré Nassim. Nous avons grimpé l'escalier sans nous presser. Une fois parvenu sur le palier, Fouad a rebroussé chemin en silence pour vérifier que le réceptionniste ne passait pas en douce un coup de téléphone à la police, même si Yaman a garanti la discrétion de cet homme dont il a précisé, fidèle à son souci du détail, qu'il était issu de la colonie berbère nord-africaine vivant depuis des siècles en Syrie. Rien d'anormal ne s'est passé.

À peine entrée dans la chambre, j'ai fait le récit de l'épisode du hammam à mes deux compagnons. Il confirmait ce qu'on nous avait répété : « Le régime est infiltré partout, sans cesse à la recherche de ses ennemis en multipliant les provocations. » Le pouvoir ne traque pas les lesbiennes au nom de la loi musulmane, mais pour les manipuler et en faire des instruments de la police. Nous savons tous les trois que nos propres services n'hésitent jamais à exploiter les penchants sexuels de leurs cibles.

*

Nassim surveille, à présent, la rue Maysaloun. Peu de voitures y circulent mais ses trottoirs sont animés. Des hommes y forment des petits groupes, discutent à voix haute tout en fumant. Des femmes sont aux fenêtres des immeubles et s'interpellent. Des enfants courent dans tous les sens. D'après Yaman, le calme nocturne n'y vient guère avant 23 heures ou minuit. Si tout se déroule comme prévu, nous serons déjà de retour à l'hôtel. Fouad a ôté son keffieh puis s'est allongé sur un matelas miteux posé à même le sol. Je me suis adossée contre le mur à la tête de mon grabat pour pouvoir m'asseoir sans me coucher. Le silence règne entre nous trois. Nous savons chacun ce qui nous attend. La journée s'est déroulée sans mauvaise surprise, aucun commentaire n'est nécessaire. Je m'efforce de ne pas réfléchir à ce que je dois accomplir dans l'heure qui vient. Je garde les yeux mi-clos pour me concentrer sur les bruits environnants, derrière la porte, dans les chambres voisines, montant de la rue. Je suis devenue chanteuse grâce à ma voix et à mon oreille absolue. J'entends tout, décode tout, je suis un canon à son. Rien pour le moment ne me met en alerte. Je me relâche. Me vient le souvenir d'une femme dont mes parents m'ont raconté l'histoire et fait un modèle. Hannah Szenes avait quitté la Hongrie en 1939 pour rejoindre la Palestine sous mandat britannique. Enrôlée volontaire à 22 ans, elle avait été parachutée en Yougoslavie pour y sauver des Juifs. Arrêtée, torturée, elle avait été exécutée par les nazis en novembre 1944 sans avoir jamais craqué. Je songe à ses poèmes, à ce vers que mes parents m'ont appris quand j'étais très jeune : « La vie est un point d'interrogation éphémère. » Plus tard, j'ai découvert cette question dont je n'imaginais pas qu'elle me serait un jour adressée : « Quand viendra le sinistre moment de l'épreuve, chacun d'entre nous saura-t-il se tenir à la place que le destin lui a choisie ? » Il m'a désigné la mienne et je saurai m'y tenir. Je n'ai plus beaucoup de place pour les points d'interrogation dans mon existence car je joue à ce qui m'importe le plus et mes dés roulent depuis bien longtemps. Hannah Szenes a joué et perdu…

*

L'heure est venue. Il faut à peine vingt minutes de marche pour gagner la clinique. Nous en avons prévu trente. Dix grosses minutes de marge pour faire face au moindre contretemps en cours de route. Nous quittons la paisible rue Maysaloun pour celle d'Al-Jalaa encore encombrée de voitures aux phares allumés, klaxonnant à tout-va. Une odeur de gazole flotte dans l'air chargé de poussières. Les passants sont moins nombreux dans cette avenue. Des véhicules militaires légers foncent régulièrement dans les deux sens de circulation. La nuit est maintenant tombée et masque notre tension. Elle m'habite et je la devine chez mes deux compagnons, dont le pas est plus tendu sous leur qamis gris. Fouad le moustachu est à ma droite, du côté des immeubles, Nassim le barbu sur ma gauche, côté rue. Soudain, il trébuche sur la chaussée, bousculé par un homme qui passe en courant entre lui et moi ; il lâche un juron en arabe, se relève, une voiture le heurte légèrement sur le côté gauche sans ralentir. Le choc le projette sur le trottoir, Fouad et moi nous précipitons pour l'aider mais il est déjà debout. Trois hommes se sont arrêtés, nous interrogent du regard et se lancent en gesticulant dans une conversation animée. Nassim joint le geste à la parole pour leur dire que tout va bien. Il nous faut éviter un attroupement, partir rapidement avant que la police ne s'en mêle. Nous reprenons notre marche comme si rien ne s'était passé. J'observe Nassim, son pas est normal mais son visage est crispé. Il murmure : « Sans doute une petite entorse, la douleur va vite disparaître. Il faut avancer, on verra ce qu'il en est quand on sera dans le parking. »

Quinze minutes encore devant nous. Nassim donne le change, avance sans boiter, un rictus lui tord la bouche, je sais qu'il souffre, inutile de le questionner. Fouad s'est placé à côté de lui, prêt à le soutenir. J'ai un quart d'heure pour trouver une solution. Il ne peut pas participer à l'infiltration au sein de la clinique dans cet état-là. Si les choses tournent mal, il faudra disposer de tous nos moyens physiques pour quitter les lieux et détaler. Impossible de courir le risque qu'il se fasse prendre s'il ne peut pas décrocher à toute vitesse. Je n'ai pas le choix, nous nous rendrons à deux seulement dans la chambre de Shihabi. Ma décision est prise, Nassim ne rentrera pas dans le parking, il restera à l'extérieur, où nous le rejoindrons une fois l'objectif atteint.

Nous arrivons place Abil'Alal. Sans préambule, je donne l'ordre à Nassim de s'installer à la terrasse d'un café pour y prendre un thé, à l'angle de la rue Maari et de Mansour, l'avenue des ambassades. Je conclus d'une voix neutre : « Tu nous attends ici. » Fouad l'observe puis dit d'un ton ferme : « Elle a raison. » Nassim ne proteste pas mais maugrée qu'il voudrait se poser à une terrasse plus proche de la clinique. « S'il me faut intervenir en soutien… » Je le coupe, refuse net. Une fois Shihabi mort, nous ne traînerons pas dans les parages. Il enrage en silence, il sait que ma décision est la bonne. Il montre le café de la tête et grogne : « Je vous attends ici. Vous devez être de retour à 22 h 15 au plus tard. » Je tente un sourire, et ajoute : « Si ça tourne mal, tu pars sans t'occuper de nous. Tu ne repasses pas par l'hôtel, tu files au terminal des bus. » Mon ton est si catégorique qu'il acquiesce d'un signe de tête.

Nous le laissons là sans nous retourner. Nous avons moins de cinq minutes pour atteindre notre but. Il est déjà 21 h 35 à ma montre. Le compte à rebours fixé par Yaman a commencé. La rue Altaa-al est étroite, déserte et sombre. L'accès du garage est à cinquante mètres sur notre droite. Nous descendons la rampe, accroupis, plaqués contre son mur gauche car il n'est pas dans le champ des deux caméras fixées sur l'immeuble. À cinq mètres du portail, scellé dans le béton, se trouve le digicode. Tandis que Fouad surveille la rue, je sors d'une poche de mon abaya un gant en plastique très fin, y glisse ma main gauche avant de taper à la suite les deux codes de six chiffres transmis par Yaman. Toujours collés au mur et pliés en deux, nous nous faufilons dans le parking tandis que s'en ouvre l'accès. Nous restons quinze secondes sans bouger. Le portail se referme. Encore quinze secondes d'immobilité. Rien ne se passe. La zone est vide. Personne ne nous a repérés. Il n'y a plus de caméras sur le chemin qui conduit au quatrième étage et à la chambre 427 où est hospitalisé Shihabi. Il est 21 h 38.

*

Comme prévu, la Mercedes noire 280 E du docteur Yaman al-Bachir est garée en marche arrière près de la porte d'accès à l'ascenseur et à l'escalier qui conduisent au rez-de-chaussée. À proximité, quatre vastes poubelles sont réservées aux déchets médicaux. Nous nous faufilons entre la voiture et le mur. La copie en plastique de la clé du coffre est à sa place, glissée dans le pare-chocs. Je la dégage puis l'introduis dans la serrure sans me précipiter. Le hayon se soulève automatiquement. Tout le matériel promis est là, dissimulé dans le double fond : les blouses blanches pour nous transformer en infirmiers, des badges de soignants avec nos noms et nos photos, un voile blanc qui masquera mes cheveux et le haut de mon front, des masques chirurgicaux que nous passerons autour du cou et ajusterons d'un geste lent sur le bas du visage au vu et au su du garde du corps quand nous serons à quelques mètres de lui, les sabots à lanières pour pouvoir courir si nécessaire et les chaussons en tissu qu'il nous faudra enfiler devant le planton surarmé avant de pénétrer dans la chambre décrétée stérile, les gants médicaux aseptiques pliés dans un sachet en papier et la boîte en plastique contenant une seringue à aiguille extrafine déjà remplie de 5 grammes de chlorure de potassium, prête pour l'injection intravitréenne que je pratiquerai entre le cristallin et la rétine. J'ai appris ce geste, l'ai répété des dizaines de fois. Il ne doit laisser aucune trace visible dans l'œil droit de la cible. Nous enfilons vêtements et chaussures marqués *X* et *Z* et laissons les *Y* destinés à Nassim. Nous repasserons par là pour nous changer avant de quitter la clinique et de redevenir des fellahs. Nous disperserons alors tout le matériel utilisé dans les poubelles et le mélangerons aux ordures médicales qui y sont déjà déposées.

*

Nous n'avons pas appuyé sur l'interrupteur en pénétrant dans l'escalier qui conduit au rez-de-chaussée, mais rien dans ces lieux ne peut nous dérouter. Tout nous a été décrit par le menu, le blanc des murs râpeux, la hauteur et la largeur des marches que nous gravissons sans bruit. J'entrebâille la porte donnant sur le hall d'entrée, au niveau zéro de la clinique. Une pâle lumière de veille règne sur le vaste couloir qui s'ouvre devant nous. Le silence est total. Sur la gauche, le bureau des admissions est éclairé plus violemment. En principe, à cette heure, une seule personne y officie. Je ne détecte aucun mouvement proche ou lointain. Pas la moindre présence. Je fais signe à Fouad que nous pouvons remonter le corridor sur la droite jusqu'à l'escalier à volées conduisant aux étages, cinq mètres après deux ascenseurs. Un grand panneau accroché au plafond indique les différents services, dont l'ophtalmologie avec le nom du professeur Yaman al-Bachir. Je pousse la porte de l'escalier, les marches sont sur la droite ; à gauche, se trouve un petit espace où est abandonné un brancard d'urgence masquant plus ou moins un débarras vide sous la première rampe. La lumière jaillit. Je m'arrête net. Quelqu'un descend lentement, d'un pas si lourd que le béton vibre. À coup sûr, un homme. Je recule et sens la brutale accélération de mon cœur. La peur revient pour que nous fassions plus ample connaissance. Juste un tour de piste avec ces battements cardiaques. Rien d'autre, pas de sueurs froides dans le dos ou de frissons sur la peau. Aucun sentiment de panique, seulement de la prudence et tous mes sens en éveil. Comme un fauve aux aguets ou un toréador dans l'arène. Combien de fois ai-je été mise à l'épreuve pour m'évaluer face à l'imprévu, en prendre l'habitude et ne pas être effrayée au-delà du raisonnable ou me retrouver paralysée en pleine action ?

Fouad murmure très bas : « *Oy vey*[1] ! » Je le foudroie du regard, sidérée par cette faute de débutant. D'une voix étouffée, je lui réplique en arabe : « *Alearabiat kalerbyt baynana*[2] ! » Il me regarde droit dans les yeux, sourit, acquiesce, content du test qu'il vient de me faire passer. D'un geste agacé, je lui indique qu'un type est plus haut. De la main gauche, il suggère de rebrousser chemin et d'emprunter l'un des ascenseurs. L'homme poursuit sa descente, sans doute atteint-il déjà le palier du deuxième étage. Il marque un temps d'hésitation, ouvre une porte qui chuinte, la laisse se refermer, puis reprend sa descente et sa ronde. Fouad lance un coup d'œil éclair dans la trémie en se penchant par-dessus le garde-corps métallique. « *Jundiin*[3] ! », souffle-t-il en apercevant des rangers noirs. Je le pousse sur la gauche pour nous glisser dans le réduit sous l'escalier. Je compte les vibrations provoquées par les pas de l'homme, marche après marche. Il ne se presse pas. J'en conclus qu'il ne s'inquiète de rien mais sa patrouille de surveillance est anormale. Le seul militaire présent dans la clinique devait être le garde du corps de Shihabi. Il ne s'arrête pas au premier et aborde la dernière volée de l'escalier. Il est juste au-dessus de nos têtes, ses brodequins claquent sèchement sur le béton. Mon instinct me dit qu'il faut l'éliminer. Les consignes sont claires : tuer s'il le faut. Qu'importe, le pouvoir syrien doit aussi comprendre par cette opération que nous pouvons le frapper au cœur quand nous voulons, où nous voulons.

---

1. « Oh, malheur ! » en yiddish.
2. « L'arabe, que l'arabe entre nous. »
3. « Un soldat », en arabe.

S'il y a deux hommes devant la chambre de notre cible, c'est un de trop. Fouad se tapote la poitrine pour me signifier qu'il a compris et va agir. Il est mieux placé que moi car je suis plus profondément enfoncée dans l'amorce de la soupente. Je cligne des yeux pour lui donner mon accord. Il sort de la cache, s'accroupit, paré à bondir. L'homme franchit la dernière marche, marque un temps d'arrêt, lâche un long soupir d'essoufflement. Le dernier. Fouad, en un saut de chat, le prend à la gorge et lui tord le cou dans le même mouvement. Le soldat, étouffé, nuque brisée, part à la renverse. Je me dégage pour amortir sa chute sur le sol. Fouad le retient par le bras droit, sa tête pendouille, désarticulée, comme prête à se détacher de son corps. Il est déjà mort. Nous le déposons à toute vitesse au fond du réduit sous l'escalier, visage contre le mur, et poussons devant lui le brancard. Il est invisible, sauf à se mettre à quatre pattes. Mon calme m'étonne. Cet homme n'existe déjà plus pour moi. Fouad affiche un étrange sourire. Il est 21 h 47. Deux minutes de retard. Nous nous lançons dans l'escalier et gravissons les marches à toute vitesse jusqu'au quatrième étage.

Une poignée de secondes pour retrouver un souffle normal. À Fouad d'agir. Il entrouvre la porte palière et inspecte le couloir distribuant les chambres. Ici aussi, l'intensité de la lumière a été réduite. La 427 est sur la droite, facile à localiser car un soldat est en faction devant. Personne d'autre dans les parages. Les ascenseurs sont à cinq mètres sur notre gauche et le bureau de veille nocturne beaucoup plus loin encore. Il semble éteint et rien n'y bouge. Fouad m'entraîne avec lui alors que le garde change de position et nous tourne le dos. Il est à une quinzaine de mètres et ne nous a pas encore repérés. Nous nous rapprochons lentement en faisant claquer nos sabots sur le sol pour qu'il réagisse. Nous marchons au milieu du couloir à découvert. Il fait brusquement demi-tour en brandissant son AKS-74 à crosse pliante. Nous stoppons net. Il s'approche. Il n'est plus qu'à deux mètres lorsque Fouad lui indique à voix basse que nous venons vérifier l'état du patient de la chambre 427 à la demande du professeur Yaman al-Bachir. L'homme ne réagit pas, regarde sa montre, fait encore un pas vers nous, nous examine de la tête aux pieds. Je sors de la poche gauche de ma blouse la boîte de soins dans laquelle se trouve la seringue. Je la lui présente les yeux baissés. Fouad précise que nous l'utiliserons pour calmer le patient s'il souffre. Exactement ce que Yaman lui a expliqué quelques heures plus tôt avant de s'envoler pour Londres. Il désigne nos visages du bout du canon de l'AKS. L'ordre muet de remonter nos masques avant d'entrer dans la chambre. Nous obéissons. Fouad tire ensuite d'une poche ses chaussons stériles ainsi que la pochette avec les gants et lui tend le tout pour qu'il l'examine. Je fais de même. Avec son arme, le soldat nous fait signe de le suivre jusqu'à l'entrée de la chambre et nous demande de nous équiper avant d'y pénétrer. Par l'œil-de-bœuf de la porte, il scrute Shihabi pendant quinze longues secondes au moins, se retourne enfin et nous laisse entrer en précisant qu'il doit demeurer à l'extérieur. Fouad lui glisse : « Nous en avons pour deux ou trois minutes, juste le temps de vérifier que tout va bien. »

*

Une légère odeur d'éther flotte dans la pièce d'un blanc immaculé. Elle est plongée dans la pénombre, comme Yaman l'a exigé quelques heures plus tôt. Son patient, a-t-il ordonné, doit être à l'abri de toute agression lumineuse. Une simple veilleuse opaque tremblote au plafond. Le garde nous observe, la face écrasée sur le hublot de l'accès. Fouad lui adresse un signe bref pour indiquer que tout va bien puis nous lui tournons le dos afin de faire écran devant le lit. Il ne peut désormais détecter aucun de nos gestes sur le visage de Shihabi. Le monstre est là, devant nous, allongé, somnolant. Qui pourrait imaginer, en découvrant ce visage délicat et noble, aux traits réguliers, barré d'une fine moustache parfaitement taillée, qu'il s'agit d'un des pires assassins que porte la terre ! La beauté du diable. Ses paupières ne sont pas complètement closes sur ses pupilles d'un noir de papier carbone. Il est à demi-conscient, désarmé, à notre merci. Un sourire semblable à celui que j'ai entraperçu quelques instants plus tôt sur le visage de Fouad me vient. J'en devine la raison profonde, l'irrépressible jouissance de donner la mort à son pire ennemi. Je la sens parcourir mes nerfs et mes veines, me tordre les entrailles, m'envahir d'un terrible plaisir sauvage en même temps qu'une voix intérieure me murmure : « Tue-le ! »

Je me penche sur ces yeux voilés par les drogues. J'aurais voulu qu'il sorte de son état végétatif pour découvrir mon regard et l'incendie qui y brille, que l'effroi le gagne, que sa bouche s'ouvre en grand pour pousser un impossible cri, que ses lèvres roses deviennent violacées, qu'il s'agite et se noie dans l'angoisse, qu'il comprenne que je vis le jour le plus important de mon existence, qu'il sente la mort venir avec cette seringue que je sors de son petit boîtier transparent, qu'il voie la fine aiguille dont je fais jaillir une gouttelette de son liquide empoisonné. Celle-ci retombe sur le drap de lit blanc qui recouvre son corps jusqu'à ses larges épaules dénudées, laissant paraître le haut de son torse couvert d'une toison de sombres poils bouclés. Fouad se presse contre moi. Je devine son impatience à la tension des muscles de sa jambe plaquée contre la mienne. Je pose la main gauche sur le front de Shihabi, un bref frisson me parcourt à son contact, la peau d'un assassin, pourtant si douce, ma main droite tient la seringue, l'approche sans le moindre tremblement de l'œil droit de cet homme qui n'est plus pour moi qu'une cible, d'un geste sec je plante l'aiguille dans la conjonctive et la sclère, elle traverse le blanc de l'œil, s'enfonce sans aucune résistance dans la cavité du corps vitré à l'arrière du cristallin, j'appuie lentement sur le piston jusqu'à ce que disparaisse la dernière larme de chlorure de potassium.

Shihabi ne réagit pas, son œil gauche cille légèrement, s'écarquille, se tourne vers moi, me fixe, je m'avance, mon visage à quelques centimètres du sien, impossible de savoir s'il me voit, son demi-regard n'exprime rien, mes mâchoires se crispent de déception, je voudrais tant qu'il sente sa fin inexorable et sache que je venge mon père. Alors, je lui dis en arabe d'une voix normale, avec l'espoir qu'il m'entende : *« Abn aleahirat, aleahira*[1] *! »* Soudain, le temps d'un ultime battement de cils, jaillit dans ses yeux de ténèbres un éclair de peur. Il a compris. Fouad me tire avec une délicatesse surprenante par

1. « Crève, fils de pute ! »

les épaules en murmurant, cette fois en arabe : *« Hadha yakfi, laqad tama*[1] *! »* Sans que je lui en donne l'ordre tout mon corps lui résiste, il insiste, je n'ai pas droit à ce moment de jubilation, cet assassinat est une malédiction qui en appellera d'autres. Fouad a connu cet instant fatal du premier crime. À mon tour, je viens d'entrer dans l'univers primitif de la vengeance d'État. Fraction de seconde de lucidité que je chasse aussitôt. On m'a préparée à ce flottement. Je suis déshumanisée, mon corps se détend. J'observe mes mains. Pas le moindre tremblement. Je replace avec minutie la seringue dans la boîte en plastique puis la glisse dans la poche gauche de ma blouse. Geste cent fois répété. Shihabi pousse un soupir rauque, son dernier souffle n'est pas loin. Fouad me tend l'un des trois scalpels qu'il a récupérés sous le matelas. Je le tiens encore dans la main gauche lorsque le garde du corps ouvre d'un violent coup d'épaule la porte de la chambre en brandissant son arme et en aboyant : *« Tawil jidana*[2] *! »* Fouad lui répond sans hésiter : *« Aintahaa kula shay'ealaa ma yaram*[3] *! »* Nous faisons un pas de côté pour le laisser s'approcher du lit. Alors qu'il incline la tête sur le visage de son maître, je lui plante sans la moindre hésitation le scalpel dans la carotide et la tranche d'un geste sec. Un flot de sang jaillit sur le drap blanc. Fouad écrase aussitôt le nervi sur le lit, le plaque sur le corps de Shihabi, ses mains s'agitent un bref instant dans tous les sens, s'accrochent aux épaules du monstre en train de s'éteindre, s'emparent de son visage puis retombent, inertes.

1. « Ça suffit, c'est fait ! »
2. « C'est trop long ! »
3. « C'est fini, tout va bien ! »

J'observe les deux cadavres sans ressentir la moindre émotion. Même pas une envie de vomir. Suis-je encore un être humain pour être aussi indifférente ? Je ne me suis pas transformée en criminelle en une nuit. Depuis la disparition de mon père, je ne vois pas d'autre issue que la vengeance et tout, autour de moi, m'a poussée à emprunter ce seul chemin. Je suis une meurtrière programmée, déjà endurcie avant de tuer, mais pas irréfléchie. Ma raison a écarté toute alternative sans éteindre mes peurs et la conscience instantanée de la barbarie de l'acte que je viens de commettre. Ma violence est l'enfant de mon histoire et de la terre où je vis, je le sais et l'assume. La mort de Shihabi et de son garde du corps en sont la preuve, comme la trace de sang sur ma blouse. Fouad ouvre une armoire pour voir s'il n'en trouve pas une autre. Rien, pas le temps de chercher, il nous faut décrocher au plus vite. Nous sommes mus désormais par la crainte de nous faire prendre et le désir viscéral d'en réchapper, dopés par une violente sécrétion d'adrénaline. Un médecin instructeur nous a expliqué cette réaction, l'a anticipée en nous donnant les termes physiologiques qui la décrivent pour la parer d'une froideur médicale. « La comprendre, nous a-t-il dit, c'est déjà la contrôler. » Tout mon être est donc prêt à affronter le danger, à manger la cervelle de ceux qui voudraient maintenant nous intercepter. Aucun des phénomènes à l'œuvre en nous en cet instant ne nous est inconnu. Nous avons tout appris des ressorts de la peur, pour mieux la dompter lorsqu'elle sort de son antre.

*

Fouad me précède, ouvre la porte de la chambre, pas âme qui vive dans le couloir toujours éclairé d'une lumière tamisée. Par prudence, nous gardons nos masques pour nous diriger sans courir mais à vive allure vers la cage d'escalier. Nous dévalons les quatre étages. Au rez-de-chaussée, un temps d'arrêt. Trop de bruit derrière la porte. Fouad l'ouvre de quelques centimètres, jette un coup d'œil à l'entour. Sur la gauche, des ambulanciers poussent en courant une civière sur laquelle gît un homme. Une grande femme blonde, en robe de soirée noire pailletée d'argent, les suit. Un infirmier surgit du bureau des admissions. Des cris fusent, des bras gesticulent, un début de chaos, ambulanciers et soignants empressés foncent vers le bout du corridor. Comme ils nous tournent le dos, nous franchissons la porte palière, partons aussi vers la gauche sans nous presser, visages toujours masqués. Je me crispe, redoute que dans cette nuée affolée une tête soudain se retourne vers nous. « Les nécessaires ralentissements dans l'action font monter la tension, m'ont expliqué Fouad et Nassim lors de nos entraînements. Ce sont les moments les plus difficiles à gérer. » Ne pas accélérer le pas alors que tout nous y incite, donner le sentiment de marcher calmement. Cet instant dure une éternité. Cinq à six secondes, en fait, pour rejoindre l'accès au garage. Fouad s'y glisse avec une souplesse de félin, je le suis sans pouvoir m'empêcher de marquer un bref temps d'arrêt avant de disparaître. Ma première erreur. Je ne peux imaginer combien elle va me coûter cher.

L'essaim de blouses blanches et le brancard disparaissent déjà derrière une large porte à battants, sans doute l'entrée des urgences et du bloc opératoire. La femme blonde, légèrement distancée, s'arrête net, se retourne vivement, comme mue par un instinct, et m'aperçoit. Nos regards se croisent. Une fraction de seconde de trop. Si elle fait un mouvement et vient vers moi, je la tue. Je la supplie dans ma tête de rester immobile. Je mémorise son visage. Elle est sans le moindre doute occidentale, très sophistiquée. Une call-girl, peut-être, qui a racolé un riche Syrien. Ses yeux sont brillants, des lasers qui enregistrent tout, mes traits au-dessus de mon masque chirurgical, la couleur de la mèche de cheveux qui échappe à mon voile d'infirmière, ma blouse tachée de sang. Elle se détourne vite et s'engouffre dans le bloc opératoire avant même que je referme la porte derrière moi. Je dégringole les marches derrière Fouad, qui n'a pas remarqué ma faute. Rien à signaler dans le parking. Il ouvre le coffre de la Mercedes, nous repassons nos habits, qamis gris et abaya noire, enfilons nos chaussures, rassemblons les trois tenues médicales et le matériel que nous avons utilisés pour les jeter dans les quatre grandes poubelles. Fouad m'indique qu'il garde la copie de la clé du coffre, il la balancera dans une bouche d'égout. Je me rends compte que ma main gauche est couverte de sang. Je crache dessus, la frotte avec un pan propre de ma blouse, Fouad joint sa salive à la mienne, m'aide à me nettoyer tout en plaçant ma main dans la sienne. Nos regards se croisent, il me sourit, jusqu'alors je n'avais pas noté à quel point il est séduisant. Étrange moment, je viens de tuer et je m'émeus devant la beauté d'un homme. J'ai tué et tuerai encore mais je veux vivre. Avant de noyer nos tenues médicales dans les déchets, Fouad déchire un morceau de blouse et m'y enveloppe la main. Personne ne peut plus voir les taches de sang incrustées dans ma peau. Je les ferai disparaître à l'hôtel.

Alors que nous nous dirigeons vers le portail du parking, il s'ouvre en silence. Une voiture descend la rampe, tous phares allumés. Nous bondissons derrière les containers d'ordures, seul refuge pour nous dissimuler. Une grosse Mercedes noire passe à trois mètres de nous. Quatre hommes en descendent. Accroupis, nous n'apercevons que le bas de leurs tenues. Ils portent des pantalons militaires. Leurs chaussures noires brillent, parfaitement cirées, sans la moindre trace de poussière. Sans doute des officiers supérieurs qui viennent de leurs bureaux. Leurs pas sont précipités. Pourquoi sont-ils ici ? Est-ce pour rencontrer Shihabi ? Ou pour s'inquiéter du sort de l'homme sur le brancard ? Ou d'un autre dignitaire du régime hospitalisé sans que Yaman l'ait appris ? Ils foncent vers l'ascenseur, y entrent à peine la porte ouverte. Il ne faut plus traîner. Je regarde ma montre. 22 h 05. Cinq minutes de trop. Nassim doit s'impatienter. Fouad appuie sur le bouton d'ouverture du parking. Nous n'attendons pas que le vantail métallique soit complètement relevé et nous nous faufilons dessous. Nous grimpons en courant la pente pour gagner l'étroite rue Altaa-al tout en veillant à échapper une fois encore aux caméras. La rue est vide, nous fonçons vers l'avenue Mansour pour nous éloigner au plus vite de la clinique et retrouver Nassim au carrefour de la rue Maari. Il n'a pas bougé, impassible, assis à la terrasse du café où nous l'avions abandonné. Il se lève et nous rejoint sans boitiller. Pas la moindre parole échangée. Un seul signe de tête pour lui signifier que la cible est éliminée. L'avenue ne grouille pas de monde, mais les passants sont encore suffisamment nombreux pour que nul ne s'interroge sur nous à cette heure déjà tardive. Nassim nous suggère de nous presser, sa cheville le fait très peu souffrir. Nous passons devant l'ambassade de Libye, gardée par une troupe d'hommes surarmés. Une fois dans Al-Jalaa, à voix basse, nous racontons à Nassim ce qui s'est passé. Il se demande si nous ne devons pas modifier nos plans. Je refuse net. Je suis convaincue que nous serions aussitôt signalés si nous ne passions pas la nuit à l'hôtel Palmyra comme annoncé.

Il est 22 h 30 lorsque nous parvenons devant l'immeuble médiocre transformé en bouge pour fellahs fauchés. Nous ne nous sommes pas absentés assez longtemps pour que notre retour trouble le vieillard au visage cuivré, qui sommeille sur sa chaise à la réception. Avant de passer devant lui, je plonge ma main gauche bandée dans la poche de mon abaya. Tel un batracien aux aguets, il soulève une paupière et son œil bleu acier enregistre notre arrivée. Je devine qu'il consulte l'horloge placée au-dessus de sa tête. Sans doute attend-il que nous ayons disparu dans l'escalier pour noter notre heure de retour dans un cahier où il consigne, j'en suis sûre, toutes les allées et venues de ses clients. Yaman a garanti qu'il était fiable mais cet homme prend aussi ses précautions pour éviter les ennuis et pouvoir rendre compte avec précision de ce qui se passe jour et nuit dans ce lieu pourri à l'odeur de moisi, en cas de contrôle policier ou militaire.

*

Arrivée au premier étage, je me précipite dans les toilettes au bout du palier pour dénouer mon bandage de fortune et effacer sous l'eau les traces de sang maculant ma main. Je déchiquette mon faux pansement en petits morceaux que je glisse dans une poche de mon abaya pour les disperser sur le chemin du terminal des cars au petit matin. Ne rien laisser au hasard. Rien !

Je rejoins Fouad et Nassim dans la chambre. La pièce est plongée dans l'obscurité. Nassim entoure avec minutie sa cheville blessée avec un lambeau de tissu sale qui traîne dans la chambre. Fouad veille près de la fenêtre donnant sur la rue Maysaloun devenue silencieuse. La ville à cette heure ne dégage plus qu'un bourdonnement sourd et confus. Un sentiment étrange fait de fatigue et de désir m'envahit. J'ai tué deux hommes et ordonné la mort d'un troisième. Je n'éprouve toujours aucune culpabilité. Je n'ai pas hésité, pas tremblé, habitée par le sang-froid que l'on m'instille à hautes doses depuis des mois. Toutes les phases de l'opération défilent dans ma tête. Pas d'erreur pour les meurtres. Éliminer le soldat dans l'escalier puis le garde étaient les seules options. Des mauvaises surprises de ce genre avaient été envisagées au cours de notre préparation et le mot d'ordre était net : supprimer par tous les moyens les obstacles pouvant empêcher d'atteindre la cible. Je suis certaine que nous n'avons laissé aucune trace. Yaman l'avait précisé, pas de caméra à l'intérieur de la clinique, impossible de nous identifier. Pas de témoin vivant. Mais il y a ma curiosité coupable, cette fraction de seconde à l'arrêt, le regard de cette femme qui m'a photographiée. « Nettoyez le terrain sans hésiter si c'est nécessaire », nous a-t-on dit. Comment pouvais-je la tuer ? Il fallait partir. Sans doute suis-je en train d'accorder trop d'importance à un accroc sans gravité. Shihabi est mort, c'est l'essentiel.

Nous avons réussi, frappé le régime de Damas dans sa bauge, mais que valent désormais nos vies aux yeux de nos chefs ? Sans aucun doute sont-elles très précieuses mais le but comptait plus que nous-mêmes. Si nous ne rentrons pas, nous serons des héros regrettés et célébrés dont on fera tout pour récupérer les corps, en même temps que de simples dégâts collatéraux dans une guerre souterraine sans foi ni loi. Telle est la règle de ce jeu dont plus jamais je ne pourrai sortir. Je l'ai acceptée et, à cet instant précis, elle me laisse indifférente tant la satisfaction d'avoir vengé moi-même mon père m'a envahie quand j'ai planté l'aiguille dans l'œil de Shihabi. Ma tête et mon corps ont joui, saisis de réflexes primitifs. Un rut sauvage, une décharge électrique au tréfonds de mon entrecuisse, une vague humide et gluante, une volupté incontrôlable. Comme une submersion. Sans doute les hommes ont-ils une érection brutale lorsqu'ils donnent la mort à un ennemi juré. Seul le plaisir né sans désir peut faire oublier le crime, il achève l'acte et expulse dans ses râles la peur sourde que l'on ressent au fond de soi avant de le commettre.

*

Assise sur le rebord d'un des trois lits, j'observe Fouad et Nassim qui me tournent le dos. Qu'éprouvent-ils ? Rien dans leur comportement ne trahit la moindre faiblesse. Ne sont-ils que des machines à tuer au nom de leur pays ou peuvent-ils aimer, se laisser prendre dans les bras d'une femme et s'y perdre ? Fouad est le plus beau des deux et j'aimerais faire à cet instant l'amour avec lui comme je l'ai fait avec tant d'hommes depuis que j'ai compris que je les attirais. Le désespoir de ma mère après le massacre de mon père, le seul homme de sa vie, et de la mienne d'une autre manière, m'a convaincue de ne jamais céder à la passion amoureuse et de ne croire qu'aux bonheurs du sexe. J'ai chassé de mon existence intime toutes les obligations morales et sentimentales. Quand on refuse de dire « je t'aime », il n'y a plus de promesses, de projets communs, de trahison, de tromperie, de désunion. Le plaisir comme seul but, lorsqu'il est synonyme d'oubli, ne s'embarrasse pas de liens, ne dure pas, étanche une envie simplement viscérale. On referme la porte derrière lui sans regret une fois qu'on l'a éprouvé.

Cette parenthèse programmée se transforme en un moment incertain et flou. Tout devient empreint de lenteur. L'attente après l'action. Un no man's land psychologique. Il va s'étendre jusqu'à 4 heures du matin. Nous nous dirigerons alors vers le terminal des cars. Il faut remplir ce vide, ne laisser aucune faille. Pas de vague à l'âme. La force inconsciente qui nous anime reste aux aguets. J'abandonne à mes compagnons les deux premiers tours de veille. Je les devine prêts à agir à la moindre alerte. Le chant choral de plusieurs muezzins pour la prière de la nuit rebondit sur les toits de la ville et chasse enfin mes fantasmes. Minuit. Allah est le dieu de mes ennemis, pourtant j'aime ces voix profondes, mélodieuses et envoûtantes qui traversent le ciel comme des étoiles filantes et psalmodient : « Venez à la prière, venez à la félicité. » Cette mélopée m'a toujours charmée et mes deux premiers crimes n'y changent rien. Je ferme les yeux, brève nuit de répit, la dernière peut-être dans mon existence que je viens de peupler pour toujours d'indestructibles fantômes.

Je sursaute. Combien de temps ai-je sommeillé ? J'ouvre les yeux. Je croise le regard bienveillant de Fouad toujours posté devant la fenêtre. Nassim s'est allongé sur une des paillasses dégueulasses et s'est assoupi. Il est déjà 3 heures. Je me lève pour assurer à mon tour la surveillance de la rue et demande à Fouad de se reposer. Avec un léger sourire, il esquisse un salut militaire pour me signifier qu'il accepte mon ordre. J'effleure d'une main son épaule. Geste inutile. Il ne tressaille même pas et va s'allonger. La nuit est noire, piquetée de rares étoiles. J'aperçois sur la gauche l'avenue Al-Jalaa. Plusieurs voitures de police y déboulent à toute allure. Où vont-elles ? Ont-ils déjà découvert les corps de Shihabi et de son mamelouk ? La traque est-elle lancée ? En principe, selon Yaman, la première visite médicale après la nôtre est prévue à 6 h 30. Nous serons déjà loin sur la route de Quneitra. Mais il y a eu l'arrivée de ce blessé, cette femme, cette agitation, ces officiers impatients dans le parking, le garde et le soldat liquidés. Tout cependant reste calme dans la rue Maysaloun. Quelques fenêtres y brillent de nouveau. Lumières tremblotantes et discrètes. Un homme sort d'un immeuble, s'éloigne d'un pas traînant et las. La vie va peu à peu reprendre ses droits. Les minutes s'écoulent, l'obscurité demeure, je devine un lent changement d'atmosphère, l'aube approche en silence avant que, plus tard, le soleil ne rugisse de nouveau dans le ciel. Je regarde Fouad et Nassim endormis, sereins. Je m'avance vers eux. À peine ai-je fait un mouvement qu'ils se réveillent. « 4 heures, il est temps de partir. »

*

Le terminal de Samariah est à plus de trente minutes de marche. Nous parcourons un fouillis de ruelles encore désertes à cette heure. Maysaloun qui traverse Al-Jalaa, puis Moussa-bin-Nouseir que nous rejoignons par un sombre coupe-gorge, Al-Mindi-bin-Baraké, une large artère éclairée qui donne à moins de cent mètres à gauche sur la vaste place des Omeyyades. La circulation dans ce grand carrefour est encore calme à cette heure. Deux chars sont en position sur le terre-plein central, canons visant des ennemis invisibles, dragons d'acier aveugles et impuissants face à nous qui venons de frapper le régime à leur insu. Nous emboîtons le pas à un groupe d'hommes, de femmes et d'enfants chargés de paquets, se dirigeant eux aussi vers le terminal des autocars. Une voiture de police flambant neuve avance au ralenti, roule un instant à notre hauteur, personne ne se retourne vers les flics qui nous scrutent depuis l'intérieur de leur véhicule. Nul ne semble s'en inquiéter. L'indifférence et la fatalité se sont installées dans ce pays tenu par la poigne d'Assad. Comme si la peur y était devenue une distraction. Un seul mouvement d'humeur de ces policiers et nous nous retrouvons tous sous les verrous pour être soumis à des interrogatoires et des tortures. Un coup de vent soulève un nuage de poussière. Hommes et femmes du groupe portent leur main au visage pour s'en protéger. La voiture de police s'éloigne puis ralentit de nouveau, repart, fait le tour de la place, repasse devant nous alors que nous obliquons vers une rue sur la gauche. Je devine les yeux suspicieux qui examinent chacun d'entre nous, nous avançons, nous nous éloignons, sans changer de rythme en signe d'innocence. Alors que nous avons parcouru plus d'une centaine de mètres, un homme marchant tête baissée à nos côtés jette un regard furtif en arrière. Fouad l'imite et d'un simple clignement des paupières nous fait comprendre que le danger est passé.

Le rideau d'une aube blanche se lève sur le quartier anarchique du terminal que nous avons déjà traversé la veille, à notre arrivée. Damas reste « un grain de beauté sur la joue du monde » dans les dédales de sa vieille ville mais se transforme ici en un informe bidonville. Des bâtiments inachevés bardés de ferrailles rouillées ont succédé à des constructions médiocres. Des chemins de terre et des routes mal goudronnées, en partie défoncés, dessinent une toile d'araignée délirante autour d'un axe autoroutier, des poteaux électriques et téléphoniques chancelants forment une forêt sauvage surmontée d'un enchevêtrement de fils tissés en une sinistre canopée au-dessus de nos têtes. Nous longeons des échoppes, seul un café est ouvert à côté des caisses du terminal à jamais inachevé où s'agitent des nuées de voyageurs. Comme nous avons pris des billets aller-retour au départ de Quneitra, nous disposons de quelques minutes. Notre car stationne au milieu de dizaines d'autres, en attente, encore à moitié vide, orné sur le devant d'une guirlande lumineuse. Ces petites lumières colorées accrochées sur tous les bus donnent à ce grand bazar automobile un air de fête foraine triste.

Je propose que nous avalions un thé chaud ou un café syrien préparé à la turque, très fort, chargé de marc, au goût étrange. Thé pour nous trois ! Nassim se charge de les commander. Nous nous asseyons. Trois fantassins armés patrouillent à une trentaine de mètres au milieu des bus et de la foule des voyageurs. Ils inspectent les groupes qui ont allumé des réchauds à bois pour passer la nuit ici faute de pouvoir s'offrir un hôtel. Ils se penchent sur un homme affalé par terre, braquent leurs fusils automatiques sur lui, le forcent à se redresser, il tient à la main un gros bagage de fortune, une couverture nouée, qu'il lâche sous un coup de crosse, le contenu se répand sur le sol dans un grand fracas de bimbeloterie en fer-blanc ; l'homme fait un pas en arrière, un soldat tire, le type tombe à terre sans que personne bouge à l'entour. « *'iinah lisun*[1] », marmonne le serveur en nous apportant nos thés. Nous ne répondons pas. Yaman nous a prévenus, les délateurs pullulent dans ce coin, le régime a rempli le secteur d'indics. Nassim paye, nous avalons nos breuvages d'un trait puis gagnons sans dire un mot le car surveillé de près par une autre patrouille, deux jeunes hommes, sûrs d'eux, torse bombé, fiers de porter l'uniforme. Ils nous arrêtent, nous déshabillent du regard, plantent un fusil dans le dos de Fouad et le bousculent pour qu'il monte plus vite dans le bus, font de même avec Nassim. Le plus virulent des deux soldats me met la main aux fesses pour me faire avancer et lâche un rot forcé. Je ne bronche pas, ma bouche s'emplit d'un suc amer, je sens de nouveau monter en moi l'envie de tuer. Nous nous installons tous les trois côte à côte sur la banquette du fond. Encore cinq minutes avant le départ.

Le chauffeur lance le moteur, le fait ronfler pour le nettoyer des miasmes de la nuit ; un homme, une femme et un enfant se pressent dans le couloir, suivis des deux soldats qui nous ont examinés et bousculés à la

1. « C'est un voleur. »

porte du bus. Armes pointées, prêts à tirer, l'air menaçant, ils effectuent une dernière inspection, dévisagent les passagers les uns après les autres, progressent inexorablement entre les sièges, parviennent jusqu'à nous, échangent quelques mots à voix très basse, prêtent à peine attention à Nassim et Fouad, c'est moi qui les intéresse. Je le pressens et me blottis contre Fouad, qui leur sourit et leur dit : *« Zawjati*[1] *! »* Je lève les yeux vers eux puis interroge Fouad du regard. Ils font un pas de plus dans ma direction, le plus agressif me place le canon froid de son arme sous le menton, me force à relever la tête. Son regard incendié plonge dans le mien, j'y vois l'envie de s'emparer de moi, une poussée bestiale de sexe qui le fait bruyamment déglutir. Je devine Fouad prêt à lui bondir dessus, Nassim se met alors à leur parler à tout-va, à raconter d'où nous venons, qu'il est le frère de Fouad qui va avoir un fils, c'est ce qu'a confirmé le médecin la veille en m'examinant, sa fierté d'avoir bientôt un neveu, la joie de leurs parents, un garçon de plus pour le pays, un futur militaire comme eux qui sont jeunes et nous protègent de nos ennemis, comme lui et son frère dix ans plus tôt quand ils ont combattu dans le Golan contre ces chiens de Juifs, ces *« killab yahudia »*. Nassim tend la main droite paume ouverte vers les deux sans-grades. Fouad l'imite. Je sais que ces doigts déployés en signe de paix peuvent devenir des lames de couteau pour frapper les deux hommes à la gorge et les tuer sur le coup si l'échange dégénère. Les soldats hochent la tête mais celui qui me fait face continue à me fixer sans bouger, son compagnon recule, lui tape sur l'épaule

1. « C'est ma femme ! »

et lui dit à voix haute « *Hayaa bina*[1]. » Tout en plantant maintenant son fusil entre mes seins, mon vis-à-vis tourne son regard vers Fouad et lui lance « *Taejbani, ladayk alhazu*[2] » puis, sans un mot de plus, il tourne les talons.

J'attends que les deux hommes soient descendus du car pour murmurer qu'on n'en a peut-être pas fini avec eux. Mon instinct me dit que ce type a reniflé un truc. Je redoute un comité d'accueil un peu plus loin ou à Quneitra, mais le plus excité remonte déjà dans le car et revient vers nous à grands pas. Il se plante devant moi en criant : « *In takun yahudia*[3] ? » Je bondis en levant les bras au ciel, hystérique, hurlant des injures arabes. Je le maudis pour ce qu'il vient de me dire. Fouad et Nassim s'emparent de moi comme pour me calmer, s'interposent, l'accusent d'insulter leur famille et la mémoire de leur père tombé sous les balles sionistes en 1967, pendant la guerre des Six Jours. Ils avancent vers lui la mine révoltée et belliqueuse ; surpris il recule, baisse enfin son arme, commence à bredouiller des excuses, sans doute plus convaincu par notre arabe syrien que par notre réaction. Il s'éloigne, nous lance un dernier regard hostile. Tous les voyageurs se sont retournés, à la fois curieux et soupçonneux. Nous nous rasseyons, je plonge la tête dans l'épaule de Fouad et feins de bruyants sanglots, couvrant presque le craquement des vitesses du car en train de démarrer dans une tempête de poussière jaune. Il frôle les deux militaires, contraints

1. « On s'en va. »
2. « Elle me plaît, tu as de la chance. »
3. « Tu ne serais pas juive ? »

de fuir tête baissée cette rafale de terre sèche. Je les suis du regard et, sans m'en rendre compte, reviens me plaquer contre Fouad, qui ne bronche pas. Nous tenons nos rôles, nous sommes mari et femme pour quelques heures encore.

*

Pourquoi ce type a-t-il imaginé que j'étais juive ? Cette question me taraude pendant que le bus sort en cahotant des faubourgs de Damas et se lance sans se presser par la route numéro 7 dans la plaine fertile du Hauran, succession de champs et de pierriers de basalte, avec pour horizon à l'est la puissante silhouette du djebel Al-Arab, terre des Druzes, pas encore enneigé en cette saison. Je n'ai commis aucun faux pas, mon arabe ne l'a pas surpris. Mon visage a-t-il éveillé ses soupçons ? Personne ne l'a remarqué dans Damas. Malgré ma jambe déformée, mon corps dénudé n'avait rien de différent des autres corps de femmes au hammam. Mes yeux noirs, légèrement en amande, un brin dissymétriques ont, il est vrai, un attrait singulier. Ils peuvent troubler les hommes, mais j'ai baissé le regard devant ce militaire et ne l'ai pas affronté. Peut-être aurais-je dû m'indigner quand il m'a mis la main aux fesses, mais ce geste est si banal en Syrie que je n'ai pas réagi. Est-ce mon erreur ? Mon mari était avec moi, j'aurais dû simuler une colère folle, hurler et alerter les deux hommes qui m'accompagnaient. La situation aurait pu dégénérer. J'ai fait le choix du silence. En me taisant, j'ai eu le comportement d'une Occidentale ou d'une salope. Le soldat a peut-être voulu m'insulter, m'avilir devant mes compagnons de voyage, me traiter à sa manière de pute en me soupçonnant d'être juive. Il faudra en parler à notre retour, savoir ce qu'en pensent Nassim et Fouad, rendre compte à nos supérieurs pour comprendre cet accroc et en tirer des leçons.

Les arrêts et les contrôles policiers se succèdent comme à l'aller. Plus le moindre incident. Nous sommes redevenus des fellahs somnolents, épuisés par leur séjour à Damas, rentrant chez eux comme beaucoup d'autres dans le car qui se vide et se remplit à chaque stop. Le temps s'étire avec lenteur. Ces deux heures et demie de route me paraissent interminables. Mes paupières sont lourdes et je lutte contre le sommeil. Ne pas perdre le fil. Rester lucide. À mes côtés, Fouad et Nassim ont les yeux grands ouverts. Nassim observe sans cesse la route et le trafic. Fouad surveille les va-et-vient à l'intérieur du car lors des arrêts. Des félidés à l'affût. La clinique doit maintenant être en ébullition, envahie de flics ou de militaires. La traque des assassins de Shihabi et des deux soldats a sans doute commencé. Quelle piste ? Nous sommes loin de Damas à présent, trois cailloux au milieu d'un désert de pierres. Les formes spectrales de Quneitra se dessinent dans l'horizon, ville à demi morte, mirage sous la lumière brute du matin. La dernière phase de l'opération est proche, franchir ces quelques centaines de mètres qui nous séparent du Golan sous contrôle israélien, passer au travers du filet syrien et des maigres forces internationales. Nous prendrons le même chemin qu'à l'aller mais en plein jour et sans la moindre épreuve pour nous évaluer. Nos chefs doivent déjà savoir que nous avons éliminé Shihabi. Beaucoup moins de temps sera nécessaire pour regagner la clairière, retrouver la Jeep du major et redevenir des citoyens ordinaires au-dessus de tout soupçon. L'aube est dissoute, le soleil éclabousse le paysage et ce parcours de retour n'a plus rien d'initiatique. Mission accomplie.

*

Le bus ralentit. Nassim se retourne vers nous. Le terminus est là mais son environnement a changé. Plusieurs chars sont positionnés le long de l'avenue qui conduit au centre de la nouvelle ville de Quneitra. Les militaires pullulent, déployés en une multitude d'essaims dans les abords de la ville, à l'ouest et vers le sud au pied du Golan, le long du no man's land contrôlé par les troupes onusiennes. Rien de très surprenant, tous les deux ou trois jours l'armée syrienne aime faire ici une illusoire démonstration de force. Ce prurit militaire vise la population, pas Israël. Le régime a besoin de déployer par surprise sa puissance pour faire croire qu'il est prêt à combattre l'ennemi juif. Cette soldatesque nous contraint à modifier notre plan initial d'évacuation. Nous allons filer vers l'est comme si nous repartions vers le village où nous vivons selon nos fausses pièces d'identité, tourner ostensiblement le dos à la frontière et à la zone tampon pour échapper à un contrôle sévère. Nous contournerons Quneitra au large puis reviendrons plus au sud de la ville pour nous faufiler à travers les mailles du dispositif militaire syrien, dans une zone à la géographie si chaotique que toute manœuvre d'ampleur y est impossible. Nous en avons étudié la topographie et savons par où passer sans courir le moindre risque. Du haut des falaises du Golan, notre armée surveille sans cesse cette mer de caillasse à travers laquelle ne peuvent s'insinuer que de petits commandos expérimentés. Ce scénario a lui aussi été envisagé par les méticuleux stratèges de l'opération et j'ai en tête les sentes inaccessibles à des véhicules que nous devons désormais emprunter.

Nous descendons du car, mêlés à la foule des autres voyageurs sous le regard blasé de nombreux soldats. De manière curieuse, l'atmosphère n'est pas lourde, comme si ce vaste déploiement armé était sans but défini, presque carnavalesque. La tension serait sans doute beaucoup plus grande si ces troupes avaient été lâchées pour traquer les assassins de Shihabi. Nous suivons à distance deux familles qui se dirigent vers la route 119 conduisant au village d'Al-Rafid et, beaucoup plus loin, au sud-est, à Shaykh Miskin, destination finale d'un autre bus qui nous frôle dans un tintamarre de ferraille. Les soldats nous laissent passer, indifférents, préoccupés avant tout de surveiller les abords de la route 7, sur les flancs mêmes du Golan. Ils ont l'air féroce dans leur tenue surarmée mais leurs visages inexpressifs montrent qu'ils ne croient plus à rien. Après plus d'une demi-heure de marche, nous nous laissons distancer par le groupe de fellahs qui nous précède, puis bifurquons dans un chemin de terre autour duquel errent quelques malheureuses chèvres décharnées. De pauvres habitations s'éparpillent dans le paysage escarpé. Nous allons nous faufiler au sud de la vieille ville de Quneitra en ruine puis piquer directement vers le haut du massif qui se dresse devant nous, à quatre kilomètres à pied. Les blindés syriens ne s'aventurent jamais dans ce secteur trop abrupt. Tsahal veille sur la zone, embusquée sur l'ourlet du plateau. Planquées sur les hauteurs, nos unités peuvent tirer comme un lapin toute personne suspecte.

Aucune attaque terrestre n'est possible dans cette houle de pierres, de bosses et de trous. À cette heure, nos troupes sont en alerte. Elles ont été informées que nous pouvions nous trouver dans ces parages.

Nassim fixe le rythme lent de notre marche pour ménager sa cheville blessée. Nous l'encadrons avec Fouad. Pour la première fois depuis plus de trente heures maintenant, mon corps est brisé par la lassitude physique, envahi de douleurs. Pas d'aveu de faiblesse, j'avance en donnant le change, bien droite, portée par une volonté inflexible que l'élimination de Shihabi n'a pas désamorcée. Mon esprit reste la proie de cette colère froide qui m'anime depuis tant d'années. Ne rien céder.

La gorge que nous devons emprunter pour remonter sur le plateau et rentrer en zone israélienne est maintenant proche, très étroite, peu profonde, une fente à peine visible de là où nous nous trouvons. Une masure au toit effondré s'accroche au flanc de la pente sur la droite. À deux cents mètres de nous, une ferme en ruine barre le chemin de pierraille sur lequel nous avançons. Nous nous en écartons pour nous mettre plus à couvert et profiter d'un wadi asséché. Nous progressons encore plus lentement sans pour autant nous arrêter. Je nous réorganise, Nassim regardera droit devant vers l'ouest, Fouad sur la gauche vers le sud, moi sur la droite vers le nord et derrière nous trois à l'est. Nous parvenons à hauteur de la bâtisse défoncée de tous côtés. Personne ne s'y cache. Deux chèvres broutent à l'intérieur des éboulis. Elles marquent un temps d'arrêt, dressent la tête, cornes relevées, grands yeux ouverts et inquiets ; rassurées, elles recommencent à paître.

L'ouverture dans la falaise n'est plus qu'à une centaine de mètres. Le terrain à présent est sauvage, recouvert d'arbres bas et de broussailles, une végétation touffue à travers laquelle nous pouvons nous faufiler sans courir un grand risque d'être repérés par une patrouille qui traînerait là par un improbable hasard. Malgré la tentation d'aller vite, nous n'accélérons pas. Rester calme. Tout contrôler. Personne en vue. À vingt mètres à présent devant nous, la faille ressemble à un trou noir. Un dernier tour d'horizon, rien, la masure sur la droite est inoccupée, nous avançons, dix mètres désertiques maintenant, à découvert, ensuite nous serons à l'abri, au-delà de la ligne invisible qui sépare la Syrie de la zone sous contrôle israélien, là-haut, sur le plateau au-dessus de nos têtes.

Alors que Fouad fait un pas de côté et se détache de nous pour éviter un gros amas de roches brunes, une kalachnikov aboie. Nous plongeons au sol, je rampe vers la faille, Nassim fait de même à côté de moi, le tir recommence sans nous atteindre, nous nous redressons car les balles ricochent très au-dessus de nos têtes. Nous sommes hors d'atteinte du tireur et fonçons pour disparaître dans la gorge. Le sniper doit être seul. Il ne cesse pas de tirer mais ne courra pas le risque de nous suivre. Nous interrompons notre course, nous retournons, Fouad est à moins de cinq mètres derrière nous, belle silhouette à contre-jour. Il nous rejoint, un pied déjà au paradis, mais son corps soudain se désarticule, d'un grand geste ses bras balaient l'air, il cherche désespérément à retrouver son équilibre, avance vers nous en titubant, une énorme tache rouge macule son qamis gris à hauteur de l'épaule gauche, son regard accroche le mien, empli de tristesse, déjà terni par la mort qui le précipite au sol et vole sa vie d'un coup de fouet aussi violent que définitif, tandis que ses mains griffent la terre en un ultime réflexe avant de se détendre pour toujours.

L'invraisemblable traverse mon esprit. Ces mains sont belles, longues et fines, j'aurais voulu qu'elles découvrent mon corps. Peut-être aurais-je pu aimer Fouad, peut-être y avait-il chez lui quelque chose de plus, peut-être aurais-je pu éprouver des sentiments pour lui plus que pour n'importe quel autre homme. Affaissé, pétrifié par le malheur devant le cadavre de Fouad et par mon trop long silence, Nassim m'observe, attend mes ordres. Ses yeux sont étranges, à la fois interrogatifs et éteints. La mort est sa compagne, il l'accepte et la hait. Je ravale un flot de salive âcre et domine mon envie de vomir. Une nouvelle rafale de kalachnikov déchire le silence de la catacombe. Je fais un pas vers Fouad, Nassim me suit, la règle est claire : tout faire pour ne pas laisser un soldat, même tué, derrière soi, il deviendrait un trophée pour nos ennemis. Nous le relevons en le prenant sous les bras, le plaquons entre nous deux comme si nous soutenions un homme ivre, son visage retombe en douceur sur mon épaule avant de glisser vers l'avant. Caresse de la mort. Oui, peut-être aurais-je pu aimer cet homme. Avec lui s'éteint cette flamme. Je ne l'oublierai jamais car j'aurai réalisé avec lui et Nassim cette prophétie du livre de Zacharie :

Malheur au berger vaurien
Qui délaisse le troupeau
Que l'épée lui déchire le bras
Et lui crève l'œil droit !

Que son bras se dessèche, oui
Qu'il se dessèche !
Que son œil droit s'éteigne, oui
Qu'il s'éteigne !

*

Le fracas saccadé d'un rotor d'hélicoptère d'attaque rompt le silence de la gorge en cul-de-sac. « *Anafa*[1] », dit Nassim d'une voix fêlée. Le Bell 212, équipé de part et d'autre de son fuselage de Miniguns M134 porteurs de mort, passe au-dessus de nos têtes, nous repère puis file vers la Syrie. Quelques secondes s'écoulent, retentit le crépitement des canons multiples des mitrailleuses du héron, cible atteinte, le sniper est mort. L'hélico revient déjà vers nous, se met en position stationnaire et nous surplombe. Le militaire à côté du pilote se penche vers l'extérieur et nous fait signe d'avancer encore, nous traînons Fouad sur une trentaine de mètres, la faille s'élargit avant de se refermer, le Bell 212 se pose dans un nuage de sable et de gravier, deux hommes en descendent, courent vers nous tête baissée, nous soulagent du poids de Fouad, chargent son cadavre dans l'hélicoptère, nous indiquent qu'un véhicule nous attend sur le plateau. Un chemin escarpé y mène, nous sommes déjà en train de le parcourir quand l'hélico reprend son envol. Nassim lève les yeux vers le ciel puis s'arrête. D'un geste bref de la main, il essuie ses yeux pleins de larmes. Je ne pleure pas. Je ne sais plus pleurer.

1. « Héron » – nom donné par l'armée israélienne au Bell 212, de fabrication américaine.

2

Mezzo-soprano

Pourquoi suis-je née juive ? Jamais, depuis mon plus jeune âge, je n'ai songé à me poser cette question. Je l'étais. Comme une évidence qui fixait pour toujours les règles de mon existence et faisait que je ne cherchais pas à m'interroger sur mon destin. Chaque chose adviendrait en son temps. Ma vie eut été si différente si elle n'avait pas été écrite sur le parchemin de mes origines ! J'ai 76 ans, le crépuscule et les ténèbres se rapprochent. Une affaire de quelques mois. L'indicible a envahi mon être et mes pensées. Un mal qu'aucun médecin n'a réussi à diagnostiquer. Mon corps se décharne en même temps que me gagne le désir de disparaître. Je suis une femme désaccordée. L'heure de quitter le grand orchestre a sonné. Mon esprit est cerné par une haute clôture de fils de fer barbelés, prisonnier des fantômes de mon passé. L'idée même de vivre encore en cette année 2030 me paraît absurde. Plus rien ne ressemble à ce que j'ai connu et traversé. Hier est devenu si lointain, si différent d'aujourd'hui. Même mes mots sont périmés. Ma vie est inintelligible, frappée par une affection profonde, incurable, pour laquelle je n'ai pas trouvé d'autre nom que disharmonie. Toutes mes nuits sont jumelles du spectacle de ma fin. Sans doute vais-je rendre mon dernier souffle ici, épuisée d'avoir si longtemps supporté ce qui ne se dit pas et ne se fait pas, réfugiée dans cette vieille bâtisse d'Acco tout en hauteur, édifiée contre les remparts par les croisés, en balcon sur la Méditerranée. Avant qu'une ultime note en mineur traverse mes lèvres, un inconnu viendra à mon chevet pour me lire le Chema Israël. Je me tairai. Depuis Damas, je ne crois plus à toutes ces fables que l'on m'a racontées lorsque j'étais une enfant sur le royaume des cieux, mais je connais encore ces mots par cœur : « Écoute Israël, le Seigneur, notre Dieu, le Seigneur est un. » Il n'y a pas de voie vers un au-delà, pas de tribunal pour juger de mon existence, juste une impasse et un point final. Comme pour Fouad. Il y a si longtemps…

Une fois ma mort clinique constatée, on me transférera au reposoir de la Citadelle, sinistre bâtisse turque devenue hôpital. Des femmes pieuses pratiqueront sur mon cadavre la Hevra Kadicha. Elles me déshabilleront, s'étonneront peut-être de ce cadavre à la fois élancé, amaigri, encore beau malgré les années et une jambe poliomyélitique boiteuse, femme orientale à la peau couleur de miel que la mort n'a pas déjà voilée, visage caucasien aux pommettes fermes parsemées de ridules partant dans tous les sens, front déjà éburnéen, nez fin, bouche toujours charnue mais aux lèvres desséchées, regard noir éteint, yeux dissymétriques comme mes hanches, enchâssés dans de profondes orbites. Les lavandières de la mort murmureront peut-être que j'ai dû être une femme séduisante, à moins que la découverte de ma cuisse convexe ne les rende muettes de stupéfaction comme tous les hommes que j'ai connus lorsqu'ils apercevaient mon corps nu. Elles nettoieront une dernière fois ma peau ambrée et toujours douce pour en chasser les ultimes humeurs, en gommer les tons de vieux grimoire apparus avec le retrait du sang, enfin elles l'envelopperont avec délicatesse d'un simple linceul blanc. À l'aurore, selon mes dernières volontés déjà rédigées, un véhicule noir aux vitres opaques transportera en toute discrétion mon sac mortuaire jusqu'au cimetière juif au-delà des vieux murs de la ville, par la porte de Nikanor. Là, un inévitable rabbin, professionnel de l'inhumation, fera la lecture du Tsidouk Hadin, inutile éloge funèbre sans le moindre témoin pour l'entendre. Si Dieu existait, il serait effaré par mes crimes. Les fossoyeurs me déposeront ensuite dans le silence glacé de cette aube qui jamais ne tient ses promesses, aux côtés de ma mère décomposée et des restes symboliques de mon père. Nous trois enfin réunis pour l'éternité. Ils jetteront un dernier regard dans le caveau puis ils nous enfermeront pour toujours sous une pierre tombale frappée des seules initiales de mes parents et d'une discrète étoile de David. J'ai exigé que même mon prénom n'y soit pas gravé. Que rien de ma vie n'y soit évoqué. Que nul ne soit présent à mes obsèques en dehors des croque-morts. Je n'ai plus de famille. En ai-je jamais eue ? Je n'ai pas eu d'enfants. J'ai éloigné ou perdu tous mes amis. Les meilleurs d'entre eux se sont parfois révélés être mes pires ennemis. Après plus de deux mille ans sur cette terre, l'histoire de la famille Ruben s'achèvera pour toujours à cet instant-là.

Depuis huit ans, j'ai choisi de m'enfoncer dans un désert, de disparaître avant même que la Grande Faucheuse ne me couche sous le sol et ne m'enfouisse dans l'oubli. Sur cet ultime chemin, je ne veux pour compagnons que mes impartageables souvenirs, mes douloureux remords qui ont mis tant d'années à ne devenir que de supportables regrets. Je n'attends de secours de personne, encore moins de moi. Avant de disparaître, pourrai-je enfin me pardonner tout ce que j'ai fait, le plus terrible mais aussi le plus beau, ce paradis artificiel du chant que je m'étais créé pour supporter l'enfer que je parcourais ? Jamais je n'ai été désenchantée comme le seul homme que j'ai vraiment aimé, mort anéanti par les fêlures de sa vie. J'arrive tout simplement à ce moment où certains êtres, rattrapés par leurs crimes, ne peuvent plus se résoudre à vivre en connaissance de cause.

Pourquoi suis-je née juive ? L'histoire de ce peuple s'est emparée de moi dès ma naissance, faisant de mon existence un interminable tohu-bohu. J'ai cru que je n'avais pas le choix. Il fallait que je vive comme une femme obéissant à des codes multimillénaires. Aussi loin que je puisse remonter dans mon récit familial, je ne trouve que des Israélites nés sur cette terre. Alors que je n'étais encore qu'une enfant, mes parents me racontaient que leurs ancêtres ne l'avaient jamais quittée, juifs des origines, depuis toujours hébreux. Je les ai crus et n'ai jamais cherché à débroussailler ce passé recomposé pour m'éduquer et faire de moi une authentique sabra, descendante envers et contre tout d'Abraham et Sarah.

Acco est mon berceau et sera le tombeau de mes terribles secrets, de mes mensonges, de ces crimes devenus un trop lourd fardeau pour une vieille femme. Comment ai-je pu croire si longtemps qu'il n'y a pas de sentimentalité possible dans ce monde et que la guerre est le seul chemin vers la paix ? Il m'a fallu traverser tant d'épreuves et d'horreurs avant de deviner le seul bonheur de vivre et de découvrir que la fatalité n'existe pas. On n'est que ce que l'on a accepté un jour d'être. Pour le meilleur et pour le pire.

*

Tout avait pourtant si bien commencé. Ici, à Saint-Jean-d'Acre, cité du fond des âges, port et porte de l'Asie Mineure, prise et reprise par les plus grands conquérants, née dans les écrits bibliques, nom gravé pour toujours sur les murs du grand temple d'Amon à Karnak, tour à tour ashérite, israélite, égyptienne, phénicienne, grecque, romaine, omeyyade, chrétienne, ottomane et juive aujourd'hui comme au temps d'Asher, le huitième fils de Jacob. N'est-ce pas un miracle que de venir au monde dans une ville où vécurent Alexandre le Grand, Ptolémée, Jules César, Vespasien, Saladin, Richard Cœur de Lion, Philippe Auguste, Louis IX, Napoléon, et tant d'autres ? Longtemps, je l'ai cru, aveuglée par ce brillant passé et les récits flamboyants de ces terribles héros. Que de sang a coulé autour de cette forteresse au fil des siècles ! Akko l'ancienne ressemble à une tulipe perroquet rouge parfumée à l'iode de la Méditerranée, un caravansérail pour calice, une corolle de hautes murailles crénelées pour pétales, des murs de lamentations au pied desquels tant d'hommes sont tombés morts.

Ma famille y a pris racine. Elle s'est même inventé des contes remontant aux temps bibliques, Juifs vivant déjà à l'abri de ces remparts mais en terre étrangère parce que Josué avait renoncé à faire tomber cette cité dans sa conquête de Canaan. Pendant des siècles, Akko est demeurée hors de la terre promise des Hébreux. Née en 1933, ma mère, qui avait du sang français par son ascendance maternelle, racontait que l'un de ses ancêtres avait été l'un des enlumineurs de la merveilleuse bible de Saint-Jean-d'Acre réalisée pour saint Louis lors de la septième croisade. Mon père se disait simple descendant de l'une de ces deux cents familles de pêcheurs israélites réunies autour du rabbin Yefet ben Eliyahou, qui avait accueilli cinq mois durant le grand Moïse Maïmonide et les siens fuyant Fès et les persécutions musulmanes. Il ressassait cette histoire vieille de près de neuf cents ans et me la raconta dès mon plus jeune âge.

Je me revois enfant sur cette terrasse, blottie dans les bras protecteurs de mon père face à la mer tumultueuse, l'écoutant enjoliver ses légendes familiales, vibrant à chaque mot pour cette terre qui ne pouvait être que la mienne, émerveillée par le soleil s'enfonçant à la brune dans le sang de ses derniers éclats. La création d'Israël en 1948 n'était à ses yeux qu'un juste retour de l'histoire, une erreur enfin réparée, la porte rouverte à tous ceux qui avaient dû se déraciner et errer à travers le monde au cours des siècles et des siècles. Il avait vu ce pays se construire et redevenir ce qu'il avait toujours été pour lui et les siens, l'arpent de terre offert par Dieu aux Israélites depuis plus de quatre mille ans. Il me parlait du chapitre 23 de la Genèse qui en était, disait-il, la preuve écrite, l'achat à Ephron par Abraham du champ et de la grotte de Makpéla en face d'Hébron, en terre de Canaan, pour en faire le tombeau de Sarah sa femme, morte à l'âge de 127 ans. Il me répétait souvent cette phrase du premier des patriarches dans la Bible : « Le champ et sa grotte, propriété d'Abraham, tombe achetée aux Hittites. » Les Juifs, me disait-il sur un ton grave, sont le seul peuple au monde à disposer d'un titre de propriété remontant à leurs origines. Il ne cessait aussi de m'expliquer l'absolue nécessité de l'existence d'Israël : « Désormais, répétait-il, il faut se battre pour garder notre terre parce que l'antisémitisme est plus que jamais enraciné à travers le monde et les Juifs sont menacés partout et pour toujours. »

J'entretiens le souvenir d'un homme grand et beau, mais je sais bien que c'est un regard admiratif d'enfant. Sur les photos que conservait ma mère, il fait plutôt penser à un lion, chevelure épaisse en broussaille, regard doré, buste trapu posé sur des jambes musclées, des pieds larges, pareils à des pattes de lion, qui semblaient prendre racine dans le sol et le rendre indestructible. Il était né en 1928 et avait rallié l'Irgoun à l'âge de 16 ans, après que Menahem Begin en avait pris le contrôle en 1943 au terme de son odyssée à travers l'Europe, depuis la Pologne jusqu'à la Palestine. Cet engagement auprès de ce terrible et impitoyable combattant a transformé son existence. Ses parents l'avaient appelé Isaac, prénom du fils de Sarah, engendré alors qu'elle était si vieille qu'elle en fut prise d'un immense fou rire. Mon père, hélas, n'avait pas hérité de cet humour. Tout était sérieux avec lui. Il fut d'abord un simple soldat, puis il gravit les échelons, devint gradé sans y aspirer, lieutenant-colonel, enfin colonel, un guerrier et un héros qui ne s'intéressait pas aux querelles d'état-major. Il n'était jamais triste mais envahi au plus profond de lui par une obsession tragique, la crainte constante de voir l'horreur renaître et le destin de nouveau défaire ce qui était en train de se construire sur cette terre ancestrale qu'il avait crue être enfin un îlot de paix.

*

J'avais 13 ans ce 10 juin 1967 à 19 heures quand le dibbouk[1] a frappé à notre porte. Ma fin est dans ce commencement. Nous avions fêté mon anniversaire six mois plus tôt, ici même, sur ce toit-terrasse, avec mes

1. Démon ou esprit malin dans la mythologie juive.

parents. J'avais chanté pour eux, surtout pour mon père qui m'imaginait un jour immense cantatrice. Cet homme implacable avec ses ennemis aimait passionnément la musique. Sans doute lui apportait-elle des instants d'oubli alors que sa vie d'officier supérieur le tenait dans un permanent qui-vive et une attente constante du combat. Sans cesse, il me répétait qu'il se battait pour que je ne connaisse jamais la guerre.

Mes parents avaient eu peur de me perdre et ne parvenaient guère à dissimuler leur inquiétude quant à ma santé. Fille unique, frappée à l'âge de 5 ans par une attaque de poliomyélite soignée et enrayée par des doses massives de vitamine, placée sous un protocole inspiré d'un traitement américain imaginé peu avant la mise au point d'un vaccin, je gardais un léger handicap, une déformation de la cuisse droite transformée en virgule. Quelques motoneurones de la corne antérieure de ma moelle épinière avaient été détruits et une poignée de fibres musculaires anéanties. Depuis mon enfance, je porte des semelles compensées et des talonnettes pour effacer les deux centimètres de déséquilibre de mon corps et marcher droit. Cette contrainte est devenue une obsession physique et psychologique quotidienne. Ma nudité me rappelle chaque matin ce handicap, cette cuisse convexe, bombée vers l'extérieur, ce muscle amaigri, disgracieux sans être monstrueux, ce membre si différent de ma cuisse gauche, longue, fine, racée comme une patte de gazelle. Jour après jour, depuis bientôt huit décennies, exercice après exercice, massage après massage, je lutte contre cette dissymétrie. Aucun des hommes qui ont traversé ma vie et partagé mes nuits n'a pu dissimuler sa surprise ou son appréhension en découvrant cet assemblage incongru de jambes discordantes, emboîtées dans une taille fine. Pour en rire, il m'arrive encore d'imaginer une sculpture cubiste signée Braque ou Picasso. Femme parfaite d'un côté, déformée de l'autre. Marquée pour toujours par cette ambivalence.

Malgré l'empreinte indélébile de la maladie et le regard toujours trop attentif de mes parents quand ils me regardaient ou m'écoutaient chanter, je rayonnais de bonheur ce jour de mes 13 ans. Ma voix de soprano avait encore la pureté qu'exige l'art lyrique. Mon père m'imaginait triomphant dans les plus grandes maisons d'opéra et rêvait de me voir chanter dans *Nabucco*, dont il écoutait le *« Va, pensiero »* tous les dimanches matin quand il ne patrouillait pas dans les marches du pays. J'en avais murmuré la mélodie devant lui et ma mère, des larmes de joie avaient empli leurs yeux. Ensuite, malgré ma tessiture de colorature, je leur avais offert la habanera de *Carmen*, car j'avais entendu mon père évoquer un jour la rupture de Nietzsche avec « le haschich wagnérien » annonciateur du nazisme, puis citer son éloge de Bizet : « En écoutant *Carmen*, chacun devient soi-même un chef-d'œuvre. » Je rêvais d'être cet oiseau rebelle de la habanera que nul ne peut apprivoiser. Je l'étais cet après-midi-là, voletant face à la mer sous le regard admiratif et protecteur de mes parents, prête, pour les combler de bonheur, à conquérir toutes les scènes du monde.

Je n'ignorais rien des menaces autour de nous et je savais que mon père exposait sa vie. Nous ne vivions pas dans la peur mais sur le qui-vive, et dans l'attente lorsqu'il partait en opération. Le monde qui nous entourait était comme une purulente démangeaison. Le vendredi 12 mai, une dépêche de l'agence United Press International avait mis le monde en alerte. Il y était dit qu'Israël s'apprêtait à conduire une opération militaire contre Damas pour mettre un terme aux raids syriens de sabotage. Les pays arabes s'étaient aussitôt mobilisés et avaient dénoncé d'une seule voix l'agressivité des forces sionistes. L'engrenage de la guerre était en marche et la haine repartait de plus belle. Le leader palestinien Ahmed Choukairy avait proclamé, depuis la mosquée d'Al-Azhar au Caire : « Cette guerre, nous l'attendons depuis plusieurs années. L'heure du combat a sonné. » Sur décision du raïs Nasser, l'armée égyptienne avait fait mouvement vers le Sinaï pour afficher sa puissance. À Damas, Salah Jedid, l'homme fort du régime, et son rival Hafez el-Assad, encore ministre de la Défense, fanfaronnaient : « Il ne faudra pas plus de quatre jours aux Égyptiens et aux Syriens pour détruire Israël. » Les peuples arabes sonnaient l'heure de l'extermination annoncée par le chef de l'Organisation de libération de la Palestine : « Il ne restera pratiquement pas de survivants juifs en Palestine. » Il promettait de nous jeter dans cette mer que je contemple désormais tous les soirs, femme épuisée par le poids de sa propre histoire, à la fois victorieuse et vaincue. Enveloppée d'un fin châle de coton sur ce toit d'Acco, le regard perdu dans le couchant, hantée par tant de violence, incapable de trouver le sommeil avant Chaharit et les premières bénédictions matinales dans la vieille synagogue voisine, j'attends que retombe la vague incessante des souvenirs et des tourments.

*

Mon père ne voulait pas nous inquiéter plus que d'ordinaire, mais il faisait partie des faucons et pensait qu'il faudrait en découdre sans tarder. Il nous avait raconté que le général Yitzhak Rabin, chef d'état-major, avait même haussé le ton contre le Premier ministre Levi Eshkol, indécis face à une situation de plus en plus électrique. « La seule force sur laquelle on puisse compter dans ce pays est l'armée », lui avait-il lancé. Le général Ezer Weizman, patron des opérations de l'armée de l'air, avait même, racontait-il, feint d'arracher ses galons devant le chef du gouvernement. Son ami de toujours, le général Ariel Sharon, aux côtés duquel il avait fait sa préparation militaire dans la Gadna[1], lui avait confié qu'il avait dit les yeux dans les yeux à Eshkol : « Vos atermoiements nous coûteront des milliers de morts. »

La guerre était le métier de mon père et la mort, sa compagne dans les actions qu'il menait. Il n'en parlait pas, mais les vies qu'il prenait obscurcissaient les victoires auxquelles il participait et expliquaient sa permanente gravité. C'était un combattant, pas un tueur. Le 4 juin 1967, en fin d'après-midi, il était passé en coup de vent chez nous, à Acco. Au crépuscule, avant de repartir vers le plateau du Golan, il nous avait simplement affirmé, en esquissant un sourire : « Ce n'est pas cette fois qu'on nous jettera à la mer. » Le lendemain, Tsahal était passée à l'offensive au sud contre l'Égypte. Sans doute triompha-t-il sans jubilation mauvaise ce matin du 5 juin quand, à 7 h 45, la première vague de nos avions cloua au sol l'armée de l'air égyptienne, détruisant 461 MiG-21 et autres engins, transformant en cimetières seize aérodromes qui faisaient jusqu'alors la gloire de Gamal Abdel Nasser. Il revint passer une partie de la journée du 7 juin

1. Abréviation de Gedudei No'ar, bataillon de jeunesse préparant au service militaire.

à la maison et fut rejoint par un autre officier, un lieutenant un peu plus jeune que lui, son bras droit, pour un déjeuner étrange, lourd de sous-entendus auxquels je ne compris rien. Ils se retirèrent avec ma mère pour un échange dont je fus tenue à l'écart. Je crus alors qu'ils parlaient de secrets militaires. Ils en ressortirent tous les trois la mine sombre. Mon père et son adjoint repartirent sur-le-champ dans le même command-car, sous le regard inquiet comme jamais de ma mère. Leur heure allait bientôt sonner dans le Golan. Il fallait attendre que Tsahal, massée au sud du pays, anéantisse l'armée de terre du raïs désemparé et atterré dans son palais cairote, appelant au secours Amman, Damas, Bagdad, Alger et tout le monde arabe pour prendre Israël en étau à l'est et au nord. La région devait s'embraser pour que l'État hébreu finisse dans les flammes de l'enfer. L'enfer fut pour nos ennemis. L'armée jordanienne fut anéantie en une poignée d'heures et l'aviation syrienne détruite jusqu'au dernier MiG.

Après de nouvelles hésitations au sein même de l'état-major et du gouvernement, la décision fut prise le 10 juin d'entrer en Syrie, un nouveau blitzkrieg malgré une demande de cessez-le-feu de Damas quarante-huit heures plus tôt. Mon père appartenait au commandement de la région Nord. Depuis des semaines, il combattait sans répit, en première ligne, au sein de l'unité Egoz, un commando chargé de baliser le territoire ennemi alors que les chars hébreux n'étaient pas encore passés à l'offensive. Quand l'ordre leur fut donné le 10 juin à l'aube de monter à l'assaut du Golan, il y était déjà infiltré depuis l'avant-veille avec sept de ses hommes, patrouillant au nord-ouest de Quneitra pour repérer les positions de l'armée de Damas autour de ce caravansérail stratégique de 20 000 habitants et communiquer des informations aux troupes israéliennes prêtes à foncer.

Dès les premiers bombardements, la panique s'était emparée des brigades syriennes massées autour de la ville. Ordre leur fut très vite donné de se replier sur Damas pour en assurer la protection. La déroute fut si soudaine que les hommes de mon père furent submergés par la débandade de soldats affolés, ensauvagés par la rapidité de leur défaite. Prise de vitesse par ce sauve-qui-peut, sa troupe se retrouva cernée vers 9 heures du matin par un détachement d'une cinquantaine de sicaires de la garde républicaine syrienne, unité d'élite sans foi ni loi, surarmée, se repliant, la fureur de l'humiliation au ventre. Il ordonna à ses soldats de profiter d'une étroite brèche dans cette tenaille surprise pour décrocher pendant qu'il assurait leur couverture, armé d'un simple M16 doté d'un chargeur à trente coups. Quelques heures plus tard, dans l'après-midi, quand fut prononcé le cessez-le-feu après la destruction de Quneitra et la prise de contrôle de la région par la division du général Albert Mandler, les hommes de mon père revinrent sur les lieux où, obéissant à contrecœur à sa consigne, ils l'avaient abandonné. Ils ne trouvèrent que son arme, deux chargeurs vides, un buste et une tête calcinés, des vautours et des chiens sauvages s'acharnant sur les membres inférieurs d'un corps émasculé, coupé en deux à hauteur de la taille.

*

Le dibbouk était un général en tenue vert olive, béret glissé sous la bretelle de son épaule gauche, juste au-dessus des deux insignes marquant son grade. Son visage était impénétrable. Le récit de la mort de mon père fut à la fois bref et précis, conçu pour nous plonger dans l'horreur et la révolte. Aucun détail de l'état dans lequel l'avaient trouvé ses hommes ne nous fut épargné. Ma mère était pétrifiée, incapable d'émettre le moindre son. Le général lui promit de glorieux honneurs militaires, la remise de ce qu'il restait du corps, le soutien du pays. Il se tourna vers moi et plongea ses yeux gris acier dans les miens. Il ne prononça pas un mot. Dans les tragédies, les silences sont plus forts que les paroles. Un grand froid s'empara de mon corps, au point que je crus que je me vidais de mon sang. Ce regard me donnait un ordre. Je devais être l'héritière de mon père sur cette terre en même temps que la main qui le vengerait. À cet instant, mon existence devint prisonnière des rets d'Israël, cette toile d'araignée dans laquelle chaque Juif se débat à la fois fièrement et tant bien que mal. Je me suis soumise à cette injonction sans chercher une autre route, j'ai capitulé sous le poids du chagrin et de la colère. Hystérisée par l'injustice de cette mort qui me privait de l'être que j'admirais le plus et qui me protégeait, j'ai choisi sans hésiter la voie de la violence. Je me croyais jusqu'alors à l'abri de tous les dangers parce qu'il était là, sa disparition m'envoyait au front et son souvenir m'obligeait à prendre sa place sur l'échiquier du monde réel. Je suis morte en même temps que mon père. Ma vie n'a plus été qu'un décalque de la sienne.

Si la raison ne lui donne pas une autre destination, le cylindre de l'existence roule inexorablement sur la pente de la fatalité. Devant ce général impavide, j'ai cru que mon devoir serait de tuer pour venger les miens et tous les Juifs de la terre. Sans passer par la case « jeune adulte », je suis devenue la femme que je suis encore aujourd'hui aux portes de la mort. Hécate ! À la fois fille des ténèbres et de la lumière, diva d'opéra et chanteuse de jazz à la voix d'une douceur rauque et sensuelle, espionne et criminelle, beauté aussi imparfaite que troublante, boiteuse et sculpturale, femme à bien des égards fatale, pétrie de mystères et vénéneuse, surtout dangereuse pour tous ceux qui m'ont approchée de près. Dans le regard des autres, je comprends que l'âge a épargné ma chair. Ma claudication reste cachée et, même si mes seins sont plus lourds, mes formes plus rondes et ma peau usée, je demeure ce qu'on appelle une belle femme. Nul ne sait qu'à 13 ans, mon cœur a été poignardé. Il m'a fallu tant d'années, tant de drames et tant d'horreurs pour quitter les rails sur lesquels le sort m'a placée il y a soixante-trois ans…

*

Ma mère ne se remit jamais de la disparition de mon père. Le choc fut d'autant plus destructeur qu'elle le croyait invincible. Elle le soutenait dans ses combats et ne pouvait imaginer qu'un ennemi soit capable de l'abattre. Héritière d'une famille très aisée, actionnaire importante d'une banque engagée dès le début du XXe siècle dans le projet sioniste, en apparence elle n'avait eu jusqu'alors d'autre travail que la gestion de son patrimoine. Elle menait une vie mondaine active et multipliait les engagements culturels. Elle était mécène de l'Orchestre philharmonique d'Israël dont elle avait vu la naissance sous la direction d'Arturo Toscanini en décembre 1936, alors qu'elle avait à peine plus de 3 ans. Elle disait que ce tout premier souvenir l'avait marquée pour toujours. Elle avait aussi assisté au concert donné fin novembre 1948 sous la baguette du jeune Leonard Bernstein devant 5 000 soldats à Beer-Sheva, la ville aux portes du Néguev que venaient de conquérir un mois plus tôt les forces israéliennes. Accompagnée d'un ami de son âge, c'est ce soir-là qu'elle avait aperçu pour la première fois mon père, jeune militaire d'à peine 20 ans qui avait tant brillé par son audace au cours de cette bataille qu'il avait été convié à la petite réception suivant la représentation. Le cocktail était pour partie financé par les parents de ma mère alors âgée de 15 ans. Leurs regards ne se recroisèrent qu'au printemps 1953. Cinq mois plus tard, ils se mariaient.

Entre-temps, mon père avait fait du chemin. Il avait été membre du Palmah, un groupe paramilitaire activiste qui allait bientôt intégrer Tsahal. C'est dans cette unité qu'il s'était lié d'amitié avec Moshe Dayan et avait construit sa réputation de combattant implacable, spécialiste des commandos et des opérations les plus audacieuses. Il était devenu lieutenant-colonel mais ne rêvait pas d'autres galons. Il aimait la fraternité de ces petits groupes de soldats partant sur les terrains les plus difficiles pour frapper par surprise. Jamais il ne parlait de ses cibles mais les pays voisins d'Israël constituaient son théâtre habituel d'actions et d'infiltrations. Liban, Jordanie, Syrie, Égypte, Irak, Iran même, il se déplaça dans tous ces territoires comme un poisson dans l'eau, grâce à sa connaissance incomparable de l'arabe qu'il exigea que j'apprenne. Je l'entendis un jour dire à de jeunes soldats de passage à la maison : « Il faut connaître la langue de son ennemi pour le comprendre et le dominer. » Son nom n'était jamais évoqué dans la presse et son visage était inconnu du public. À Saint-Jean-d'Acre, on le prenait pour un scribouillard de l'état-major profitant de la fortune de son épouse. Seule la mort le fit sortir de l'ombre lors de l'hommage qui lui fut rendu.

*

Ma mère était une femme très généreuse. Elle voua sa vie aux autres jusqu'à la mort de mon père. Son désespoir me fit comprendre qu'elle ne vivait en fait que pour lui, pour moi, pour notre terre. Veuve inconsolable, elle se cloîtra dans les remparts d'Acco pour le pleurer, m'élever dans son culte et participer à mon insu au scénario de mon existence. Le drame fit de mon père un héros et de moi une détenue soumise à ce passé. Un phénomène aussi étrange que brutal me frappa dès les premiers jours qui suivirent l'annonce de cette mort. Ma voix mua. Un léger voile rauque recouvrit mes cordes vocales comme un ciel de deuil et mon ambitus se transforma. Je devins une mezzo-soprano à la tessiture plus grave, au timbre sombre, presque un contralto. La tristesse et la révolte s'installèrent de manière définitive dans ma gorge et mirent un terme aux rêves de mes parents. Je ne serais pas soprano et diva assoluta aux aigus cristallins.

Longtemps je me suis pliée aux nécessités de l'opéra, à sa discipline, à ses vocalises toujours recommencées, à ses interprétations dictées par des chefs d'orchestre intransigeants et des metteurs en scène fantasques mais, au fond de ma gorge, cette blessure vocale ne s'est jamais refermée, jusqu'à ce que j'abandonne l'implacable rigueur et les exigences militaires de l'art lyrique pour le jazz, sa liberté réveillant un peu de bonheur au fond de mon être, ses improvisations désenchaînant mes émotions, mon cafard, mes hantises, cette vérité dramatique que je ne parvenais pas à dévoiler sur les scènes corsetées du grand répertoire. Chanteuse de jazz sans contrainte ni maître de musique ! Mon blues n'est pas né dans des champs de coton mais sur cette terre juive faite pour la douleur depuis la nuit des temps et pour l'éternité à venir. Il m'a envahie dans cette maison d'Acco, palais des ténèbres où ma mère noyait son chagrin en écoutant des disques jour et nuit. Toutes les musiques du spleen y passaient, les lamentos d'opéra, le klezmer yiddish, les symphonies tragiques, la variété larmoyante. Le « Ne me quitte pas » de Jacques Brel interprété par Nina Simone envahissait la maison tous les matins, cette lenteur déchirante, longue mélopée qui réveillait le souvenir de mon père. « Ne me quitte pas / Il faut oublier / Tout peut s'oublier », rien ne pourrait jamais s'oublier.

Après la mort de mon père, ma mère eut si peur de me perdre qu'elle me fit jurer de ne jamais m'engager dans l'armée. Je le lui promis solennellement et trahis mon serment dès que je le pus à la fin de mes études. Elle le sut bien vite et l'accepta en apparence comme une fatalité. Ou un devoir. Elle ne m'en fit aucun reproche. Sans le savoir, je devins en fait son bras armé et l'exécutrice d'un principe qu'elle avait érigé en vertu : rien ne s'oublie ! Ma décision réveilla chez elle une rage vengeresse dont je mis des années à prendre la mesure tant elle la dissimulait sous ses actions de bienfaisance. Le devoir nous écrasa donc l'une et l'autre. Après l'obtention de mon Bagrut certificate[1] à 17 ans, j'entrai à la Jerusalem Academy of Music and Dance. Depuis toujours, c'était

1. Équivalent du baccalauréat en Israël.

le but de mes parents et le mien. J'allais pouvoir me consacrer à ma passion du chant tout en desserrant l'étau maternel, et mener à bien le projet formé lors de mon échange de regards avec le dibbouk.

Le hasard se combine parfois avec la destinée. Il prit le visage de Rinat Frost, ma principale professeure, une ancienne soprano de l'opéra de Vienne venue d'Autriche avant même l'Anschluss. Rinat avait alors 65 ans et les traits d'une merveilleuse grand-mère pétrie de gentillesse. Ses yeux brillaient de bienveillance, sa voix était douce, ses gestes lents et gracieux. Sans être une très grande interprète, elle avait été dirigée sur la scène viennoise dans les années 30 par Felix Weingartner, élève de Liszt, héritier de Mahler à la tête du Wiener Staatsoper, poète, pianiste, compositeur, chef d'une élégance rare. Rinat louait son talent multiforme, mais son admiration allait d'abord à Erich Kleiber pour son génie et son courage. Elle n'avait jamais chanté sous sa direction et ne l'avait vu diriger que deux fois, gardant pour toujours le souvenir de sa simplicité et de la poésie de ses dessins mélodiques. Elle retrouvait cette magie dans ses enregistrements qu'elle faisait écouter à ses élèves, à l'exception des œuvres wagnériennes qu'elle honnissait. Créateur de *Lulu* et de *Wozzeck*, Kleiber avait fui l'Allemagne hitlérienne dès 1937 pour l'Argentine après que Berlin avait refusé qu'il donne les deux chefs-d'œuvre d'Alban Berg, ravalé au rang de compositeur dégénéré. Son départ avait convaincu Rinat de rejoindre sans tarder le foyer national juif en Palestine. Sa sœur aînée Margarete, grande prima donna, avait choisi de rester sur les bords du Danube et de se convertir au catholicisme pour échapper à la déportation. La Gestapo l'avait repérée, étiquetée juive, raflée en 1942, jetée dans le premier convoi partant de Vienne pour le camp d'extermination de Maly Trostenets en Biélorussie, et assassinée d'une balle dans la nuque dès son arrivée dans ce lieu maudit.

Rinat n'avait découvert ce drame qu'à la fin de la guerre. Son chagrin alimenta sa révolte et la conduisit à entrer dans l'armée juive de l'ombre. Elle habitait alors le kibboutz de Kinneret sur les rives du Jourdain en Galilée, au bord du lac de Tibériade, travaillant à la culture des oliviers ou des palmiers-dattiers, initiant tous les soirs les plus jeunes kibboutzniks à l'art lyrique. Au début des années 50, elle y rencontra un violoniste de l'Orchestre philharmonique et le rejoignit à Jérusalem pour l'épouser. Elle savait que sa voix lui interdisait d'interpréter de grands rôles, aussi décida-t-elle de tourner cette page et de donner des leçons de chant. La renommée vint si vite qu'on la nomma quelques mois plus tard à la Jerusalem Academy of Music and Dance Comme tous ceux qui l'ont connue, je n'ai pu résister à son talent de pédagogue. Personne ne pouvait imaginer qu'elle avait été une terrible guerrière, combattant aux avant-postes dans la bataille pour l'indépendance d'Israël en 1948, impitoyable dans l'expulsion ensuite des Arabes de Palestine. En assassinant sa sœur, les nazis avaient étouffé au plus profond d'elle-même la notion du pardon et l'avaient condamnée à ne croire qu'en la défense d'Israël, à laquelle elle participait encore comme *sayanim*[1] et *bodel*[2] après avoir été kidon. Après mon père, cette femme à deux visages est devenue mon mentor.

1. Juif volontaire pour aider le Mossad.
2. Messager.

C'est elle qui fit de moi une Angelina reconnue pour son originalité dans *La Cenerentola* de Rossini. Malgré sa puissance, ma voix, disait-elle, était idéale pour ce rôle de Cendrillon dont elle retenait surtout la duplicité, souillon vivant dans la cendre et y renaissant, femme simple et créature divine, être déchu capable de se sublimer. Elle ne cessa de me dire qu'il était essentiel que je comprenne l'ambiguïté de ce mythe pour en faire autre chose qu'un personnage d'opéra burlesque. Elle me répétait chaque jour que la plasticité de mon conduit vocal me permettait de créer l'atmosphère sexuée et trouble dans laquelle baignait cette héroïne. Elle voulait en éliminer l'innocence et en faire une sorte de Lulu, une femme prête à tout pour parvenir à ses fins. Il fallait chasser, disait-elle, de ce *dramma giocoso* le triomphe de la bonté, rendre équivoque le pardon accordé par la Cenerentola Angelina et le prince Don Ramiro à Don Magnifico et à ses deux terribles filles Tisbe et Clorinda, plonger dans des eaux troubles les relations de Cendrillon avec ses belles-sœurs. Elle justifiait sa vision hostile à toute innocence en opposant au conte de Charles Perrault fondé sur le pardon la version plus cruelle des frères Grimm. Dans cet opéra, répétait-elle, le chant devait être au service d'une interprétation « grimmienne ». Elle justifiait également sa lecture du texte en parlant de Rossini, à la fois dépressif et bon vivant, hypocondriaque et jouisseur, paresseux composant ses œuvres dans son lit et auteur prolifique de quatre dizaines d'opéras, de musiques sacrées, de cantates, un torrent aussi créatif que tumultueux.

Elle me fit travailler comme une forcenée tant qu'elle n'eut pas obtenu ce qu'elle recherchait dans la chanson d'Angelina ouvrant le premier acte de l'opéra, après une longue page musicale joyeuse et légère traversée par une phrase inquiétante jouée pianissimo par les violoncelles, les contrebasses et les bassons. « L'ambiguïté, là aussi ! », hurlait-elle parfois, cédant à son tempérament volcanique et acharné, me poussant même à retrouver ma boiterie dans mon jeu de scène. « Grimmienne ! », me lançait-elle encore quand la chanson d'Angelina revient dans la scène v de l'acte II, alors que l'embrouillamini du livret est proche du dénouement :

Il était une fois un roi
Qui se lassa de rester seul ;
À force de chercher, il finit par trouver.
Mais il y en avait trois qui voulaient l'épouser.
Que fit-il ?
Dédaignant le faste et la beauté,
Il jeta finalement son dévolu
Sur l'innocence et la bonté,
La, la, la, là, li, li, li, li, la, la, la, là.

Cette dernière phrase était, selon elle, la clé du personnage, la preuve de son ambivalence. Ce « la, la, la, là » devait être tout à la fois enfantin et rusé, frais et calculateur, clair et équivoque, pur et érotique, comme une pincée prémonitoire de scat jazzy. C'est bien ce que j'en fis et ce qui m'attira à la fois des applaudissements frénétiques et des critiques féroces.

J'avais 25 ans quand je tins le rôle pour la première fois au Teatro Regio de Turin. Après avoir multiplié les apparitions dans les concours de chant à travers l'Europe et glané plusieurs accessits, je pris enfin un peu la lumière. J'effectuais jusque-là des récitals en Israël et sur de petites scènes italiennes. J'avais obtenu des rôles mineurs ou secondaires en Allemagne, en France et en Italie. Domptant mon tempérament, acceptant la férule des chefs d'orchestre, je ne décevais jamais mais n'éblouissais personne. Je fus vite cataloguée mezzo-soprano solide, fiable et rangée dans la liste des doublures sans risque. Avec moi, il n'y aurait pas de broncas dévastatrices, pas non plus de délires enthousiastes.

Je fus donc choisie pour être la deuxième doublure de l'incandescente et blonde Lucia Valentini-Terrani, découverte neuf ans plus tôt dans le rôle de Cendrillon sur les planches du Teatro Grande de Brescia. Sa carrière rossinienne avait surtout pris son envol en 1973 lorsqu'elle avait remplacé la grande Teresa Berganza sur la scène de la Scala de Milan. Elle n'avait que 27 ans mais elle fit de Cendrillon sa propriété. Sous la baguette de Claudio Abbado, sa belle voix souleva l'enthousiasme de la critique qui ne cessa plus de la saluer et de l'applaudir jusqu'à sa disparition tragique en 1998 lorsqu'une leucémie la terrassa dans un hôpital de Seattle. Quand je pris sa place au pied levé à Turin alors qu'elle et sa première doublure étaient souffrantes, ma carrière de cantatrice à la fois s'envola et tourna court. En dépit des désirs du chef d'orchestre, je voulus alors imposer ce « la, la, la, là » si singulier que m'avait appris Rinat. Il enthousiasma les plus audacieux qui comprirent cette approche sulfureuse du personnage de Cendrillon mais déchaîna les reproches de la majorité des critiques, attachés à une vision classique. L'équivoque de mon interprétation n'eut pas l'heur de plaire au jeune maestro Francesco

Martini qui fit presque sa dernière apparition dans une fosse d'opéra ce soir-là. Il s'évanouit avant l'ultime scène, victime d'un problème de circulation du sang qui le contraignit peu après à renoncer aux représentations publiques. Faute de trouver une autre cantatrice, on me garda pour les cinq soirées suivantes. Les commentaires et les débats redoublèrent et installèrent pour la première fois ma réputation de chanteuse indocile et imprévisible.

Rinat vint assister au dernier spectacle avec un couple d'amis et s'enthousiasma tant au tombé de rideau qu'une partie de la salle la suivit, m'applaudissant à tout rompre pendant plusieurs minutes tandis que fusaient aussi des huées indignées. Peu lui importait ce tollé et que ma carrière lyrique puisse souffrir de ses singulières leçons, j'avais, pensait-elle, marqué à jamais ce rôle de mon empreinte. Elle fut bien la seule à le croire et ne cessa de me le répéter jusqu'à sa mort d'un cancer dix ans plus tard… À ses yeux, une représentation parfaite valait mieux que toute une vie passée à batifoler sans ambition sur scène. Durant les vingt années qui suivirent, ma vie d'artiste fut donc incertaine. Sans que je sois bannie du monde opératique, on me proposa plusieurs *Cenerentola* dans des théâtres de second rang, je fus même invitée à la chanter à Minneapolis, Cincinnati et Montréal. Plus jamais cependant on ne m'offrit d'autres grands rôles du répertoire. Je tins beaucoup d'emplois de second plan dans les plus prestigieuses maisons européennes et américaines, je pus faire de nombreux récitals et mon agenda resta chargé. Pendant un quart de siècle, je n'ai cessé de voyager à travers le monde. Cette vie errante d'artiste sans gloire me permit surtout de mener l'autre existence dans laquelle Rinat me précipita sans avoir eu, il est vrai, à insister pour me convaincre.

*

Mon métier devint une couverture idéale pour être un agent de terrain du Mossad. En sous-main, l'Institut me fit dès lors monter sur scène dans des villes de son choix pour que j'y joue également le rôle de courrier et parfois plus. Mes prestations furent souvent dictées par mes missions. Je compris qu'en m'imposant cette interprétation inédite de Cendrillon, Rinat avait aussi imaginé une préparation psychologique originale pour me modeler, ouvrir au plus profond de moi les vannes de l'ambiguïté, créer à partir de mes propres blessures un personnage double, une cantatrice et une espionne qui devint aussi impitoyable qu'elle ou le dibbouk vert olive qui, sans doute, la supervisait avec d'autres marionnettistes invisibles. Leur but fut atteint lors de ma première grande opération criminelle en Syrie.

Quand je revins de cette première plongée dans l'univers du crime d'État, je subis un long débriefing. Nassim disparut et je n'eus plus jamais de nouvelles de lui. Je crus l'entrevoir cinq ou six ans plus tard, assis au volant d'une limousine noire aux vitres fumées, fonçant à travers les rues de Tel-Aviv. Est-il encore en vie ou repose-t-il, comme Fouad, héros anonyme, dans un cimetière de Jaffa ou d'ailleurs ? On refusa de me dire où son corps avait été inhumé. On ne s'occupa que de décortiquer le déroulement de l'opération. Je signalai l'affolement dans le couloir du rez-de-chaussée au moment où nous décrochions et la présence d'une femme occidentale blonde dans cette cohue, mais je tus mon erreur d'une fraction de seconde, notre échange de regards. Aucun reproche ne me fut adressé. J'avais agi au mieux, même si le projet initial d'éliminer la cible en laissant croire à une mort naturelle avait échoué. Mes interlocuteurs considérèrent que l'objectif premier avait été atteint. Ils redoutaient cependant que l'affaire ait des suites. Le régime syrien n'avait pas mis en cause publiquement Israël. C'eut été un terrible aveu de faiblesse que de faire savoir que leurs ennemis jurés pouvaient frapper ainsi au cœur de Damas. Élie Benabou nous informa que le pouvoir, sans être dupe, défendait officiellement l'hypothèse d'un règlement de comptes dans ses propres rangs car Shihabi avait de nombreux ennemis. Le colonel de l'armée de l'air amené à la clinique alors que nous en sortions en faisait partie. Certains complotistes damascènes imaginaient qu'il avait provoqué une diversion en simulant une chute entraînant d'abondants saignements, pour être hospitalisé en urgence et créer une agitation qui avait facilité la fuite des assassins. Notre agent à Damas nous expliqua qu'il s'agissait d'une intox pour mieux préparer une riposte. Elle vint dix-huit mois plus tard et m'emporta définitivement dans les ténèbres.

3

Cercle vicieux

En dehors de l'état-major du Mossad et de moi, personne ne sut jamais pourquoi Élie Benabou, alias Yaman al-Bachir, décida d'aller passer trois jours seul à Naples à la fin du mois d'avril 1987. Aucun des nombreux congrès d'ophtalmologie qu'il fréquentait avec assiduité à travers le monde ne s'y tenait. On lui inventa un riche et discret patient sur place soucieux de le consulter de toute urgence, mais le service décida qu'il voyagerait sous le nom de Yussef el-Hamed, commerçant libanais. Tout fut conçu pour que personne ne puisse reconstituer son trajet. Il quitta Londres dans la précipitation, sans fournir la moindre explication à sa compagne Jasmine, habituée, il est vrai, à ses éclipses.

La silhouette de cette brillante femme de 43 ans, grande et élancée, attirait le regard… Elle était née dans la capitale britannique de père anglais et de mère indienne. Elle avait approché Yaman à la demande du MI5, au sein duquel elle était spécialisée dans la collecte de renseignements. Officiellement traductrice, elle parlait six langues à la perfection, l'anglais, l'hindi, l'arabe, l'hébreu, le français et l'italien. Outre le décryptage d'écoutes téléphoniques, elle avait aussi pour mission de se glisser dans les cocktails diplomatiques ou mondains, d'observer, de séduire pour délier les langues et parfois de coucher, quand elle le jugeait utile sans être déplaisant. Elle était libre, aimait le sexe mais ne se laissait pas conquérir facilement. C'est au cours d'une soirée à l'ambassade de Syrie en juin 1982 qu'elle avait abordé l'intrigant docteur Yaman al-Bachir, praticien à Londres et depuis peu à Damas, proche, disait-on, de l'entourage du dictateur Hafez el-Assad. Le Security Service avait décidé de le placer sous surveillance, ignorant tout de sa double identité et de son appartenance au Mossad. Le but était de découvrir s'il était manipulé par les services syriens et de voir s'il pouvait devenir un agent anglais.

Jasmine tomba immédiatement amoureuse de ce quadragénaire de taille moyenne, légèrement plus petit qu'elle mais au charisme renversant. Sa séduction tenait à la force morale et physique que dégageaient ses traits francs et son allure à la fois solide, structurée et déliée. Elle sut en le voyant qu'elle avait affaire à un être d'exception au courage hors norme. Elle n'aurait pu expliquer ce sentiment et ce jugement instantanés, elle était simplement sûre de son fait et eut envie de partager sa vie dès les premiers mots qu'ils échangèrent. Il était en compagnie d'une jeune femme blonde, jolie sans être belle, plus jeune que lui, qu'il présenta comme l'une de ses anciennes étudiantes devenue elle aussi ophtalmologue. Ils passèrent la majeure partie de la soirée à bavarder tous les trois puis, à sa grande surprise, elle vit la jeune femme s'en aller de son côté lorsqu'ils quittèrent la réception. Il comprit son étonnement et lui dit sans détour : « Ce n'est ni ma compagne ni ma maîtresse, une très chère amie simplement. Je suis célibataire, et vous ? »

Elle avait aussitôt saisi une de ses mains et tout avait commencé entre eux, une vie passionnée, un amour sincère et un jeu constant du chat et de la souris entre deux êtres qui jamais ne s'avoueraient leur double vie.

Jasmine comprit très vite que Yaman n'était pas un simple médecin mais elle ne parvint pas à dénouer dans les années qui suivirent les fils embrouillés de son existence. Yaman en revanche n'eut pas à attendre que le Mossad l'informe du vrai job de sa compagne au sein du MI5 pour comprendre qu'elle était au service de Sa Majesté. Il ne lui confia aucun de ses secrets mais lui livra dans leur intimité des informations sans importance réelle sur le régime syrien. Pour lui être fidèle et ne plus chasser ses victimes en monnayant son corps, elle demanda très vite au service de sécurité britannique de ne s'occuper que de l'analyse des écoutes téléphoniques. Elle ne voulait plus d'autre homme dans son existence. On accepta sa requête en se rendant compte qu'elle était réellement tombée amoureuse de l'ophtalmologue anglo-syrien et qu'elle avait choisi de partager sa vie londonienne. Plus prosaïquement, le service estima que ses charmes de quadragénaire déclineraient au fil des ans. Ses patrons, qu'elle savait cyniques et phallocrates, considérèrent alors qu'elle n'était plus qu'une voiture d'occasion en stationnement longue durée chez un homme sur lequel on gardait un œil. On verrait avec le temps s'il était nécessaire de réveiller cet agent dormant dans le lit d'un suspect.

*

Lorsque Yussef el-Hamed arrive à l'hôtel Excelsior de Naples, j'y suis déjà installée depuis trois jours pour des répétitions. Je dois tenir le rôle de la bohémienne Mercédès dans *Carmen* sur la scène du Teatro San Carlo, immense navire rouge et or où plus jamais, hélas, je ne chanterai. On se bat pour avoir des places car la diva invitée électrise les aficionados. Julia Migenes s'est imposée trois ans plus tôt avec sa voix de soprano dramatique dans la *Carmen* filmée de Francesco Rosi. Sa voix puissante n'est pas la plus exceptionnelle mais cette femme est un incendie sur scène, embrasant le public dans sa propre émotion. Elle n'interprète pas Carmen, elle est Carmen, comme je pourrais l'être si ma voix le méritait. Il faut avoir connu très tôt la violence pour comprendre ce personnage, elle dans le Lower East Side new-yorkais des années 50, moi sur le lambeau de terre de mes origines.

Le balcon de ma double suite, numéros 492 et 494, au quatrième étage de l'hôtel, donne sur la via Partenope, ce Paseo Marítimo où caquètent Napolitaines et Napolitains à l'heure de leur déambulation quotidienne vespérale. Dans le proche horizon, posé au milieu de l'eau sur la petite île de Megaride où Naples est née il y a près de trois mille ans, le Castel dell'Ovo, massif et sévère, semble veiller nuit et jour sur la baie et la ville. Sur ma gauche, se dresse le Vésuve, cône échancré et menaçant, endormi sur son terrible vent souterrain. La Méditerranée n'a pas ici les mêmes couleurs que chez moi. Elle est d'un bleu indigo moins tragique que le bleu foncé dans lequel baignent les remparts d'Acco, ce « vin noir » dont parlait Homère.

*

Jamais je n'ai encore rencontré Élie, alias Yussef. Règle d'or, il est important que je ne le connaisse pas. Pourtant j'ai deviné que c'était lui quand je l'ai croisé ce matin dans le hall de l'hôtel. Il s'éloignait de la réception et se dirigeait avec nonchalance vers les ascenseurs, une coûteuse petite valise en cuir marron à la main. Un quidam ou un paisible touriste, rien d'autre si le regard ne s'attarde pas sur ses yeux. Son courage est dans la lumière dure qui y brille. Les femmes ne doivent y voir que séduction mais c'est la mort qu'ils défient et méprisent. J'ai saisi cet éclat et compris que cet homme ne ressemble à aucun autre. Il vit au-dessus de la peur. Il est impossible de dire s'il est juif ou arabe. Il a une moustache soigneusement taillée, ses cheveux sont noirs, épais, bien coupés et sagement peignés autour d'une raie sur le côté gauche du crâne. Il porte un costume gris à rayures, un pull-over en coton à col en V et une cravate assortis. Son élégance anglaise signée Savile Row est un peu désuète mais pas au point d'intriguer ou de surprendre. Il applique à la lettre la consigne du Mossad : toujours arrondir les angles pour ne jamais se faire remarquer.

Combien de fois m'a-t-on répété *« Round your edges! »* ? Ce n'est pas si facile pour une cantatrice. Même si je ne suis pas une diva, je dois tenir mon rôle de chanteuse d'opéra, exister en dehors de la scène. Si je refuse l'extravagance ou les éclats, je veille néanmoins à ne pas adopter une simplicité malvenue dans mon métier officiel. Je suis à Naples pour chanter et la réception de l'hôtel en a été informée. La direction sait que je ne suis pas l'interprète principale de *Carmen*, elle est pourtant aux petits soins avec moi. Ma présence et celle d'autres chanteurs plus connus contribuent à l'image haut de gamme de ce palace, qui n'a pas l'honneur et le bonheur commercial d'accueillir Julia Migenes, logée dans un palazzo privé proche du San Carlo. Les vraies divas ne vivent que dans des écrins.

Personne ne peut imaginer que je suis d'abord là pour le compte du commerçant libanais qui doit résider trois nuits dans une suite au cinquième étage, juste au-dessus des deux vastes chambres communicantes que j'occupe pour une dizaine de jours. Le Mossad lui a demandé de se rendre de Londres à Naples par mille détours européens. Il doit récupérer des informations de l'une de ses sources syriennes et me les transmettre sans le moindre contact physique entre nous. Bien qu'un an et demi se soit écoulé, il y a le feu autour de l'opération que j'ai conduite à Damas. Ses répercussions ont été multiples dans l'état-major d'Hafez el-Assad. Remous et supputations galopent. Des enquêtes ont été menées en vain et le dictateur a fini par acquérir la certitude que ses ennemis jurés israéliens sont venus frapper à sa porte et le défier au plus près. Il s'inquiète et agite ses services pour connaître la vérité. Jeu de dupes car, de son côté, le Mossad cherche à comprendre ce qui s'est vraiment passé dans la clinique et se demande si Élie n'a pas été victime d'une manipulation. Avons-nous fait le sale boulot à la place des ennemis d'Ali al-Shihabi, couru des risques inutiles et perdu un homme pour rien ? Benabou ne peut poser des questions quand il est à Damas. Trop dangereux. Rien ne filtre non plus dans la communauté syrienne de Londres. Il a donc proposé d'organiser un contact avec l'un de ses informateurs damascènes dans une ville européenne. Ma présence à Naples en a dicté le choix. Il ne sait même pas que je suis cantatrice, il ignore tout de moi et ne peut m'identifier. Le cloisonnement est une loi absolue dans l'inframonde. Si, par malheur, Élie venait un jour à être démasqué, il ne pourrait rien dire à mon sujet, même sous la torture. Et vice versa. Tous les agents du Mossad acceptent ces *firewalls*, tout en sachant que l'Institut rôde autour d'eux pour les protéger et les évacuer si nécessaire. Ces règles sont d'autant plus impératives que Benabou est un rouage plus que précieux, unique, un homme lancé dans une partie si dangereuse qu'on ne peut mettre sa vie en péril à la légère. Un autre agent que je ne connais pas assure, j'en suis certaine, sa protection. Un autre encore doit veiller sur moi.

*

Le lendemain matin de l'arrivée de Yussef el-Hamed à l'Excelsior, Tel-Aviv me fait savoir dans un message codé que son informateur est une femme. Elle arrivera de Damas via Rome. De père anglais et de mère d'origine syrienne, cette belle blonde est devenue la maîtresse officielle d'Icham Salah, un fringant colonel de 47 ans, membre de l'état-major d'Hafez el-Assad. Leur liaison s'est nouée lors d'un dîner chez Yaman à Londres. La fille pense que le prestigieux médecin travaille pour les services britanniques et s'en réjouit. Une branche lointaine de sa famille maternelle a été massacrée à la fin des années 60 quand Assad s'est emparé du pouvoir. Sa mère l'a élevée dans la détestation du régime alaouite et s'est même rapprochée du Secret Intelligence Service pour lui fournir des renseignements sur la Syrie. C'est Jasmine, la compagne d'Élie, qui a fait le lien. Les raisons, au départ, étaient médicales mais, sans jamais se dévoiler, l'ophtalmo a vite compris qu'il pouvait tisser sa toile. Avec beaucoup d'habileté et de patience, il a manipulé la mère, Margaret Reid, et sa fille Elisabeth. La manœuvre a fonctionné au-delà de ses espérances. Il a jeté Elisabeth dans les bras et le lit de Salah, un officier supérieur travaillant aux côtés du général Moustafa Tlass, ministre de la Défense, l'homme le plus proche d'Hafez el-Assad.

La fidélité au Bismarck syrien de ce personnage aussi élégant et raffiné que cruel est totale. Il l'a prouvé trois ans plus tôt en déjouant un complot de Rifaat el-Assad contre son frère Hafez. Depuis, Tlass contrôle l'armée, les services de sécurité et la garde présidentielle. Rien ne lui échappe mais il se pique de culture et adore les mondanités. Il a vu d'un bon œil la venue de temps à autre à Damas de cette jeune, ravissante et bavarde Anglo-Syrienne qui aime raconter les dessous coquins de la vie politique londonienne à son amant, anglophone et russophone, souvent utilisé dans des missions diplomatiques délicates ou des négociations secrètes sur les contrats d'armement. Les ragots qu'elle déverse sur l'oreiller peuvent un jour, pense-t-il, lui être utiles pour faire chanter un dirigeant britannique. De son côté, elle cultive ce rôle de call-girl écervelée, distille des informations crédibles à moitié vraies et recueille en retour bien des confidences dans les draps d'un amant qui a le mérite de lui plaire physiquement et sexuellement. Si nécessaire, elle n'hésitera pas à le faire éliminer. Lucide, elle sait qu'elle risque sa peau si elle est démasquée.

Benabou a pu constater l'incroyable sang-froid d'Elisabeth Reid dans les soirées mondaines de Damas et n'exclut pas qu'elle soit un agent double. Il l'utilise donc avec prudence et ne lui confie jamais rien qui pourrait le compromettre en Syrie ou en Angleterre. Il se garde même de la rencontrer désormais à Londres pour ne pas éveiller l'attention de Jasmine ou d'autres sur leur complicité. Lorsqu'il la croise par hasard dans la capitale syrienne, il la salue mais se tient à distance. Quand elle est à Londres, elle lui transmet par courrier déposé à son cabinet médical des informations qu'elle croit destinées au MI5 via Jasmine. Il le fait lorsque ces messages sont anodins, en revanche il communique tout ce qui lui paraît intéressant à Tel-Aviv. Il ne l'a pas utilisée dans l'assassinat de Shihabi car il doute de sa fiabilité et s'interroge sur le jeu qu'elle joue vraiment. Jamais, au cours de l'année 1986, elle n'a évoqué les événements de la clinique dans les éléments qu'elle a communiqués. Comme si elle n'en savait rien. Les mois ont donc passé puis, au début de l'année 1987, elle lui a fait savoir qu'elle voulait le rencontrer au plus vite à ce sujet. Surpris, Élie a aussitôt consulté la direction du Mossad, qui a échafaudé un plan après m'avoir consultée. Je devais chanter à Naples. Ce serait leur lieu de rendez-vous. Je n'assisterais pas à leur rencontre car nul ne devait me connaître. Élie me communiquerait toutes les informations recueillies avant son départ en appelant un numéro de téléphone qui lui serait transmis en temps utile.

Elisabeth Reid a accepté sans discuter la suggestion de Naples. Élie en a conclu qu'elle était pressée et que l'affaire sans doute se compliquait. Depuis leur rencontre, elle a habitué son amant syrien à ses escapades à travers l'Europe. Elle sait qu'Icham Salah la fait souvent suivre, plus par prudence que par jalousie, mais elle a pris pour alibi des retrouvailles avec sa mère, grande mélomane, pour aller écouter *Carmen* au célèbre Teatro San Carlo que ni l'une ni l'autre ne connaissent. Un sbire l'a escortée de près jusqu'à Rome puis il a disparu lorsqu'elle a pris le train pour la cité de la sirène Parthénope. Elle y a retrouvé sa mère en fin de matinée à l'hôtel Continental, à cinquante mètres de l'Excelsior sur le Paseo Marítimo.

Comme convenu avec Élie, peu avant 13 heures, les deux femmes ont pris un taxi pour aller déjeuner au Ristorante Europeo, temple baroque de la cuisine napolitaine avec ses casseroles en cuivre accrochées au plafond, ses murs recouverts à la fois de croûtes médiocres et amusantes et de plats colorés en céramique. Une délicate odeur de pâte à pain y flotte dans l'air. Habillé d'un costume beige, portant gilet et cravate, lunettes d'écaille, debout, droit comme la justice, installé en sentinelle derrière un petit bureau face à la porte d'entrée, le patron accueille la clientèle avec une courtoisie raffinée d'une autre époque. Pas de précipitation ou de mots excessifs, un charme retenu dans un simple sourire complice et séducteur. Le temps, ici, s'est arrêté pour préserver un art de vivre et le plaisir de la table. Les serveurs, chemise blanche et tablier noir, ont le sérieux de papes de la gastronomie et l'œil attentif des vieux briscards de la restauration préoccupés du seul bonheur du client. Ils se dérident lorsqu'ils voient les verres se vider, sentent la gourmandise arrondir les bouches, rosir les lèvres de plaisir, empourprer les joues, illuminer les regards. Ils se mettent alors à l'unisson des convives et jouissent de la réputation une fois encore confirmée de l'adresse bientôt centenaire de la famille Mattozzi.

Elisabeth et sa mère ont choisi de déjeuner dans la première salle donnant sur la rue. Celle-ci ne compte guère qu'une dizaine de tables dont la moitié est déjà occupée. Élie Benabou est arrivé une demi-heure plus tôt et s'est installé dans la deuxième pièce, beaucoup moins grande, mal éclairée, presque intime, décorée d'un bric-à-brac. Quatre hommes d'une soixantaine d'années aux allures de comploteurs y mangent en parlant à voix basse. Ces habitués ont choisi la table d'angle au fond de cet antre sombre, au pied d'un étroit escalier métallique en colimaçon donnant accès aux commodités à l'étage. Dès son arrivée, Élie est allé inspecter ce petit palier. Il y récupérera le message qu'Elisabeth doit lui transmettre sans échanger le moindre mot avec elle.

*

Il est 14 heures. Elisabeth et sa mère ont déjà dégusté des antipasti et attendent qu'on leur serve les calamars farcis qu'elles ont commandés en plat principal. Elisabeth murmure deux mots à sa mère, se lève, s'approche d'un serveur et lui demande à voix basse : *« Dov'è sono i bagno ? »* Il lui répond d'un geste discret. Elle passe, indifférente et silencieuse, devant Benabou et les quatre hommes en train de discuter. Le regard de l'un d'eux s'attarde sur la silhouette de cette blonde taille mannequin en train de monter l'escalier. Elle porte une robe stricte qui cache ses genoux et ne laisse voir que le bas de ses jambes. Il fronce les sourcils comme pour exprimer le regret de ne pas en voir plus puis revient dans la conversation qui ne s'est pas interrompue. Aucun des quatre convives ne se détourne lorsqu'elle redescend cinq minutes plus tard et disparaît dans la salle principale. Élie garde le nez plongé dans son risotto quand elle frôle sa table, laissant cette fois dans son sillage un nuage de parfum à la violette. Comme un signal. Il termine son plat sans se presser, laisse s'écouler une dizaine de minutes, se lève enfin pour s'engager à son tour dans l'escalier. Il parvient à l'étage, étroit comme une coursive de rafiot. Il entre dans les toilettes pour hommes et femmes, en ferme la porte. Il prend au-dessus de la chasse d'eau l'enveloppe qu'Elisabeth Reid y a cachée. Il l'ouvre. Une carte et juste ces mots :

> *J'étais à la clinique quand Ali al-Shihabi a été assassiné. J'accompagnais Icham Salah, qui venait de faire un malaise vagal sans gravité lors d'une réception d'officiers et s'était ouvert l'arcade sourcilière en chutant sur le sol. J'ai aperçu une femme qui prenait la fuite au moment où nous atteignions le sas du bloc opératoire. Nos regards se sont croisés. On m'a beaucoup questionnée pour savoir si je n'avais rien vu. Icham Salah m'a protégée mais on a recommencé à me harceler ces dernières semaines. Je n'ai rien dit mais je pourrais sans doute la reconnaître si je la croisais. Demandez à Jasmine ce que je dois faire.*

Rien ne l'étonne dans ce message. Il est même rassuré. Elisabeth le prend encore pour une simple boîte aux lettres dans les méandres complexes des services britanniques, une courroie de transmission pour Jasmine. En dépit des discours officiels sur la mort de Shihabi, des rumeurs courent toujours à Damas sur cet assassinat. On évoque la présence d'une femme dans le commando qui s'est fait mitrailler au pied du Golan. On fait le lien. Bref, la chasse au gibier est ouverte et il est probable qu'Elisabeth sera de plus en plus mise sous pression. Les hommes de Tlass ne la lâchent plus et veulent être sûrs qu'elle n'a rien vu. Ils sont capables de recourir à la torture pour en avoir le cœur net. À peine remis de son malaise, Icham Salah a lui aussi été chargé de la questionner. Elle ne lui a rien confié, mais elle est certaine qu'un soupçon s'est installé au fil du temps. Même si elle n'a rien remarqué de singulier ou d'étrange depuis son arrivée à Naples, elle est convaincue que ses habituels chaperons syriens sont sur ses pas et ne la lâchent guère. Elle a demandé au taxi de faire mille détours pour se rendre à l'Europeo et s'assurer qu'elle n'était pas suivie. Pour l'heure, les séides l'épargnent car ils veulent s'emparer de leur proie, cette femme inconnue qui a sans doute frappé au centre de Damas. Comme les pêcheurs de gros, ils donnent du fil à Elisabeth en espérant qu'elle leur permettra un jour ou l'autre de ferrer les tueurs de Shihabi. S'ils les retrouvent, ils les élimineront, manière directe d'adresser un signal au Mossad et à Tsahal. Le message d'Elisabeth confirme les informations et les intuitions d'Élie. Lui-même ne sait pas qui est cet agent et ne veut pas le ou la connaître. Le choix de Naples tout de même l'intrigue. Depuis qu'il a décidé, non sans hésiter, d'assister lui aussi à la représentation de *Carmen* au Teatro San Carlo le lendemain soir, et qu'il a découvert par hasard que l'une des interprètes est d'origine israélienne, il se dit que le château de cartes devient très fragile. Il veut agir au plus vite avant que tout s'effondre dans ce nid d'espions qu'est devenue cette ville depuis quelques heures. Le danger est double. S'il se rend à l'opéra, les espions de Damas peuvent l'identifier et faire un lien avec Elisabeth. D'autre part, il faut à tout prix qu'elle ne voie pas cette chanteuse sur scène dont le visage est en photo, certes très retouché, dans le programme de la soirée. Le risque que Nahama puisse être identifiée devient trop grand. Quoi qu'il lui en coûte, il prend la décision d'éliminer Elisabeth Reid. Tel-Aviv ne pourra qu'approuver.

*

La répétition s'achève, ultime mise au point avant la première représentation du spectacle demain soir et saut dans le vide, ce trou noir de la salle peuplée de regards éteints qu'il faut illuminer par la voix. Trois heures de travail âpre, saccadé, sous la direction de Georges Prêtre. Même s'il manque parfois de précision, cet homme est épuisant, son énergie sans limites et sa connaissance des voix parfaite. Il vit *Carmen* dans la nostalgie de Callas qu'il a tant admirée et recherche chez Julia Migenes une interprétation qui n'existera plus jamais. Il poursuit un rêve inaccessible mais je sens qu'il aime la fureur lascive que Migenes met dans ce rôle et sa compréhension du personnage. Femme libre, l'amour ramené à la nature brute, une guerre des sexes, comme l'a écrit Nietzsche.

Je vois dans le regard sévère du maestro français qu'il n'apprécie guère en revanche le timbre sombre, parfois rauque, de ma voix. Lorsque nous avons travaillé le Trio des cartes de l'acte III, il nous a plusieurs fois interrompues en s'adressant à moi pour corriger mon accentuation des *r* quand j'évoque l'amoureux que je désire : « Le mien est très riche et très vieux. Mais il parle de mariage. » Il veut dans cette scène plus de gaieté et un humour que je parviens difficilement à lui offrir. Pour répondre à son impatience mal dissimulée, après maints efforts, je trouve enfin au plus profond de moi cette innocence joyeuse que j'ai perdue depuis si longtemps. Il paraît surpris. Après plusieurs remarques grinçantes, il s'était sans doute convaincu que je serais incapable de répondre à son attente et s'en agaçait. Il ne prononce pas un mot quand ma voix lui fait ce cadeau, il sourit, plus satisfait au fond de lui-même que de moi dans cette arène d'ego qu'est une scène d'opéra.

Une voiture me ramène à l'Excelsior à 14 heures. À peine suis-je dans ma chambre que le téléphone sonne. Je ne connais pas cette voix mais je comprends aussitôt qu'il s'agit d'Élie Benabou, alias Yaman al-Bachir, alias Yussef el-Hamed. Il ne dit pas son nom, parle sans précipitation ni intonation. Ses mots sont secs, calculés, des ordres que je ne peux discuter. Tout dérape. Pas le moindre détail. Une décision a été prise. Je dois renoncer à chanter au San Carlo, ne plus y remettre les pieds et quitter Naples sur-le-champ. Un taxi viendra me chercher dans une heure et me conduira à l'aéroport. Une place m'est réservée sur des vols Naples-Milan-Londres, où une chambre m'attend au Saint James de Waterloo Place, près de Trafalgar Square. Les instructions ne sont pas négociables. Ma mission se poursuivra là-bas. Ensuite, je pourrai rentrer en Israël. La direction du San Carlo vient d'être prévenue de ma défaillance par mon agent. « Une toux brutale avec perte de voix ! » précise-t-il.

Inutile de poser des questions, je n'obtiendrai aucune réponse. Je vis dans le monde du silence. Trop parler et trop savoir peuvent conduire à la mort. J'informe la réception de mon départ immédiat, sans la moindre explication. Tout se déroule comme prévu. Deux heures plus tard, j'arrive juste à temps à l'aéroport vieillot de Capodichino et embarque aussitôt. Du hublot de l'avion, je regarde les couleurs de Naples et de sa baie s'éloigner puis se noyer dans les nuages. On ne me pardonnera jamais cette défection de dernière minute. Seul Georges Prêtre sans doute s'en réjouira. Je devrais éprouver de la tristesse, pourtant je ne ressens rien. Je ne suis même pas désenchantée, juste résignée. Je ne serai jamais une diva assoluta. Ma carrière compte moins que mon pays. Je voudrais me révolter contre ce poids du devoir qui m'écrase, m'oblige et m'empêche de penser à moi, à ma vie, à mon bonheur. Je suis un être archaïque, prisonnier des lois de la survie, incapable d'imaginer une seule seconde qu'il est peut-être asservi. La mort est devenue mon vrai métier. Je devrais en pleurer de désespoir, me lamenter sur mes rêves d'enfant envolés. À la place de ce désarroi, la certitude d'agir au mieux m'envahit, tout au long des deux vols qui me conduisent à Londres. Je n'ai pas parlé à voix haute mais j'ai eu l'impression de murmurer quand cette phrase en forme d'ordre a résonné dans ma tête : « Il va falloir que tu renonces à l'opéra. » Un de mes interlocuteurs au sein du Mossad me l'a déjà lancée sans ménagement : « Tu n'y disposes pas d'assez de liberté. Il te faut trouver une autre couverture pour te déplacer plus souvent sans te faire remarquer. » Je songe à une remarque de Georges Prêtre pendant les répétitions : « N'oubliez pas que nous racontons une histoire voluptueuse, inexorable, qui s'achève en tragédie. »

Le maestro ne peut imaginer à quel point mon existence fait écho à sa vision narrative de la musique de Bizet. J'avance moi aussi dans une histoire implacable mais ce n'est pas de la fiction. Sait-il que la volupté se niche aussi dans le crime ? Je ne peux nier ma jouissance quand j'ai vu le corps mort de mon ennemi. Je vais poursuivre mon œuvre, le drame et la violence plus jamais ne me lâcheront. Il me revient soudain des bribes jusque-là oubliées de conversations entre adultes, le soir, dans notre maison d'Acco, alors que je vis dans l'innocence de mes 10 ans. Un homme en uniforme, galonné, sans doute un général, explique d'un ton tranchant qu'il est des causes qui subliment le meurtre. Un silence, puis s'élève la voix étrange, enrouée, grave et déchirée de mon père : « Je pense que Nietzsche s'est trompé lorsqu'il a écrit : "Quand on lutte contre des monstres, il faut prendre garde de ne pas devenir un monstre soi-même." » Je regarde par le hublot l'abîme de la nuit, mon regard s'y perd, un frisson me secoue et m'arrache au vertige qui me saisit. Je me vois ensanglantée dans ces cieux vides et sans espoir. Comme un effroi.

L'avion fonce dans cette traversée nocturne de l'Europe qui devient mon passage du Styx. Je ferme les yeux. Je n'ai que 33 ans, ma vie s'achève, je ne suis plus qu'Israélienne.

*

Un message écrit m'informe dans la matinée qui suit mon arrivée à Londres que je suis conviée le soir même à une réception à la chancellerie d'Israël à South Kensington, face à Hyde Park. L'ambassadeur est un esthète qui aime recevoir des artistes. Il a été prévenu de mon arrivée impromptue dans la capitale britannique et m'a conviée à une *party* avec des écrivains et des musiciens. Il a joint un mot manuscrit au carton officiel pour insister sur la nécessité de ma présence. Je sais ce que signifie cet empressement. Je vais enfin comprendre pourquoi Élie m'a demandé de quitter Naples dans l'urgence et de venir ici alors que j'ai hâte de rentrer chez moi, de retrouver Acco, ma mère, et de réfléchir à mon avenir. Durant ces heures de vol entre Naples et Londres, je n'ai cessé de penser à la double existence que désormais je mène. Chanteuse et criminelle. Je m'enfonce de plus en plus dans un gouffre insondable, en courant les scènes lyriques comme une vulgaire cachetonneuse pour servir en fait les calculs du Mossad. Je ne suis même pas un second rôle reconnu, juste une doublure de second rang, une roue de secours, une Cenerentola trop originale pour triompher un jour dans les grandes maisons d'opéra. Je ne veux pas être non plus une voix fêtée à Tel-Aviv et ignorée ailleurs. Ce chemin est pourtant celui sur lequel je m'égare chaque jour un peu plus. Mon départ précipité de Naples va aggraver mon cas. Qui suis-je pour me permettre une telle désertion ? Dans ce métier, on ne pardonne rien. Un refrain ne va plus me quitter : « Vous savez ce qu'elle a fait à Naples… »

La rumeur doit déjà courir. Affolé, mon attaché de presse a retrouvé ma trace à Londres et m'a laissé un message incendiaire, m'accusant de briser ma carrière avec un tel caprice, menaçant de ne plus s'occuper de moi. Je l'ai rappelé et lui ai menti en évoquant une maladie du sang que j'ai jusqu'alors voulu taire. Il s'en est ému, va le faire savoir et jouer sur la compassion. Un camelot comme beaucoup d'autres dans ce métier, marchand de voix plus que de talents, ignorant tout de ma double vie. Pour me réconforter, il a même évoqué le rôle de la gitane Azucena dans *Le Trouvère*. Mon agent l'a informé de discussions en cours avec le directeur du Teatro Regio à Turin pour une production en 1989. Il fera comprendre aux médias que mon départ de Naples n'a rien d'un caprice. Je le laisse parler, troublée par ce que je sais de ce personnage. Je l'ai souvent travaillé et connais par cœur les terribles mots d'Azucena au dernier acte, avant qu'elle ne mette fin à sa propre vie dans un final d'apocalypse : « Tu es vengée, ma mère ! »

Quand finirai-je, moi, de venger mon père ? Jamais, sans doute. Comment pourrais-je échapper aux rouages de la violence dans lesquels m'ont précipitée la douleur de son massacre et ces deux moi qui m'habitent, l'un oriental, fait d'émotions, l'autre cartésien et calculateur ? Au théâtre, je me laisse porter par mes sentiments et mes pulsions, je ris, je pleure, je souffre, je m'enchante et me désespère. Dans les catacombes de ma deuxième vie, j'ignore mon surmoi, libérée de l'interdiction de tuer mon prochain. Je ne m'y sens coupable de rien ; je suis innocente. Dans cet autre monde, je deviens capable de tout.

J'ai remercié l'attaché de presse, il s'est encore inquiété de mon état, je l'ai rassuré en évoquant l'efficacité du traitement que je suis à Londres depuis quelques mois et j'ai raccroché. La fenêtre de ma chambre donne sur la statue équestre d'Édouard VII, le « Peacemaker ». Quelle ironie de me retrouver là, moi, la guerrière, la meurtrière, le regard posé sur ce pacificateur qui ne connut pas les malheurs du XXe siècle mais les pressentit et s'employa en vain à les éviter ! Qui serais-je aujourd'hui si Israël n'avait pas vu le jour ?

Je me détourne et chasse d'un geste brusque de la main droite ces étranges réflexions. L'histoire m'a toujours passionnée mais je ne veux pas la subir. De mes lectures, j'ai appris que chaque être, s'il le veut, est responsable de son destin. Je ne suis pas emportée par un courant trop puissant pour lui résister, non, j'agis en parfaite connaissance de cause, lucide et duplice. J'aurais pu en décider autrement, refuser de prendre les armes, choisir une simple vie d'artiste, pardonner. Pas de dérobade, seul mon libre arbitre a guidé mes décisions.

*

La mort de mon père me hantait alors toutes les nuits et, chaque matin, je voulais réparer cette injustice. Ainsi ai-je acquis la conviction que si je n'agissais pas, je vivrais dans le mépris de moi-même. Il fallait que mon père soit fier de moi. Quelque chose de plus grand que moi m'obligeait. Dès lors, j'ai couru au trépas sans être dupe de moi-même, convaincue que ne rien faire eût été pire que devenir une meurtrière. Après le raid de Damas, je n'ai éprouvé aucun remords, j'ai même vibré d'une frénésie nouvelle d'action, d'un vertige éradicateur, d'un sentiment de pureté dans un monde dominé par une seule loi : la violence comme unique chemin pour exterminer le mal. Je suis devenue Némésis, déesse de la vengeance et de l'équilibre, dure et juste, certaine que mes méfaits étaient le meilleur moyen de mettre un terme à la barbarie qui gagnait le monde et prenait un nouveau visage, différent de celui des guerres traditionnelles, avec des crimes aveugles et lâches, frappant des innocents au nom de combats fous. Que de folie et que de raison dans mon comportement et dans les méandres de mon cerveau !

*

Je me revois dans cette chambre d'hôtel, impatiente de découvrir ce qui m'attend, prête à agir car je pressens que ce voyage à Londres n'est pas une simple fuite ou une brève escale avant de revenir à Acco. J'ai aussi envie d'un homme pour la nuit qui vient et choisis une tenue qui flatte mes formes, dans l'espoir de trouver à l'ambassade cet amant d'un soir. Un besoin de sexe sauvage m'envahit de plus en plus souvent. Comme une addiction liée à la véhémence animale qui me submerge. J'observe sans complaisance mon corps nu, ce déséquilibre, cette cuisse déformée, la pilosité foisonnante et sombre de mon pubis, mes seins ronds et tendus dressés au-dessus de mon ventre plat et musclé, je me mets de profil devant la grande glace de la salle de bains, détaille mes fesses légèrement rebondies et très fermes sous mes hanches assez droites. Je me sens désirable, prête à baiser. Je ramène mes mains sur mon visage pour masquer mes yeux, je les laisse glisser le long de mon corps soudain traversé d'un frisson de désir, ébauche une caresse furtive qui ouvre le capuchon de mon clitoris, émet un léger râle puis me ressaisit. Trois semaines plus tôt, je me suis offerte à un type marié. Un professeur de l'université de Tel-Aviv, la quarantaine, sociologue, assez beau, trop sûr de son expérience amoureuse avec ses conquêtes étudiantes pour me rendre pleinement heureuse, raffiné mais incapable de céder à l'envahissement brutal du plaisir à force de vouloir gérer ses émotions et les miennes. Tout juste un coup pas trop mal. Comme d'autres. Pour être sûre de ne pas créer un lien au-delà du sexe, je ne ramène dans mon lit que des hommes ayant une compagne et si possible des enfants, des spécialistes de l'adultère. Avec eux, je ne cours pas beaucoup de risques. Je refuse les sentiments et leur cortège de faiblesses. Jouir physiquement me suffit, même si ces cavaleurs sont souvent des machos prétentieux qui ne croient qu'au volume de leur queue et ne savent pas grand-chose au fond des secrets de la libido féminine quand le cœur ne s'en mêle pas. Qu'adviendra-t-il cette nuit ? Peut-être vais-je dénicher un James Bond talentueux. J'en souris.

Le téléphone sonne. La réception m'informe qu'une voiture de l'ambassade israélienne m'attend à la porte de l'hôtel. Il est 19 heures. Comme prévu. Alors que l'exactitude, puisque je ne suis pas une diva, est une nécessité dans mon existence lyrique, je n'ai pas envie de me presser. J'hésite encore sur le chemisier que je vais assortir au tailleur-pantalon coupe droite en laine gris anthracite traversée de fils argentés et sa veste à revers en soie noire, fermée par des boutons à tête de lion, signature de Gabrielle Chanel. J'opte pour une simple chemise en coton couleur flave, l'ajuste, passe quelques secondes à évaluer ma silhouette dans un miroir. Suis-je assez séduisante ? J'ai besoin d'oublier pourquoi je suis ici et de chasser la désagréable intuition qu'au-delà de la porte de cette chambre d'hôtel je vais retourner dans la jungle.

Quelques minutes plus tard, je m'y enfonce, après avoir franchi une multitude de grilles et de contrôles qui font de cette ambassade en briques rouges une forteresse. Elle est peuplée de femmes et d'hommes plus ou moins élégants qui se pressent déjà autour des multiples buffets installés dans les salles d'apparat. Flanqué de son épouse, Son Excellence m'accueille dans le hall d'entrée avec une impatience qu'il cherche tant bien que mal à dissimuler sous une fausse impavidité diplomatique. Il agit sur ordre. Ce n'est pas un homme du Mossad, mais un simple *mishlashim*[1] que le service manipule. Il serait beaucoup plus maître de lui si c'était un katsa. Il a une cinquantaine d'années, il est grand, mince, la chevelure déjà grise coiffée avec soin, mains manucurées, une élégance classique un brin années 50, l'inévitable pochette blanche, le sourire fabriqué sur une dentition éclatante. Un stéréotype mondain. Il oscille très légèrement d'une jambe sur l'autre, mouvement imperceptible qui trahit sa nervosité. Il m'attend et, sans doute, a-t-il reçu des recommandations précises sans être au courant du dessous des cartes. Son accueil est à la fois chaleureux et empreint d'embarras. Il me couvre de compliments en me présentant avec fierté à sa femme, une plantureuse brune couverte de bijoux qui me sourit en murmurant qu'elle m'a déjà entendu chanter à Tel-Aviv et en garde un souvenir merveilleux. Je la remercie en sachant bien qu'elle ment et qu'elle débite une fiche apprise par cœur. Tous deux m'accompagnent dans le premier salon. La foule nous happe mais l'ambassadeur ne me quitte pas alors que son épouse se laisse accaparer par un invité exubérant, un peintre à qui elle adresse aussitôt des éloges convenus pour son exposition dans une galerie londonienne. Il est petit, agité, caricatural avec ses cheveux longs en broussaille et une boucle en or à l'oreille gauche. Il me lance un bref regard de vieux séducteur. Je lui souris alors que l'ambassadeur me prend avec délicatesse par le coude pour m'attirer vers le grand escalier

1. « Boîte aux lettres ».

desservant les étages et me murmure que je suis attendue dans son bureau, sur le premier palier, impossible de me tromper, la porte est en face des marches, je n'aurai qu'à la pousser. Sans autre précision, il m'abandonne là et prend la fuite pour se perdre au milieu de sa cour. Il a fait son travail de messager et ne veut rien savoir de plus. Je ne peux lui en vouloir. Ce n'est pas de la lâcheté mais une méthode. Dans l'inframonde, la vérité n'est qu'au bout de longs labyrinthes faits d'une multitude de sas dont l'étanchéité doit être absolue. Dans ce dédale, chaque passeur est un mort en sursis. S'il est repéré, sa vie ne tient plus qu'à un fil car il ne sait rien du cours secret de cet enchevêtrement. Il en ignore l'amont et l'aval et n'a jamais rien à avouer, même sous l'emprise de la torture. L'ambassadeur n'est qu'un rouage de cette énorme machinerie qui broie coupables et innocents.

Mon cœur devrait battre la chamade en montant dans une odeur de cire ce large escalier en bois exotique sombre, brillant d'encaustique. Un ordre m'attend derrière la porte du bureau de l'ambassadeur. Je n'aurai pas le choix. Je ne ressens pas de crainte, juste une désagréable pointe d'impatience, le besoin de chasser ce temps suspendu par l'incertitude. J'ai l'impression de devenir un être désincarné, un robot sans âme ni corps. Je pose la main droite sur la grosse poignée en cuivre, marque deux ou trois secondes d'arrêt, une légère inspiration, mon souffle est régulier, je ferme les yeux, je ne suis plus qu'un bloc, une arme létale prête à partir au combat.

*

L'homme qui m'attend dans ce bureau plongé dans la pénombre fume un long cigare, un Romeo y Julieta comme l'indique la boîte posée sur la table basse devant lui. Une lampe couverte d'un vaste abat-jour éclaire son visage et le haut de son corps. Il est enfoncé dans un large et profond fauteuil club en cuir fauve à chapeau de gendarme. Il ne se lève pas pour me saluer, sans doute la lassitude de l'âge. Il est proche de la soixantaine. Bien qu'il porte un costume bleu marine sombre, je devine à son visage glabre et à sa coupe de cheveux réglementaire qu'il s'agit d'un militaire de haut rang. Il a une tête d'état-major. Je scrute ses traits, un vague souvenir traverse mes pensées puis s'évanouit. L'ai-je déjà croisé ? À la fois je l'imagine et j'en doute, comme si ma mémoire était en court-circuit. Il marmonne d'une voix de baryton habituée aux confidences et aux messes basses : « Pardonnez-moi de ne pas me lever. Nous ne sommes pas là pour perdre notre temps en salamalecs. Mais je vous en prie, asseyez-vous. Nous en avons pour une petite demi-heure. Je suis le colonel Meir Aaron. » Il me désigne le fauteuil semblable au sien à ses côtés. Je remarque qu'il a déposé à ses pieds un cartable en cuir d'un autre âge. Il renverse la tête en arrière, fixe le plafond, tire longuement sur son cigare puis laisse filtrer entre ses lèvres, soudain en forme de bec de canard, un abondant nuage de fumée bleuâtre. Paupières closes, il jouit de cet instant dans un autre monde que ne fréquente pas sa compagne habituelle : la mort. S'égrènent quelques secondes, lourdes comme les gouttes d'une pluie épaisse. Je connais cette mise en scène. Elle me rappelle l'arrogance de certains chefs d'orchestre, spécialistes de l'autorité par le mutisme et le sous-entendu. Je l'évalue, il le sait. Je suppose que jamais il n'a pu accéder au rang de général même si ses états de service sont brillants. Est-il aigri ? Si c'était le cas, il ne serait pas là. Trop dangereux pour le service. C'est sans doute un homme de terrain, un vieux routier, qui a dû en voir beaucoup. Mais je suis une femme et le doute l'habite sur ma capacité à accomplir les actes qu'il va me demander. On l'a briefé, rassuré en lui donnant des détails, il est pourtant sur la réserve, préoccupé de travailler avec cette espionne chanteuse d'opéra. Je définis son profil comme on me l'a appris mais je ne peux alors imaginer que je suis devant le manipulateur de mon existence. Il me faudra toute une vie pour dissiper cette fumée dans laquelle il s'enveloppe avec tant de délectation et défaire le mystère qui le drape.

Il s'échappe enfin de son nuage de havane au parfum de poivre fort comme un drogué sortant d'un shoot, se redresse et se retourne vers moi en souriant. « Vous êtes sa fille, marmonne-t-il comme s'il violait un secret d'État. Je faisais partie de son commando quand ils l'ont tué et livré aux chiens. Ils ne me l'ont pas dit mais, en vous voyant entrer, je l'ai compris. Voilà pour mon silence ! Il me fallait dissoudre ce terrible souvenir. » Il me fixe sans ciller, regard gris à la fois dur et empreint d'un fond de tristesse, guette dans mon comportement une attitude qui trahirait mon émotion. J'ai appris à dissimuler mes réactions tout au long de ma formation d'agent de terrain. J'ai cultivé l'art du mensonge et de la couverture, résisté à l'enfermement, découvert la différence entre le courage et l'intrépidité, compris comment jouer de mon charme sans tomber dans le piège de l'intimité, démontré mon sens de l'initiative, travaillé la plongée en immersion profonde, la filature, la surveillance, le combat rapproché, l'utilisation des armes, les méthodes d'effraction et les dispositifs d'écoute, j'ai étudié dans le détail la planification opérationnelle pour atteindre sans bavure un objectif et organiser un repli sans dégât. Je suis devenue une *lohamin*[1] exemplaire, intégrée dans la division opérationnelle Césarée, et j'ai fait mes preuves en éliminant Ali al-Shihabi à Damas. Alors que j'entrouvre les lèvres pour parler, le colonel ajoute de sa voix toujours feutrée : « J'en ai déjà trop dit. Je suis l'attaché militaire de cette ambassade et j'occupe un bureau voisin. Inutile de vous préciser quel est mon véritable rôle. Nul ne doit nous voir ensemble. Rassurez-vous, je ne suis pas arrivé par le même escalier que vous. Nous allons faire vite pour que votre absence ne se remarque pas. Une femme va débarquer de Naples demain. Elle est anglo-syrienne et s'appelle Elisabeth Reid. Elle est la maîtresse d'Icham Salah, un officier proche d'Hafez el-Assad, et travaille sans le savoir pour nous. Nous savons que c'est un agent double, lié à la fois au MI6 et aux services syriens. Il faut l'éliminer. Elle est devenue un danger pour un de nos agents les plus importants à Damas et, sans doute, pour vous aussi pour des raisons qu'on ne m'a pas précisées. Ce travail vous revient. Voici sa photo ! » Il s'empare d'une enveloppe que je n'avais pas remarquée, posée sur la table basse devant lui, et me la tend.

Je la saisis d'un geste lent, sors le cliché avec précaution et l'examine. Je reste de marbre, sans trahir ma surprise. Le regard intense d'Elisabeth Reid me fixe comme il m'a fixée dans le couloir de la clinique de Damas

1. « Guerrière ».

lorsque j'ai marqué un infime temps d'arrêt avant de redescendre dans le parking. J'ai sous les yeux la femme qui s'est retournée vers moi avant d'entrer dans la zone du bloc opératoire. Un puzzle se met en place qui rassemble Élie Benabou, cette intruse et moi. Je comprends en un instant le danger que je cours si elle m'identifie et parle aux hommes de Tlass. Une fois qu'ils m'auront repérée, non seulement ses sicaires m'élimineront mais ils pourront aussi démasquer notre taupe damascène. Le colonel m'observe, scrute en vain mon attitude. En sait-il plus ? J'en suis convaincue. La ruse est sa seconde nature. Comme tout soldat, il n'outrepasse pas les ordres et les lignes rouges. Ses beaux yeux dangereux ne me quittent pas. Ils brillent d'intelligence. Leur éclat réveille de nouveau en moi une image floue et lointaine que je ne parviens toujours pas à préciser et décrypter. Puis-je lui faire confiance ? Je ne lui confirmerai pas que je suis la fille de son colonel massacré vingt ans plus tôt sur les hauteurs du Golan. Pas de faiblesse ni de sentimentalisme. Je voudrais tant l'interroger, trouver des réponses aux questions qui me hantent depuis la venue du dibbouk dans notre maison d'Acco. Une pierre tombale repose sur ce passé et je n'ai pas le droit de la soulever. Ma vie dépend de ce silence. Pourquoi ont-ils pris le risque de me confronter à cet officier ? Sans doute est-ce une nouvelle mise à l'épreuve imaginée par les parrains de l'Institut pour s'assurer une fois encore que les souvenirs n'ouvriront pas un jour une brèche dans le personnage que je suis désormais, leur créature, une tueuse en habit d'opéra et bientôt en robe pailletée de chanteuse de blues.

Ils savent qu'ils me commandent un meurtre particulier, mettre fin à la vie d'une femme. Sa famille a souffert des horreurs du dictateur syrien, elle le combat en offrant son corps à l'un de ses séides, elle me ressemble et poursuit sa vengeance au péril de sa vie. Son amant la massacrerait s'il savait qu'elle trahit les secrets que, parfois, il lui raconte au creux de leur lit. Yaman, de son côté, l'abuse en lui laissant imaginer qu'il est au service des Anglais. Elle risque très vite de ne plus avoir d'autre choix que de tout faire pour sauver sa peau. Dans son regard sur la photo, je vois cette envie de vivre envers et contre tout qui peut conduire au crime.

« Vous choisirez les moyens, pas de consigne particulière. De toute façon, nous ferons en sorte que tout le monde pense qu'elle était un agent anglais et qu'elle a été éliminée par des Syriens. Cette manipulation-là est prête. Nous semons déjà des indices », précise l'homme au cigare alors qu'il se penche vers la table basse devant lui pour faire tomber dans une coupelle en étain la longue cendre gris-bleu de son havane. Il laisse échapper un soupir comme s'il regrettait ce geste puis se redresse, porte le Romeo y Julieta à ses lèvres humides qui s'entrouvrent pour l'accueillir et s'offre à nouveau une longue inspiration de fumée qu'il déguste dans sa bouche avant de la filtrer cette fois en un mince filet. « Vous n'imaginez pas comme c'est agréable et rassurant, dit-il d'une voix plus ferme. Avez-vous déjà essayé ? » Je lui réponds d'un simple mouvement de tête négatif. Il poursuit : « C'est vrai, vous chantez, cet écart vous est interdit, n'est-ce pas ? Quel dommage ! Lui aussi en fumait avant de partir au combat, un cigare pour chaque assaut. Je tiens ça de lui. »

Mon père n'était pas fumeur. Ce type me raconte des blagues, m'égare. Je refuse de rentrer dans son drôle de jeu et continue de me taire. Il ajoute : « Je vous assure que c'est vrai, tant pis si vous ne me croyez pas. Je vous raconte ça simplement parce qu'il faut avoir du cœur à l'ouvrage pour l'opération que je vous confie. Même lui, si courageux, en avait besoin. Nous savons que vous êtes prête à agir mais, pour réussir, il faut toujours imaginer que l'on peut échouer, mettre en doute son projet afin d'en réduire la part d'incertitude. Le temps du cigare permet de le faire. Trouvez ce temps avant d'opérer ! Jusque-là, d'après ce qu'on m'a confié, on vous a pilotée. Vous avez, m'a-t-on dit aussi, réussi. Mais, cette fois, vous allez opérer en solo, tout concevoir et devoir élaborer très vite un plan car Elisabeth Reid ne sera seule à Londres que cinq jours. Icham Salah la rejoint ensuite. Je vous donne son adresse, un appartement mitoyen de celui de sa mère Margaret, dans Upper Brook Street, en face du restaurant Le Gavroche qui, j'en témoigne, pratique une très bonne cuisine française. Elle y déjeune parfois mais elle picore surtout. Elle prend un très grand soin de son corps. Tous les matins vers 9 h 30, elle effectue quarante-cinq minutes de jogging et de marche dans Hyde Park. Elle n'a pas de parcours précis. Elle alterne les rythmes et s'emploie à ne jamais s'épuiser. Elle ne vit plus de ses charmes. Salah est à présent son unique protecteur. Elle se méfie de sa jalousie et de sa violence même si, à notre connaissance, il ne l'a jamais battue. Il la fait surveiller régulièrement, moins souvent qu'auparavant car ses hommes n'ont noté aucune incartade depuis qu'elle est sa maîtresse. À Naples, ils ont même plié bagage en constatant qu'elle était avec sa mère qui la chaperonne comme une tenancière de bordel, mais les tueurs de Tlass étaient, eux, dans les parages. Elle y trouve son compte : Salah est généreux avec la mère et la fille ; il paye leurs loyers. À Londres, un agent de l'ambassade syrienne, homme de main de son amant, la file de temps à autre. »

Il se penche sur son cartable, l'ouvre, en tire un fin dossier puis une photo qu'il me tend en ajoutant : « C'est lui, un passe-muraille grisonnant dont le seul trait original est une fine estafilade de deux ou trois centimètres près de l'oreille gauche. Regardez ! » J'examine le cliché en couleurs puis le lui rends. « Vous pouvez le garder, me précise-t-il, ce tirage est pour vous. » Je souris, le pose sur la table basse en répliquant : « Inutile ! » « À vous de voir », enchaîne-t-il, satisfait au fond de ma réaction. La tête de ce type est maintenant gravée dans mes neurones. On ne se promène pas avec un portrait de sa cible ou un catalogue de ses adversaires. J'ai appris ça. J'ai retenu la leçon et ça le rassure. Il reprend : « Une idée pour agir vite ? » Je m'empare du dossier posé sur la table basse devant lui et le lis avec attention. Comme à l'habitude, le texte est concis, exhaustif, sans mots inutiles, tout ce que je dois savoir sur Elisabeth Reid y figure : ses habitudes, son adresse, une description précise de son appartement et de celui de sa mère Margaret, la configuration de leur immeuble : une entrée principale avec un large escalier et un ascenseur pour quatre personnes, sur le côté Park Street du bâtiment une porte donne accès à un escalier de service pour le personnel de maison. Je termine ma lecture. Il me regarde, un silence, puis, interrogateur : « Alors ? » J'éclate de rire et lui rétorque : « Je n'ai pas de havane mais j'ai retenu votre leçon. Vous savez, dans l'art lyrique il faut répéter avant de chanter. Je vais répéter. » Il se lève d'un bond souple, preuve de sa parfaite condition physique malgré son apparente lassitude, s'apprête à sortir du bureau, se retourne puis, avant de disparaître, me dit d'une voix basse et d'un ton tranchant : « Vous êtes comme lui. Vous avez quatre jours. Pas plus. » Ce faux attaché d'ambassade est, j'en suis sûre, au sommet de la pyramide du service.

L'odeur poivrée de la fumée flotte encore dans la pièce. J'y reste seule, troublée, submergée par ce que je viens d'entendre sur mon père, une fois de plus entraînée dans cette boucle de vie dont je suis prisonnière, cette mort à donner qui réveille en moi une surprenante nausée. Mon esprit me commande de commettre cet assassinat mais mon corps en souffre et dit non. Cette ambivalence inattendue accélère ma respiration, ma chair se révolte, redoute ce nouveau crime alors que la vengeance envahit depuis si longtemps mon cerveau de sa passion mortifère. Mes mains se crispent sur les bras du fauteuil dans lequel me cloue ce combat intime. Je tremble sans vaciller, comme sur scène lorsque mon esprit commande à ma voix de se dépasser pour répondre aux exigences du chef d'orchestre indifférent à mes limites vocales. Vais-je pouvoir accepter longtemps encore cette situation ? Pour la première fois depuis le massacre de mon père et mon entrée dans le théâtre des ombres, une fêlure se glisse dans mon être, entre moi et mon moi, mon passé et mon présent. Le doute me gagne. Et si ma chair avait raison ? Mes mains se couvrent de sang. Leur seule vue ne sera-t-elle pas, un jour ou l'autre, la source de terribles remords ? Peut-être le temps est-il venu de sortir de l'écheveau dans lequel je m'enfonce. Comment le faire sans trahir mes parents ? Je me lève et me dirige vers la large fenêtre donnant sur une masse sombre de feuillage. Je songe à ces mots de l'un de mes instructeurs : « Vous faites partie d'un corps d'élite indispensable pour agir contre les ennemis de notre nation. » Je n'ai pas le choix. Ma respiration reprend peu à peu son cours normal et ma tension reflue. Je ne peux pas reculer maintenant, il me faut éliminer cette femme devenue sans le savoir un danger pour moi et Yaman al-Bachir. Elle aussi a choisi les ténèbres. Victime mais pas plus innocente que moi. Elle a joué à la roulette russe et la balle est à présent dans le barillet du canon braqué sur sa tempe.

Je sors du bureau de l'ambassadeur et regagne les salons où la soirée est très animée. Personne ne me prête attention alors que je descends l'escalier. Je voudrais échapper à ce brouhaha, je me dirige vers la sortie lorsque je croise la femme de l'ambassadeur. Elle me sourit, fait un léger mouvement pour que je puisse me glisser à côté d'elle et participer à la conversation qu'elle conduit. Deux couples et un homme font cercle autour d'elle. Des gens de théâtre et un écrivain. Je comprends qu'il est anglais et d'origine juive comme la plupart des invités. Il s'appelle John Falk. Il n'est ni beau ni laid mais son sourire amusé montre qu'il n'est pas dupe de ces mondanités. J'aime son attitude et ses mains dont il se sert avec grâce pour appuyer ses propos subtils sur une pièce qu'il n'a pas aimée mais dont tout le monde parle en s'émerveillant. Ses doigts sont longs et délicats. La conversation se poursuit puis se délite, l'ambassadrice s'évade et gagne un autre groupe. Les deux couples sont accaparés par des amis bruyants. Je me retrouve face à cet auteur et l'interroge sur son travail. Il a déjà publié deux romans historiques sans grand écho, son éditeur croit en lui, convaincu qu'il connaîtra un jour le succès avec une saga antique, et le finance alors qu'il n'a pas besoin de ce soutien. Expert en art mésopotamien, ses conseils sont recherchés et bien rémunérés. Plus il parle, plus je le trouve charmant, fin et intelligent. Il ne cherche pas à séduire. Je devine qu'il n'est pas homme à prendre la moindre initiative. La suite ne dépend que de moi. Je le questionne sur ses livres, des polars qui se déroulent mille sept cents ans avant notre ère dans le royaume amorrite d'Hammourabi, entre le Tigre et l'Euphrate. Il y tisse des intrigues babyloniennes, sur fond de guerres mésopotamiennes finalement très proches de celles d'aujourd'hui. Son imagination est si fertile, la liste des complots et des crimes qu'il décrit si longue, que je songe à chercher dans ses écrits comment éliminer Elisabeth Reid sans laisser la moindre trace. La soirée s'avance, je lui propose un dernier verre, il sourit, je lui demande de m'accorder quelques secondes pour saluer notre hôte, il fait de même auprès de son épouse, nous franchissons les barrières de sécurité de l'ambassade. Je me retourne vers le bâtiment. Un bureau est allumé et une silhouette y marche de long en large devant la fenêtre. Vision fugitive de l'attaché militaire, mon donneur d'ordres et mon geôlier. Il ne me privera pas de cette nuit. Il est déjà 21 h 30. Je passe mon bras sous celui de mon écrivain et lui dis sans détour : « Allons à mon hôtel, il est à moins de vingt minutes à pied par Piccadilly. » Il me regarde droit dans les yeux puis me répond de manière inattendue : « J'espère ne pas vous décevoir, je ne cours pas les aventures bien que n'étant pas marié. » Je me presse contre lui et l'entraîne en lui glissant : « Je n'aime pas les fanfarons. »

*

Il est des nuits que l'on n'oublie pas. Celle avec Falk en est une. Elle ne peut pas être décrite, tant elle fut intime avec cet homme délicat dont le désir premier n'était pas son propre plaisir mais le mien. Il prit un temps infini avant de m'envahir à ma demande, après m'avoir fait jouir pendant une éternité avec ses mains de satin et ses lèvres de velours. Il partit le lendemain matin et me fit oublier pendant plusieurs heures la mission qui m'attendait. Je ne l'ai jamais revu. Cette rencontre demeure pourtant intacte dans ma mémoire, douce parenthèse d'un érotisme raffiné, long voyage dans les confins de la libido, délicatesse amoureuse que je n'ai jamais plus connue. Avant que nous nous séparions, je nous fis porter par le room service du café, du thé et deux copieux breakfasts. Nous prîmes ce petit déjeuner les yeux dans les yeux et je sus que j'aurais pu l'aimer. Il le devina et me confia : « Restons-en là, mon instinct de romancier me dit que nous sommes en terrain dangereux. Ne fabriquons pas une chimère après ce qui vient de se passer. » Je dus éclater de rire : « Vous savez, je ne crois pas aux chimères. Ma vie me les interdit. »

Ses sourcils dessinèrent un point d'interrogation sans que, pour autant, il me pose la moindre question sur les sous-entendus de cette phrase. Je changeai aussitôt de sujet et l'interrogeai sur ses projets littéraires. Il travaillait à présent sur la conjuration de Catilina, dont il voulait faire un roman policier romain avec pour héros Cicéron. Je le conduisis alors sur les chemins qu'il me fallait explorer au plus vite. Je m'étonnai de la violence brute des thrillers et des polars, de l'absence de subtilité des assassins dans leur manière de tuer, du peu d'imagination en général des auteurs dans les crimes qu'ils concevaient. Les livrets d'opéra, ajoutai-je, n'étaient pas plus habiles malgré leurs embrouillaminis de sentiments et d'intrigues. La mort y était toujours brutale, sanglante, les meurtriers féroces, à l'image de Scarpia dans *Tosca* ou de Don Pizarro dans *Fidelio*. Il en convint et s'amusa à échafauder devant moi un roman composé autour d'un crime parfait dont on chercherait en vain le coupable. La solution ne viendrait que des aveux de celui-ci, le jour de sa mort et sous le poids écrasant des remords. « Il faut toujours que le criminel soit puni d'une manière ou d'une autre, conclut-il. Le remords est un poison mortel. Nul ne peut se détourner de son passé. Chacun d'entre nous, même lorsqu'il ne s'agit pas de crimes, est écartelé entre la mémoire de ses fautes et le besoin de s'en libérer. » Sans la moindre affectation, il cita alors ces vers d'Emily Dickinson :

Remorse is cureless, – the disease
Not even God can heal ;
For 't is His institution, –
The complement of hell[1].

Ensuite, il évoqua sa passion pour le théâtre antique grec, matrice selon lui de tous les ressorts dramatiques depuis l'Antiquité. Il n'imaginait pas combien j'étais concernée par ce lien entre la mémoire et l'essence de la tragédie qu'Eschyle, Sophocle et Euripide avaient explorée et éclairée dans leurs pièces. Il me

1. « Le remords est sans remède – le mal / Que même Dieu ne peut guérir / Car c'est Sa chose – il l'a créée / Adéquate à l'enfer. »

parla de l'engrenage de la malédiction, de l'impossible lutte contre sa propre histoire et du devoir d'agir en suivant ses diktats. Les personnages de ses romans, me raconta-t-il, étaient tous emportés sur cette pente du destin. Il finit par cette citation terrible de *L'Orestie* d'Eschyle qui guidait ses propres intrigues littéraires : « Les morts tuent le vivant. [...] Aucun mortel ne passera toute une vie à l'abri du malheur sans en payer sa part. [...] Tout de suite ou plus tard, la peine frappera. » Comme Oreste, je suis l'enfant d'un mort que je veux venger. En vieillissant, le temps me purgera-t-il des souillures de ce malheur ?

Mon regard s'égara sans doute quelques secondes dans les profondeurs de ma conscience. Falk s'interrompit et m'observa sans un mot. J'eus le sentiment qu'il lisait en moi comme dans un livre ouvert. Il ajouta cette phrase apaisante d'Oreste que je pris pour une promesse : « Le temps anéantit toute chose. Et le présent toujours triomphe », enchaîna-t-il d'une voix douce, s'emparant avec délicatesse de mes mains pour les tenir entre les siennes. « Il ne faut pas nier le passé ou le refouler mais accepter de composer avec lui. C'est un long travail, une souffrance et une délivrance car, au terme de ce chemin chaotique, les insupportables remords deviennent des regrets qui pacifient l'âme. » Il se leva, m'étreignit une dernière fois et sortit pour toujours de ma vie sans me laisser le choix de l'aimer. Il me fallut bien des années pour retrouver un homme comme lui et découvrir l'amour avec un être encore plus singulier.

*

Les heures qui suivent cette inoubliable parenthèse me replongent dans l'engrenage de la malédiction qui passionnait tant Falk et fit de lui par la suite un auteur de best-sellers. J'ai lu son *Catilina* publié cinq ans plus tard. Il y mettait en scène toutes les idées qu'il avait évoquées devant moi avant de m'abandonner sans le savoir à ma ruine. En exergue, il avait placé ces trois vers prononcés par le chœur dans *Les Euménides* qui, aujourd'hui encore, semblent m'être adressés :

Autour de lui bat l'aile noire de son crime
Sous son toit s'assombrit la brume
De mille rumeurs gémissantes.

Tuer ou être tuée. Le temps me presse qui me rapproche de ce meurtre que je dois commettre pour me mettre à l'abri, sauver Yaman al-Bachir et préserver des années de patiente infiltration dans le système nerveux syrien. Elisabeth Reid est devenue une menace qu'il faut à tout prix écarter. Elle est grillée. Son sort, de toute façon, est scellé. Un jour ou l'autre, les services du général Tlass lui feront tout avouer puis elle disparaîtra à jamais dans un cul-de-basse-fosse alaouite ou sur une paisible route de la campagne anglaise. La séduction qui fut son arme ne la protège plus de rien. Elle l'a faite prisonnière de mystères qui la dépassent et la condamnent. J'oublie Falk, me moque de mon moment de faiblesse, hausse les épaules et réduit cette nuit au seul plaisir du sexe. Au fil des minutes qui suivent le départ de cet amant éphémère, mon corps et mon cœur redeviennent ces pierres qu'ils étaient sur le chemin de Damas. Je ne suis plus qu'un instrument au service de mon pays et de moi-même. J'ai tous les droits, et d'abord celui de mentir, de taire la vérité à tous ceux qui me connaissent ou me croisent, de me servir d'eux et de les manipuler. Je ne crois en rien de divin mais on m'a demandé d'apprendre par cœur ces mots du prophète Ézéchiel : « L'ennemi saura que je suis le Seigneur quand j'abattrai ma vengeance. »

*

Vêtue d'un tailleur bleu marine, chaussée de souliers à talons presque plats, j'enfile un trench-coat d'un beige passe-partout pour me protéger de la pluie londonienne en embuscade puis je sors de ma chambre pour me lancer dans le repérage de mon terrain de chasse. Une bonne heure de marche m'attend. Le temps est de circonstance, plus incertain que jamais, le ciel maussade encombré de nuages gris, les trottoirs luisants d'une fine et grasse ondée matinale. Je quitte Waterloo Place pour rejoindre Piccadilly. La foule y est grouillante, compacte, comme si ces passants cherchaient à se réchauffer les uns contre les autres dans une atmosphère trop humide. Je décide d'aller d'abord à pied jusqu'à Apsley House, où le duc de Wellington célébra par un grand banquet la défaite de Napoléon à Waterloo. Je me souviens avoir visité cette demeure, avec son curieux portique corinthien fait de quatre colonnes surmontées de chapiteaux en forme de feuilles d'acanthe. On a baptisé cette vaste maison « Number One, London » parce qu'elle a été la première édifiée à l'entrée de la ville lorsqu'on y accède par Hyde Park. Elle est célèbre pour son histoire, son emplacement et sa collection d'art, ses Rubens, ses Murillo et ses Vélasquez dont l'un, intitulé *Deux jeunes à table*, m'a tant fascinée que je ne l'ai jamais oublié. Nul doute que ces deux garçons boivent, peut-être sont-ils même ivres, mais, surtout, ils complotent, leurs visages si proches pour dissimuler des confidences salaces ou de lourds secrets. Je suis leur sœur et leur complice dans un univers sombre où tout se chuchote et se cache.

Rien ne change dans ce quartier à la fois cossu, brillant d'innombrables magasins de luxe, d'immeubles prestigieux, tout en étant populaire tant on s'y presse. Je le parcours en véritable Londonienne, j'en connais l'histoire et les trésors car, depuis mon enfance, j'y ai fréquemment séjourné pour parfaire mon anglais. Il est 10 heures. Elisabeth Reid arrivera de Naples avec sa mère dans le milieu de l'après-midi. Son chaperon syrien vient souvent la chercher en voiture à l'aéroport d'Heathrow sur ordre d'Icham Salah. Ce sera sans doute une fois encore le cas. Elle a plus que jamais besoin d'adresser des signes de confiance à son amant. Elle sait qu'elle peut le rassurer en demandant la présence d'un de ses sbires à ses côtés. Il lui faut se laisser observer de près, jusque dans son intimité, pour qu'on ne la soupçonne de rien. Le colonel de l'ambassade m'a confié que Yaman lui avait recommandé de se mettre en sommeil et de solliciter plus que jamais Salah pour désamorcer sa suspicion. Mais qui est-elle vraiment ?

Elle sera à son appartement vers 17 heures. J'ai du temps devant moi. Je décide de parcourir les allées de Hyde Park, de faire le tour du lac Serpentine puis de ressortir par Speakers' Corner et Marble Arch dans le quartier chic de Mayfair. Je serai alors tout près d'Upper Brook Street et pourrai déjeuner au Gavroche, après avoir inspecté l'immeuble de Margaret et Elisabeth Reid, à quelques mètres de là, à l'angle de Brook et Park Street, à deux pas de l'ambassade des États-Unis.

Comment vais-je procéder ? Hyde Park est très fréquenté, y agir sans être remarquée sera difficile. Peut-être pourrais-je poignarder ma cible pendant qu'elle court. Scénario envisageable, arriver derrière elle en joggeuse encapuchonnée, visage dissimulé comme beaucoup d'autres, la frapper comme pour le garde de Shihabi d'un coup de cutter pour trancher juste au-dessus de la clavicule la veine jugulaire externe qui serpente à fleur de peau, la projeter en même temps d'un léger coup de coude dans l'étang si elle le longe de près. Elle sera vidée de son sang avant même de tomber dans l'eau. Je peux l'atteindre d'un geste si rapide que personne ne s'en rendra compte. Je poursuivrai mon footing comme si je ne la voyais pas trébucher et basculer dans la flotte. Il ne faut pas cependant que je sois suivie de près, qu'il y ait trop de monde autour de nous deux, il est nécessaire enfin qu'elle coure sur la bordure du lac. Trois conditions indispensables.

J'aviserai après avoir visité son immeuble. Je peux y opérer aussi au scalpel en la surprenant dans l'escalier, à la sortie de l'ascenseur. Elle habite au quatrième étage, sur le même palier que sa mère qui la surveille et la coache comme une maquerelle. Je la suis puis la précède dans l'immeuble, gagne le cinquième étage, redescends pour l'éliminer à l'instant où elle ouvre sa porte, dans le même mouvement je précipite son cadavre à l'intérieur de l'appartement. Il faut que la cage d'escalier soit déserte au moins aux troisième, quatrième et cinquième. Encore trois conditions nécessaires. Sans doute vais-je m'en tenir à l'une de ces deux options. Pas d'arme à feu. Du silence. Pas de trace, sauf si je commets des erreurs. J'achèterai un couteau à lame rétractable ordinaire dans un magasin de bricolage et l'affûterai moi-même pour le rendre aussi fin et tranchant qu'un bistouri de chirurgien. Je le briserai puis en disperserai les morceaux dans la Serpentine ou la Tamise. Nul ne pourra le retrouver, pas plus que les fins gants de plastique que j'enfilerai pour éviter de laisser la moindre empreinte et d'avoir du sang sur la main.

Il me faudra consacrer deux jours à suivre et observer Elisabeth Reid. Ne plus la lâcher car, avant d'agir, comme le veut la règle du mimétisme que l'on m'a inculquée, je dois apprendre à penser comme elle, à devenir elle. Je ne cesserai de m'identifier à ma cible qu'à la seconde où je la frapperai. Moi vivante, elle morte.

*

Je traverse Hyde Park en imaginant déjà que je suis dans la peau de Reid. Mon cerveau devient une caméra qui enregistre les lieux et tous leurs détails. J'ai appris dans le dossier que j'ai lu pendant mon entrevue avec le colonel qu'elle alterne les courses rapides et les marches de récupération. Je devine son parcours, les chemins où elle accélère, les passages où elle ralentit, je suis elle, je comprends qu'elle s'entraîne comme une athlète, qu'elle se prépare surtout à fuir en cas de menace. Elle aussi est embarquée dans une partie mortifère, elle en connaît les risques, le filet se resserre autour d'elle, elle n'a plus droit à l'erreur, elle va limiter ses rencontres à Londres, attendre sagement la venue d'Icham Salah, lui adresser même des signes d'impatience amoureuse et de soumission. Peut-être fera-t-elle passer un message au MI6 par sa mère. Risqué. Elle ne peut pas non plus contacter Jasmine ou Yaman, celui-ci est sans doute rentré d'abord à Londres par des voies détournées à travers l'Europe mais, j'en suis certaine, il est déjà reparti à Damas pour que personne ne puisse le soupçonner de l'assassinat qui se prépare. Ce pont-là est coupé. Elisabeth n'a plus qu'une seule carte dans son jeu : Salah. Quand le nœud de la corde passée autour de son cou commencera à l'étrangler, elle pourrait être tentée de tout lui raconter dans l'espoir de se sauver. L'éliminer avant que son protecteur ne la rejoigne à Londres est désormais un impératif. Plus que quatre jours pour voler sa vie et l'empêcher de devenir une grenade dégoupillée.

Je m'assieds sur un banc en arrivant à Speakers' Corner. Un jeune type sapé comme un lord hurle et gesticule devant une poignée de badauds. Il s'indigne qu'au nom de la loi d'obéissance aux ordres reçus, le président argentin Raúl Alfonsín ait accordé une amnistie à tous les militaires qui ont servi la junte avant son arrivée au pouvoir en 1983. Quelle harangue tiendrait-il s'il savait ce que je prépare ? J'obéis aux consignes et je vais tuer. Je chasse cette idée et songe à la fumée poivrée du havane du colonel. Je ferme les yeux pour me concentrer. J'ai besoin de faire le point, de rentrer dans les méandres de mon plan. Je sais que cette mort ne peut pas être une démonstration adressée à la face du monde de la capacité du Mossad à frapper où il veut, quand il veut, qui il veut. L'homme de l'ambassade a insisté sur cet aspect. Il est impératif que ce crime demeure un mystère dont personne ne puisse un jour dénouer les fils. L'avenir du réseau de Yaman à Damas en dépend. Les conditions de l'exécution d'Elisabeth devront lancer les enquêteurs britanniques sur une fausse piste. Elle et sa mère travaillent plus ou moins pour le MI6, son amant est syrien et bien connu des services anglais, les soupçons vont donc se tourner très vite vers les séides du général Tlass. Il faudrait une infime trace, malgré tout détectable, qui puisse confirmer cette hypothèse lorsqu'on découvrira le meurtre. Cette élimination est une partie de billard à deux bandes, Londres doit chercher les assassins du côté des Syriens et Hafez el-Assad croire que ce sont les Britanniques qui ont agi.

Comment faire ? Comment ? Comment… Je m'impatiente de ne rien trouver. Je me calme. On m'a enseigné l'art de la manipulation. Je songe à *La Petite Fille au tambour*, un roman de John le Carré que j'ai lu trois ans plus tôt, peu après sa publication. J'en ai retenu cette phrase, qui fait écho à ma propre vie, glissée par son amant, agent israélien, à Charlie, jeune comédienne anglaise instrumentalisée et transformée en tueuse de Palestiniens : « Ce sera comme si tu sortais de tes cours d'art dramatique pour te produire dans le West End. » Ce génial romancier fait preuve d'une imagination qui ne piétine jamais la réalité. Tout y est complexe et tout y est possible. La dureté de l'univers qu'il décrit et la dualité de ses personnages sont si proches de ce que je suis en train de vivre ! Ils sont fous, ceux qui pensent que l'opéra des ténèbres met du sel dans l'existence. C'est le royaume de l'horlogerie fine, du détail infime, de la tension, de l'angoisse et de la peur. Si j'échoue ou me fais prendre, l'obscur labyrinthe de Yaman sera soudain éclairé a giorno. Je n'en ai pas le droit. Plutôt mourir pour sauver l'essentiel. Comme mon père. Rien ne peut entamer ma résolution qui se renforce au souvenir de nouveau envahissant de sa disparition. Le colonel de l'ambassade l'a réveillé pour me transformer à coup sûr en criminelle que rien n'arrêtera. Une étrange sensation d'accomplissement me gagne, la certitude de mener une juste cause, réflexe pavlovien que l'on m'a patiemment inoculé. Je suis consciente d'être téléguidée, endoctrinée, décervelée, presque sous hypnose, rien cependant ne peut plus entraver mon animalité. Je suis une lionne lâchée dans l'arène, ne songeant plus qu'à se jeter sur sa proie.

*

Un dragueur déguisé en gentleman, pantalon de flanelle grise, chemise bleu ciel, blazer marine et cravate club, m'observe à distance sur la gauche. Il ne se rend pas compte que je l'ai repéré tant il cherche à se banaliser. Il amorce un mouvement, s'avance d'un pas léger, puis accélère et vient s'asseoir à côté de moi sur le banc. Il me sourit sans savoir que sa figure se plisse alors comme une vieille pomme et que son âge éclate au grand jour. Il a au moins 60 ans, un visage couperosé de jouisseur fatigué, un début d'embonpoint, des épaules qui ploient sous le poids des ans et brisent sa silhouette. Au moins, il ne tergiverse pas, il passe avec souplesse un bras par-dessus mes épaules et le laisse retomber derrière le banc, prêt à m'enlacer si la chance lui sourit comme il l'espère. Il me glisse à l'oreille d'une voix cajoleuse : « Vous êtes ravissante, accepteriez-vous de prendre un verre avec moi ? Vous ne craignez rien, vous savez ! – J'en suis certaine si je m'en tiens à votre âge. » Il en reste sans voix, ne s'indigne pas pour autant et retire son bras avec nonchalance. Je lui tapote aussitôt la cuisse, il feint de sursauter, prend un air à la fois étonné et un brin outré devant cette inversion des rôles dans le jeu masculin-féminin. J'ajoute : « Je ne vous en veux pas d'avoir essayé. C'est flatteur, malgré tout. Je ne suis ni une féministe ni une mijaurée, vous le savez bien, n'est-ce pas ! » Il écarquille les yeux, mais déjà je me lève, me penche sur son visage qui se met à trembler comme de la gelée trimbalée sans ménagement sur une assiette, lui décoche un clin d'œil et ajoute : « Voyez-vous, cher monsieur, vous m'avez fait trop attendre. Là, je n'ai plus le temps, mon mari doit s'impatienter. Mais vous êtes charmant et rassurant. » Il porte les mains au visage comme pour cacher une vague de larmes ou dissimuler un secret. C'est un petit fou rire qui en fait le saisit et, tandis qu'il commence à hoqueter, il parvient à me dire avec humour : « Joli moment, vous comprenez vite, merci et bonne chance. » Je lui fais un petit signe de la main, un bye-bye rapide, puis tourne les talons. Je suis sûre qu'il ne quitte pas du regard mes jambes et mes fesses, apprécie mes charmes en souriant, m'évalue, se dresse et file d'un pas rapide vers une autre femme assise sur un banc à quelques mètres de nous, le visage mangé par un foulard. Les faux hasards ne me trompent jamais.

*

Il est déjà midi. La pluie, toujours fine, recommence à tomber. Je m'empare d'un fichu passe-muraille dans mon sac et couvre mes cheveux. Concentrée, m'imprégnant sans cesse de mon environnement, je parcours Park Lane jusqu'à Brook Street et sa succession d'immeubles où se bousculent les multiples visages du style victorien. J'arrive à la hauteur du Gavroche. Son entrée en colonnades de pierre taillées en vagues verticales est à la fois solennelle et discrète. La porte est en retrait, surmontée d'une enseigne lumineuse où brille le nom du lieu. Réputé pour sa cuisine française, le restaurant n'est installé là que depuis six ans. J'y ai déjeuné une seule fois trois ans plus tôt et j'en garde le merveilleux souvenir d'un caneton en deux services. L'homme de l'ambassade m'a précisé qu'Icham Salah y convie souvent sa maîtresse et aime y parader en commandant les plats et les vins les plus chers. Il leur suffit de traverser la rue pour s'y rendre. Construit dans le style néo-géorgien, bow-windows, fenêtres symétriques aux vitres en nombre impair et petits pignons décoratifs, l'immeuble où résident les Reid date des années 20. Le rez-de-chaussée et le premier étage, avec deux appartements mitoyens en façade, sont en pierre blanche de Portland comme Buckingham Palace, les étages supérieurs en briques rouges de Daneshill scellées par des joints d'un bleu délicat. La large porte d'entrée à deux battants est en bois ciré et vitrée à mi-hauteur. Pas de surveillance particulière. Je ralentis le pas sans m'arrêter, juste le temps de lancer un regard à la dérobée pour me rendre compte si l'accès en est facile. L'huis est clos, pourvu sur la droite d'un digicode. Je poursuis ma route et tourne quinze mètres plus loin à gauche dans Park Street. J'y trouve la deuxième entrée signalée dans le dossier du colonel. Elle est réservée au personnel de maison. La porte en bois plein, équipée d'un blunt, n'est pas fermée à clé, je l'ouvre sans hésiter et m'engouffre dans un hall biscornu et sombre conduisant à un escalier étroit en bois. Je décide de monter. Je le fais sans me presser, sur mes gardes, prête à faire face à la moindre rencontre. Je parviens au cinquième étage sans croiser personne. Je suis surprise de constater que son accès n'est pas verrouillé. J'inspecte la serrure. L'ouvrir serait un jeu d'enfant. Je me glisse sans bruit sur le palier, passe devant l'ascenseur installé dans la trémie puis redescends par l'escalier principal au quatrième. À droite, l'appartement de Margaret ; à gauche, celui d'Elisabeth. Rien d'autre. Des voix s'élèvent dans les étages inférieurs, je regagne l'escalier de service au bout du palier. La porte est close. Serrure simple aussi. Je remonte au cinquième puis redescends sans précipitation par l'escalier de service après avoir resserré mon fichu pour mieux me dissimuler. Alors que je parviens au rez-de-chaussée, une femme en pousse violemment la porte et jaillit tête baissée dans le petit hall, grommelant en arabe : « Je suis en retard, je suis en retard… » Elle passe devant moi en coup de vent, sans se retourner, m'offrant son seul profil. Je devine ses traits, peau cuivrée, joues creusées et ridées. Je connais son accent. Elle est syrienne. Elle a sans doute à peine 50 ans malgré son apparence de vieille femme. Elle grimpe l'escalier en courant. Je remonte au premier en silence pour mieux repérer où elle se rend. Elle s'arrête au quatrième, fait du bruit en fouillant dans son sac, en sort sans doute un trousseau de clés car j'entends tout de suite après le léger grincement de la porte d'accès au palier. Aucun doute, elle travaille pour Icham Salah. Elle est là pour faire le ménage et surveiller Elisabeth et sa mère. Elle prépare leur arrivée. Il va falloir que je sache à quelle heure elle repart. L'étau se referme de plus en plus sur ma cible en même temps qu'il réduit mes marges de manœuvre.

Je ressors dans Park Street puis reviens sur Brook Street en direction d'Hyde Park. Je m'arrête cette fois devant l'entrée principale du bâtiment en faisant mine de chercher quelque chose dans les poches de mon trench-coat. Le flot des voitures est fluide, les passants nombreux, des touristes bruyants en route pour Marble Arch, des hommes d'affaires en uniforme costume-chemise-blanche-cravate-rayée, des femmes très chics, quelques adolescents heureux de vivre, des couples avec ou sans enfant, des soutiers accablés, tout n'est que mouvement car rien de singulier ne justifie que l'on traîne dans cette partie de Brook Street, sauf si on y habite. Coup d'œil circulaire. Personne ne stationne dans les parages ou ne guette l'immeuble de l'autre côté de la rue. Je fais un pas vers la vaste porte en bois vitrée, la pousse, elle s'ouvre sans résistance, le code doit être désactivé dans la journée. J'ai donc deux voies d'accès possibles. J'opterai pour la plus sûre le moment venu. Ce sera le matin, lorsqu'Elisabeth reviendra de son footing. Dans trois jours, le temps nécessaire pour améliorer ma connaissance des lieux, des habitudes de leurs occupants, des mouvements dans l'immeuble et préciser le plan que je commence à dessiner. Le fait qu'il y ait deux accès, et donc deux issues pour décrocher, est un atout. Mais si je peux imaginer tous les paramètres pour réussir, je ne peux éliminer l'aléatoire, une présence incongrue, un imprévisible grain de sable. Pourtant, je n'ai ni le droit d'échouer ni celui de me faire prendre. Trop de choses sont en cause.

Il est midi et demi, le Gavroche a ouvert ses portes. Malgré mon envie d'y déjeuner, je renonce au caneton en deux services car les fenêtres du restaurant ne donnent pas sur la rue. Je vais y perdre mon temps puisque je ne verrai rien de l'immeuble des Reid et des allées et venues autour. Assez traîné dans les parages, je hèle un taxi et rentre à mon hôtel. Une enveloppe cachetée m'y attend à la réception, des billets d'avion pour Tel-Aviv dans trois jours et un message glissé au milieu, rédigé en hébreu. Icham Salah a avancé son arrivée à Londres de vingt-quatre heures. Je n'ai donc plus que deux jours pour agir. Une fois de retour dans ma chambre, je commande un room service et me donne deux heures pour arrêter la géographie de mon action avant d'aller acheter une lame et des gants. Comme pour la préparation de l'opération à Damas, j'ai gravé dans ma tête tous les lieux que je viens de parcourir. Ma mise en scène doit être aussi parfaite qu'à l'opéra où tout est millimétré. La rigueur du placement est devenue chez moi une seconde nature. Comme la Charlie de John le Carré, je l'ai apprise sur les planches comme dans les centres d'entraînement du Mossad. C'est également mon héritage juif, ce fardeau de la perfection et du devoir divin qui nous vient d'Abraham acceptant d'immoler son fils Isaac. Ce sacrifice nous ligote depuis des millénaires. Je ne suis qu'un minuscule rouage dans ce tic-tac de l'éternité hébraïque, tout en moi me dicte d'être un engrenage parfait pour ne pas en enrayer le mouvement sans fin.

*

La journée qui s'ouvre doit être à la fois d'une banalité affligeante et d'une rare efficacité. Il n'est rien de plus bureaucratique et fastidieux que la collecte de renseignements. Il faut s'arrêter de calculer, savoir ouvrir les yeux et les oreilles sans jamais accorder le moindre temps mort à son attention. Habillée d'un survêtement gris foncé qui n'attire pas les regards et de chaussures de course discrètes à semelles compensées en cuir noir, équipée d'un léger sac à dos en toile ardoise, mon couteau très affûté placé dans la poche droite de ma veste de sport, j'ai glissé mes mains dans des gants fins qui moulent mes doigts et ne leur enlèvent rien de leur agilité et de leur sensibilité. Je vais consacrer des heures et des heures à parcourir Hyde Park, Brook et Park Streets, protégée par un temps de suie qui ne décourage pas les Londoniens mais les transforme en une masse informe dans laquelle chacun devient un quidam. Je quitte l'hôtel à 7 h 30 et prévois de terminer ce patient travail de reconnaissance et de filature tard dans la soirée, après des heures et des heures d'observation. Je deviens un serial killer guettant sans précipitation sa victime.

Elisabeth et Margaret Reid ont bien regagné leurs appartements respectifs la veille. Ma cible reprend tout de suite ses habitudes. À 9 h 15, elle jaillit en bondissant de son immeuble et file via Brook Street vers Hyde Park en petites foulées, allure déliée, cheveux protégés par un bonnet. Capuche sur la tête, je la suis à distance sur le trottoir d'en face. Son parcours est celui que j'avais prévu. Avec ce temps déprimant, très peu de monde court ou marche dans les allées détrempées le long de la Serpentine, loin de l'agitation matinale de Mayfair. Sans effort, je reviens à cinq mètres d'Elisabeth dans un passage plus étroit que j'ai repéré la veille. Pas de bordure ici sur la pelouse entre l'allée et l'eau. Et personne dans les parages. Je pourrais agir tout de suite mais l'improvisation est mauvaise conseillère sauf en état d'urgence. Attendre. Je coupe ma course et repars en sens inverse pour surveiller le retour d'Elisabeth vers son immeuble à partir de Speakers' Corner, où je me pose sur un fauteuil en métal. Mon faux dragueur de la veille a disparu et j'en suis un peu déçue, mais la femme au fichu est assise sur le même banc qu'hier, comme si elle n'avait pas bougé depuis vingt-quatre heures. Sait-elle que je sais qui elle est ? Un de ces mannequins de l'espionnage, sentinelles immobiles qui balisent le parcours des tueurs. Sans doute, d'autres sont dans les parages. Elisabeth Reid surgit des allées de platanes du parc au bout d'une demi-heure, trottinant, ni essoufflée ni épuisée, mais le visage grave. En une fraction de seconde, je devine dans ses traits une tension extrême même si ses yeux ne guettent rien autour d'elle et fixent le sol sous ses pas pour ne pas trébucher sur un obstacle imprévu. Je la laisse prendre quelques mètres d'avance et suis surprise de la voir traverser aussitôt Park Lane pour s'engouffrer dans North Row. Cent vingt mètres plus loin, elle s'engage dans Park Street, parcourt encore quelques mètres, ralentit puis passe à la marche jusqu'à l'entrée de service de son immeuble. Elle y marque un temps d'arrêt, effectue des gestes d'étirement classiques et quelques rotations de la tête enseignées au yoga pour assouplir la nuque et le cou, trottine sur place une poignée de secondes, pousse enfin la porte en bois d'un geste déterminé. Pourquoi passe-t-elle par là ? Pas le temps de bâtir des hypothèses. Mon instinct me pousse à agir sur-le-champ. Je lui laisse une trentaine de secondes d'avance, le temps qu'elle soit déjà au deuxième ou troisième étage. Je respire lentement. Mon corps se relâche. Mon esprit se concentre. J'en chasse la peur. Comme à Damas. Dans la guerre souterraine, l'histoire toujours se répète. Avant de la suivre, dans un réflexe de prudence, je m'empare du couteau et j'en dégage la lame de dix centimètres, tranchante comme un scalpel de chirurgie. Je pénètre dans le hall sans me précipiter, marque un imperceptible instant d'arrêt pour que ma vue s'habitue à la pénombre qui y règne, tandis que le blunt referme automatiquement la porte derrière moi et scelle mon fatum.

*

Elle est là, tapie dans une encoignure sur ma gauche. À peine entrée, je devine sa présence au souffle infime, tout juste audible, qu'elle relâche entre ses lèvres closes. Elle a commis l'erreur de retenir sa respiration trop longtemps et, sans qu'elle en ait conscience, cette très brève expiration la trahit. Mon corps et mon esprit, formés jusqu'à l'épuisement depuis des années aux méthodes d'autodéfense du krav maga, sont sur-le-champ en alerte. L'attaque est presque immédiate, une ou deux secondes après cette infime anhélation incontrôlée. Elle bondit sur moi par-derrière pour me frapper à la tempe gauche du tranchant de sa main droite en utilisant toute l'allonge de son bras. Elle emploie les techniques d'atemi et le yokomen uchi, ce geste qui tue instantanément et, s'il n'est pas assez puissant, provoque de violentes douleurs cérébrales. J'ai anticipé l'assaut par une légère torsion de hanche sur la droite, la tranche d'os et de chair crispée vient glisser sur mon épaule gauche au moment où je la dérobe puis longe mon flanc. Le coup arrive en bout de course et a perdu de sa force. Je sais que ce mouvement a déséquilibré Reid vers l'avant, je me plie en deux, prends appui sur ma jambe gauche plus solide, pivote et lui décoche un coup de pied retourné arrière de cette jambe droite que je ne cesse de muscler et d'entraîner pour compenser l'atrophie provoquée par ma poliomyélite infantile. Je l'atteins de plein fouet au bas du visage et lui désaxe sans doute la mâchoire, elle pousse un hurlement de douleur tandis que je me redresse et me retrouve nez à nez avec elle.

Tête ballante, visage défiguré par le choc, cornage rauque et haletant, bouche déformée et béante, bras battant l'air pour retrouver des appuis et l'équilibre, jambes fléchies, elle cherche à éviter une chute brutale. Son corps tangue de droite à gauche, vidé de toute énergie. Ses yeux se lèvent vers moi, je voudrais y trouver une supplication, un désespoir, ils ne contiennent que la fureur rageuse de la défaite. Elle m'avait repérée, m'attendait et voulait m'éliminer. Ma mort aurait été la preuve de son innocence devant Salah, son assurance tous risques, la même que celle que je suis venue chercher ici pour moi et Yaman. Cette fille n'est pas une simple call-girl écervelée mais un agent double, formé aux pires épreuves par le MI6 et les hommes de Tlass, entraîné à tuer et prêt à mourir. Elle découvre le couteau qui jaillit de ma main droite, ses iris anthracite se durcissent, ses pupilles me fixent sans ciller, ses paupières ne se referment même pas d'effroi lorsque je porte mon arme à sa gorge pour la trancher sans qu'elle puisse parer cette attaque. Alors que la peau de son cou se déchire sous la lame, je fais un bond en arrière. Un flot de sang jaillit de sa jugulaire sectionnée. Elle s'écroule sans un cri, presque morte, expire à mes pieds, son cadavre noyé dans un bain d'hémoglobine et d'urine à l'odeur âcre se répandant en une tache orange foncé sur le carrelage victorien, imbrication géométrique de losanges noirs et blancs.

Rien en moi ne tremble. Aucune émotion, aucune satisfaction. J'ai fait mon travail. C'était elle ou moi. Mon regard ne s'attarde pas sur le corps qui gît à mes pieds. J'essuie le surin sur son survêtement puis le replace dans mon sac à dos, j'ajuste ma capuche, tire la porte sans me retourner et retrouve la rue en feignant d'hésiter sur le chemin à prendre.

*

Je détends mes jambes un bref instant en trottinant sur place. Un frisson me parcourt. J'examine l'environnement à la dérobée. Ne pas traîner ou laisser imaginer que je ne sais quelle direction prendre. Mon comportement est réglé à la perfection. Une drôle de peur s'empare pourtant de moi. Rétrospective. Je sens que la mort m'a frôlée. Un instant mon regard s'égare. Je baisse la tête pour que personne ne puisse en lire le trouble. Mes lèvres doivent être violettes et mes joues livides, effets de la tension qui m'a saisie quelques secondes plus tôt. Je m'arrache à cette stupéfaction en accélérant ma respiration par la bouche pour évacuer la pression qui écrase ma poitrine. Ne pas céder à l'envie de fuir au plus vite mais démarrer. Démarrer. Partir en petites foulées. Maintenant. Consciente de commettre une erreur, je ne peux m'empêcher de scruter avec insistance ce qui se passe autour de moi. Sur le trottoir opposé, enveloppés pour la plupart dans des trench-coats mastic, les passants avancent visage fermé, droit devant comme une armée de travailleurs indifférents à leur environnement. Tous semblent prisonniers de leurs pensées matinales. À une dizaine de mètres sur la droite, une femme et un homme sont serrés l'un contre l'autre, tout près de la façade de l'immeuble dont je viens de sortir. Ils se détournent trop vivement lorsque mes yeux croisent les leurs. Ils se lancent aussitôt dans une discussion à grand renfort de gestes. Leur comportement n'est pas naturel. Mes pensées se bousculent. Suis-je en train de céder à la panique ? Je me crispe, m'oblige à réfléchir. Je pars sur la gauche pour m'éloigner du couple. Ils ne me filent pas mais je suis certaine qu'ils ne sont pas là par hasard. Sans doute des chiens de garde, comme dans Hyde Park la veille. Je remonte Park Street. Mon cœur retrouve son calme et mon corps enfin se décontracte. J'allonge ma foulée et rejoins Oxford Street où le va-et-vient effervescent m'absorbe dans sa masse mouvante, replie sur moi sa carapace informe et son anonymat protecteur. Un bref et désagréable petit rire nerveux me traverse. Je zigzague, marque des changements de rythme et des pauses, reviens sur mes pas pour regarder mon reflet dans une vitrine de sous-vêtements féminins. Je ne devine rien d'anormal dans mon physique et autour de moi. Je change de trottoir, répète mes gammes de vérification. Personne n'est à mes trousses. Je suis redevenue une criminelle impavide mais je reste un être humain. Une question kafkaïenne vrille mes pensées : ai-je encore quelque chose de commun avec moi-même ?

Une petite musique m'envahit, comme si j'avais besoin maintenant de justifier mon crime : légitime défense, légitime défense, légitime défense… Je m'arrête, la devanture d'une boutique de chaussures me renvoie de nouveau mon image. Un masque de jolie femme dont rien ne trahit les préoccupations. Suis-je devenue un monstre ? Un mouvement de dénégation de tête m'échappe. Je tue pour survivre. Rien d'autre à dire. C'est le seul chemin pour retrouver ma liberté et régner enfin sur moi-même. Je sais que je m'éloigne des rivages de la raison et que je m'enfonce dans une forme de schizophrénie. Jamais je ne pourrai oublier cette scène, cette vie qui s'en va dans un flot de sang et ce regard vaincu, haineux, qui me défie avant de s'éteindre pour toujours. Une immense lassitude vient m'accabler par surprise et tout se brouille devant mes yeux. Un passant me bouscule d'un violent coup d'épaule et m'arrache à la sidération qui me paralyse. Je me retourne d'un bond, l'homme est déjà loin. Mes jambes tremblent. Fatigue, effarement, je voudrais m'asseoir pour lutter contre ce sentiment qui me gagne, une part de moi-même est en train de dépérir même si une multitude de tests psychologiques et d'épreuves m'ont préparée à cette lutte intérieure et à ce désarroi destructeur. Je n'ai pas le droit de me plaindre, rien ne m'a été imposé, j'ai subi mais j'ai aussi choisi ce double jeu entre ma conscience et mon appartenance. J'ai accepté que l'on grave dans ma cervelle que « ma » judéité est ma rampe de secours, ma raison d'être dans une vie de contraires, je suis une criminelle pour avoir le droit d'exister. Aurai-je la force de me défaire de ce devoir des origines qui transforme des innocents en meurtriers et des meurtriers en héros ?

Je reprends ma marche à travers les rues londoniennes d'un pas mécanique et songe à ce que j'aurais pu être, au rêve lyrique que mon père fit naître en moi, à l'abjection dans laquelle m'a plongée la barbarie de ses assassins, mes ennemis pour toujours. L'ai-je trahi en choisissant l'inframonde ? Impossible de trouver d'autre réponse que le refus de céder face à une haine immémoriale que l'horreur nazie n'a pas désarmée. Je l'ai reconnue dans l'ultime regard d'Elisabeth Reid. Elle ne méritait pas ma pitié…

*

Je quitte Oxford Street pour Regent Street, traverse Piccadilly Circus comme une somnambule avec pour obsession désormais de rejoindre St James's Park puis Westminster Bridge et les rives de la Tamise. L'arme de mon crime et mes gants disparaissent en un instant dans les eaux lourdes et fangeuses du fleuve, noyés au milieu de ses autres secrets. Obéir aux ordres, ne jamais déroger aux consignes si l'on veut survivre. Je le veux plus que jamais. Ma confusion s'est dissipée. J'ai tué parce que j'étais plus forte et plus rapide qu'Elisabeth et que mon désir de vivre était plus grand que le sien. Grâce en soit rendue à tous les miens.

Les télégrammes cryptés doivent déjà crépiter et annoncer la mort de ma cible, l'énorme machine du renseignement mondial répand la nouvelle, les spéculations bouillonnent au siège du Secret Intelligence Service tout comme à Damas autour de Tlass et d'Icham Salah le veuf. Un tourbillon dont je m'éloigne. Je ne suis plus qu'une touriste se promenant d'un pas tranquille à travers Londres. En route pour mon hôtel, j'avance de nouveau dans le théâtre du réel, quidam au milieu des quidams, sans que nul ne puisse imaginer ce qui se passe dans ma tête et la décision qui à présent s'impose à moi.

4

L'impasse londonienne

Ce matin, l'automne a passé des habits de printemps. Je me suis installée dans un fauteuil en osier sur la terrasse haute pour y prendre un thé et m'émerveiller encore et encore devant cette mer d'aurore aux vagues en crête de coq s'argentant dans les rayons du soleil levant. Une chaleur douce caresse mon corps et en efface les douleurs de l'âge. Sur internet, j'ai lu un long article dans un quotidien français, intitulé « Mais où va Israël ? » Vieille question qui revient sans cesse dans la presse parisienne, toujours aussi prompte à prendre le parti de nos ennemis. Ce qui est raconté dans ce texte sur le fatras politique dans lequel patauge le pays depuis tant d'années est exact. La discorde règne aussi dans notre peuple même si nous restons une démocratie, petit îlot toujours environné de régimes autocratiques. Prisonniers des plus extrémistes et des religieux, les pouvoirs qui se succèdent n'ont d'autre ambition que de se sauver eux-mêmes, de durer le plus longtemps possible, de nous diviser, sans jamais imaginer une paix durable. Cet horizon s'est perdu comme si nous devions nous enfoncer dans une guerre de cent ans. Son terme approche. Déjà quatre-vingt-deux années que nous vivons entre cette Méditerranée prête à nous emporter dans ses flots et la rage éradicatrice des peuples qui nous cernent, obsédés par l'idée de nous jeter à la mer. Pour tous ses ennemis et faux amis, signataires de traités de paix duplices qui ne sont que des parenthèses dans une haine immémoriale, Israël en soi n'existe pas. Leur verdict est définitif, les Juifs n'ont pas le droit de vivre sur cette terre. Rien de cela n'est dit ouvertement dans l'article mais en filigrane transparaît cette pensée, ce sentiment que notre prétention à habiter ici est exorbitante et nos méthodes inacceptables. Plus personne n'évoque la lointaine Shoah et n'ose dire que nul autre crime n'a été aussi monstrueux dans l'histoire de l'humanité. La page d'Auschwitz est tournée et pourtant rien n'a changé dans les esprits qui nous entourent. Ce rejet radical est enraciné dans nos propres têtes, nous hante et fait que nous ne savons plus tendre la main et vivre sans armes. Nous ne voyons plus les sentiers de la paix. S'il nous arrive d'en emprunter un, très vite nous jugeons qu'il est piégé. Je pense souvent à cette phrase lancée par Menahem Begin au président américain Jimmy Carter dans les dernières heures de la négociation de Camp David, il y a un demi-siècle : « Si nous perdons une seule guerre, nous perdrons tout. » J'ai découvert, et aussitôt consigné dans un carnet qui me sert de livre de chevet, ces mots de David Ben Gourion adressés au général de Gaulle en décembre 1967, alors que l'illustre président français venait de déclarer que nous étions « un peuple d'élite, sûr de lui et dominateur ». Le fils du lion lui écrivait : « Notre indépendance dans notre patrie fut anéantie à deux reprises. Jérusalem fut totalement détruite par le vainqueur romain, et son nom fut même effacé pendant longtemps. Mais nos ancêtres, captifs à Babylone il y a près de deux mille cinq cents ans, pleuraient sur les bords du fleuve en se souvenant de Sion[1] et s'étaient juré : "Si je t'oublie, Jérusalem, que ma main droite se dessèche ! Que ma langue s'attache à mon palais, si je ne me souviens de toi, si je ne fais de Jérusalem le principal sujet de ma joie !" Et ils demeurèrent fidèles à leur serment. Tout ceci eut lieu bien avant l'existence de Paris, de Londres ou de Moscou… »

Cette fidélité est ma peau, ma chair, mon âme, mon être. C'est pour ne jamais perdre la terre de mes parents et de tous les miens, ici, à Acco, que j'ai tant combattu dans l'armée des caves et des égouts, même lorsque j'ai renoncé à être un kidon après la mort d'Elisabeth Reid.

*

Tout se précipita dans les heures qui suivirent l'expédition de ma cible londonienne ad patres. Je fus conviée le soir même pour un dîner à l'ambassade. Je savais que j'allais y retrouver le colonel fumeur de havanes. Il m'accueillit une fois encore dans le bureau de l'ambassadeur brillant cette fois de multiples lumières. Il tenait un cigare à la main sans l'avoir allumé. Il jouait avec et trahissait par ses gestes une certaine nervosité. Il me pria avec une courtoisie excessive de m'asseoir face à lui. Je choisis un siège assez haut pendant qu'il se laissait lourdement retomber dans son fauteuil club. Mon instinct m'avait guidée. Je le dominais et il levait les yeux vers moi pour me parler. L'entretien fut long. Il voulait savoir pourquoi j'avais opéré ainsi et, surtout, s'assurer que personne ne m'avait repérée. Les rôles étaient inversés. Il

1. Psaume 137.

n'était plus le donneur d'ordres mais un simple maillon, un *yahalomin*[1] chargé de faire un lien entre les kidons, un de ces agents de communication qui jamais ne se salissent les mains. Il parlait sur un ton modeste et l'étonnement perçait dans ses questions. Je compris que cet ancien guerrier, autrefois tueur lui-même, était surpris par la froideur de mon récit. Je finis par lui demander combien d'ennemis il avait lui-même éliminés. Il me répondit : « Trop ! » Il baissa la tête et sembla quitter la pièce tant son silence fut profond. Puis, sans me regarder, il alluma son cigare, tira de grosses bouffées et installa un épais nuage bleuâtre entre nous avant de reprendre la conversation.

*

L'atmosphère changea du tout au tout. Il se raidit et son personnage se transforma en officier autoritaire qu'on ne contredit pas. Il prit un air hautain et me lança cette question avec dédain : « Avez-vous au moins écouté les informations depuis votre retour à votre hôtel ? » Je fis un simple signe de tête pour acquiescer. Il poursuivit : « N'avez-vous rien remarqué ? Pas un mot sur la mort d'Elisabeth Reid. Pourquoi, d'après vous ? » Je ne sus que répondre : « Affaire d'État. » Il noya de nouveau notre face-à-face dans la fumée sans se préoccuper de savoir si elle m'incommodait. Son jeu pour s'imposer était puéril, un peu lâche. J'eus envie de me moquer de lui et de le pousser à en venir aux faits. Que cherchait-il ? J'avais commis un crime de sang-froid quelques heures

1. Membre de l'unité spéciale du Mossad chargée de la communication avec les katsas et les kidons.

plus tôt, pouvait-il croire un seul instant que j'allais me briser au premier choc comme une vieille faïence déjà fendillée ? Je choisis d'attendre la suite sans broncher. Elle vint au bout de longues secondes de mutisme qu'il laissa s'écouler pour me rendre impatiente, et donc nerveuse. Il guettait mes réactions par en dessous, le regard baissé. Il vit que je ne réagissais pas. Alors, il me prit par surprise. Avachi jusque-là dans son fauteuil, il se redressa d'un mouvement énergique puis, se penchant vers moi et me fixant droit dans les yeux, il martela d'une voix dure, cinglante comme une mise en accusation : « Ne vous faites aucune illusion, sans moi vous croupiriez déjà dans une prison londonienne. Vous avez merdé. »

Je ressentis sa vulgarité comme une gifle. Mes mains se crispèrent sur les accoudoirs du siège et je sus que mon visage se déformait sous la contraction violente de mes maxillaires. J'eus envie de l'insulter. Alors que je venais de mettre ma vie en danger, comment ce *jumper*[1] prétentieux osait-il me juger ? Mais j'avais appris à me taire et à encaisser. Je regrettai d'avoir trahi ma réaction en me raidissant de manière aussi visible. Il en sourit, conscient de m'avoir ébranlée. Je réussis à me relâcher et pris le parti de me pencher à mon tour vers lui, comme si je cherchais à recevoir une confidence à voix basse. Elle vint, aussi sèche cette fois qu'une condamnation sans appel : « Vous avez agi trop vite sans anticiper les suites de votre acte. » Je voulus l'interrompre, il ne m'en laissa pas le temps : « Je sais ce que vous allez me dire, vous n'avez laissé aucune trace. C'est vrai, sauf que vous n'avez pas

1. Agent travaillant à l'étranger pour une mission plus ou moins longue.

pris le temps d'ouvrir une fausse piste et de fabriquer un coupable. Vous avez trop improvisé, précipité les choses alors que vous aviez encore vingt-quatre heures devant vous pour élaborer un scénario parfait. Vous en avez oublié la moitié. Ne me dites pas qu'elle allait vous tuer, c'est exact, mais c'est votre faute. Vous l'avez sous-estimée, elle vous avait repérée. Une erreur impardonnable qui a failli vous coûter la vie et vous a conduite à bâcler le travail. Il a fallu le terminer à votre place. »

Visiblement satisfait, le colonel crut que j'étais abasourdie et me laissa le temps d'encaisser son réquisitoire avant de poursuivre. Dans ce jeu du chat et de la souris, assez ordinaire entre espions, l'hésitation vaut condamnation à mort ou disqualification face à un assassin ou un donneur d'ordres. Même si ma vie n'était pas en péril devant cet homme, je ne voulais pas capituler. Je le pris de vitesse : « Une équipe était autour de moi et veillait sur moi. Très discrète, certes, mais je l'ai identifiée dès hier alors que je reconnaissais le terrain. Votre homme déguisé en dragueur anglais, la femme au fichu, le couple en grande discussion sur le trottoir quand je suis ressortie de l'immeuble, tous étaient des gens à vous, trop repérables d'ailleurs si je puis me permettre. » Il applaudit lentement des deux mains puis reprit la parole avec un sourire narquois : « Je n'en attendais pas moins de vous, Nahama. Repérage basique, du b.a.-ba, vous m'auriez déçu si vous ne les aviez pas détectés. On vous a formée à ça, n'est-ce pas ? Ça n'excuse donc pas votre précipitation. Je la redoutais, pour tout vous dire. Vous aviez déjà manqué de prudence en Syrie. Un homme est mort parce que vous avez mal évalué le danger. Ne me répondez pas que vos deux compagnons ne vous ont pas contredite ou proposé d'autres options pour rentrer dans la faille du Golan. Vous dirigiez ce commando, vous étiez la seule responsable. Personne ne vous en a fait le reproche car vous aviez atteint votre objectif à Damas mais moi, vous savez, je suis un homme très méticuleux. J'ai appris ça avec votre père et, surtout, au moment de sa mort. J'ai repassé des milliers de fois ce drame dans ma tête. Il n'aurait pas été massacré si nous étions restés à ses côtés. Il nous a ordonné de partir et nous avons obéi mais, comme tous les héros qui tombent au combat, il a surestimé ses chances. Vous avez fait la même erreur de jugement au pied du Golan, en fonçant tête baissée dans cette gorge sans prendre le temps de la réflexion. Si vous aviez été patiente, le sniper aurait bougé et vous auriez pu l'éliminer. Ce matin, vous avez encore confondu vitesse et précipitation. Je le craignais. Hélas, j'avais raison. Depuis longtemps, j'avais loué un appartement à l'étage au-dessus de celui d'Elisabeth Reid pour la surveiller et écouter Icham Salah lors de ses séjours à Londres. Deux de nos hommes y étaient installés en permanence depuis trois jours pour sécuriser votre opération. Le couple que vous avez repéré sur le trottoir à droite en sortant du hall de service était, lui, déjà sur place de l'autre côté de la rue quand vous avez pénétré dans l'immeuble en suivant votre cible trop à l'aveugle. Ça vous a échappé ? L'instinct du tueur a supplanté dans votre cervelle la raison du chasseur. Juste après votre décrochage, les deux agents placés dans la rue ont foncé dans le hall de l'escalier de service. Les deux hommes de l'appartement les ont aussitôt rejoints. Ils ont certes constaté que vous n'aviez laissé aucune trace, un bon nettoyage de terrain, mais, surtout, ils ont déposé un couteau semblable au vôtre couvert sur le manche de bouts d'empreintes.

Celles du garde-chiourme qu'Icham Salah avait placé aux basques de sa maîtresse. Il en avait laissé la veille une multitude sur la poignée de la porte d'Elisabeth Reid après l'avoir raccompagnée chez elle, ainsi que sa mère, depuis l'aéroport. Dès qu'il est reparti, nous en avons relevé quelques-unes. Ces traces désignent un coupable. Ils ont fait le boulot à votre place ! À ma connaissance, le MI5 les a identifiées cet après-midi même. Vous imaginez la suite. Ce type, couvert par l'immunité diplomatique, va être prié de regagner au plus vite la Syrie. Icham Salah, lui, sera informé demain matin par les services britanniques qu'il est devenu persona non grata en Angleterre. L'avion qui devait l'amener dans deux jours de Damas à Londres décollera sans lui. Nos objectifs sont atteints mais je regrette d'avoir été contraint de mobiliser autant de monde pour parvenir à ce résultat que vous pouviez obtenir toute seule. Je déteste trop exposer nos équipes quand je peux l'éviter. Mais bon, me direz-vous, tout s'est bien terminé. Nous avons gagné sur tous les tableaux, éliminé un agent double, interdit de séjour en Angleterre un Syrien de haut vol et son garde-chiourme, préservé toutes nos cartes à Damas et vous êtes saine et sauve. C'est vrai, reste que, je le répète, vous n'avez effectué que la moitié du travail que nous attendions de vous. Il faut apprendre de ses échecs, pardon, de ses erreurs. Je suis donc certain que la prochaine fois, vous ferez beaucoup mieux. Vous me pardonnerez la brutalité de cette leçon alors que vous êtes encore envahie par le stress de votre action. La preuve en est, cette petite et dangereuse négligence : sous l'ongle du pouce de votre main droite, vous portez encore une trace de sang de votre victime. Nettoyez-moi ça au plus vite. La prochaine fois, je suis sûr que tout sera parfait. »

Je savais que je n'avais pas de sang sous l'ongle, c'était un ultime subterfuge pour me troubler et me mettre à l'épreuve. À peine revenue à l'hôtel, j'avais récuré mes mains avec minutie, lavé mes cheveux et examiné méthodiquement mon corps, mes vêtements et mes chaussures, prenant même le soin d'en brosser les semelles au savon. Je ne lui accordai pas la satisfaction d'observer mes doigts. Je plongeai mon regard dans le sien sans lui laisser le temps de tirer à nouveau sur son cigare alors qu'il le portait à ses lèvres d'un geste féminin. Sa bouche resta en cul-de-poule et sa main suspendue tandis que je prononçais ces mots : « Il n'y aura pas d'autre fois. Je ne tuerai plus. »

Je pensais l'avoir mis échec et mat mais ce maître espion, grand squale nageant depuis si longtemps dans les eaux noires des fleuves de l'entre-deux-mondes, n'avait pas dit son dernier mot. Une fois de plus, il changea de registre. Les grands agents sont tous des Fregoli capables de se transformer en un tournemain. Il se leva pour arpenter la pièce, cigare planté maintenant en proue dans la bouche, mains enfoncées dans les poches de sa veste bleu foncé. Il s'arrêta devant la large fenêtre donnant sur le jardin de la chancellerie et se plongea dans sa contemplation. Je devinai que ce qu'il allait me dire lui pesait comme un lourd secret trop longtemps retenu. Il avait le dos tourné, une brume de fumée s'éleva au-dessus de sa tête, il ramena les bras le long du corps, le havane incandescent à présent coincé entre l'index et le majeur de la main droite. C'est étrange, cette manie qu'ont certains hommes de jouer avec leur cigare, ils semblent hantés par la peur d'en voir la flamme s'éteindre. Sa respiration s'accéléra comme s'il prenait une puissante inspiration pour réaliser un effort surhumain. Il pivota sur lui-même, je découvris son visage tiraillé par une indescriptible émotion venue d'un ailleurs inconnu. De manière presque surnaturelle, je vis alors dans le film de ses pensées l'image intacte de mon père en tenue de combat. Il était envahi par son souvenir. Devant mes yeux, il devint lui. J'eus à cet instant la certitude que les mots qu'il allait prononcer seraient dictés par ce chef entré pour toujours dans son crâne et sa peau le jour de sa mort.

Comme s'il avait deviné que je lisais en lui, le colonel se dirigea vers les interrupteurs et supprima l'éclairage étincelant du grand lustre en cristal Royal Brierley, plongeant du même coup la pièce dans la lumière intimiste des deux lampes posées de part et d'autre de la longue table de travail de l'ambassadeur vide de tout dossier. Il ne s'assit pas, cessa de fumer et, comme on laisse tomber un masque, écrasa son havane dans un cendrier posé sur un guéridon. Il toussota pour s'éclaircir la gorge et commença à me parler en baissant les yeux vers le sol. Il semblait à cet instant incapable d'affronter mon regard.

« Nahama, le vieux soldat que je suis va vous surprendre. Je me réjouis de votre décision. Je l'espérais, je l'attendais. C'est celle qu'aurait voulue votre père. Il m'a souvent parlé de vous et rêvait d'une autre vie pour vous. Quelques heures avant qu'il nous donne l'ordre de nous replier pour sortir du piège dans lequel notre commando était tombé, nous avions marqué une halte. J'étais près de lui. Imaginait-il ce qui allait se passer un peu plus tard ? Soudain, ce guerrier si courageux, et d'une extrême pudeur comme les vrais braves, évoqua avec une émotion mal dissimulée une audition que vous aviez passée avec succès quelques semaines plus tôt. Vous aviez interprété la habanera de *Carmen*. Il évoqua la manière singulière avec laquelle vous aviez chanté le leitmotiv, ce "Prends garde à toi" qui, dans votre voix, était devenu, m'a-t-il dit, un cri d'inquiétude, une prémonition. Il s'est tu puis il a murmuré : "J'espère que jamais elle n'entrera dans l'armée. Ce n'est pas son destin." J'ai suivi votre carrière de près sans jamais oublier ces mots. J'ai appris que le Mossad vous avait recrutée mais, vous en connaissez les règles d'étanchéité, jamais je ne vous ai approchée alors que je vous chaperonnais. Je suis depuis longtemps maintenant l'un des dirigeants de notre division opérationnelle. J'ai enquêté sur les maisons d'opéra où vous chantiez, vous y ai suivie à la trace. Je dois vous l'avouer, je sais tout de vous, je connais même vos amours de passage, comme ce M. Falk. J'ai supervisé votre formation de kidon. J'ai compris que votre carrière de chanteuse prenait des chemins de traverse, loin des exigences qu'impose l'art lyrique. L'opération de Damas a été lancée sans que j'en sois directement informé car j'étais en mission à travers l'Europe. J'ai donc découvert votre rôle dans le dossier d'Elisabeth Reid juste avant votre venue à Londres et j'ai pris en main cette affaire à la demande de notre état-major. Après ce qui s'était passé à Naples, il a fallu improviser. C'est à ce moment-là que j'ai appris les détails de votre comportement en Syrie. Aucun parmi mes agents disponibles à Londres n'avait affronté une telle épreuve et abattu de sang-froid une cible. Nous avions très peu de temps devant nous pour agir. Vous étiez la seule capable de procéder à cette élimination. Vous aviez déjà tué. Malgré ce que m'avait dit votre père, je n'avais pas le choix. Il nous fallait en finir avec cette femme devenue trop dangereuse pour nos réseaux, pour vous et pour notre homme infiltré à Damas. Ne me répondez rien à son sujet, surtout si vous pensez en savoir plus que moi sur lui. C'est une pièce maîtresse, un cas à part. L'urgence était absolue. L'enjeu était tel que je ne pouvais rien arrêter. Je vous ai jetée dans la gueule du loup sans hésiter mais, en la mémoire de votre père que j'ai servi et admiré, en songeant à la seule confidence personnelle qu'il m'ait jamais faite, je me suis juré que ce serait votre dernière mission de tueuse. Les erreurs que vous avez commises, et que je vous ai reprochées il y a quelques instants, ne vous disqualifient pas, tout le monde en fait, mais je voulais vous pousser à dire que vous ne vouliez plus tuer. Il n'était pas question que je prenne cette décision à votre place, elle devait venir de vous. Il fallait que vous compreniez vous-même dans quel abîme vous êtes en train de sombrer, cette guerre qui ne se voit pas mais où la mort se banalise et la conscience du crime disparaît. Quand le meurtre devient le seul horizon d'un être, il perd toute humanité. Votre père n'était pas ainsi, il se battait pour sa terre et sa famille. Il ne pouvait que finir les armes à la main dans cette lutte sans fin. Le venger en tuant à l'aveugle est une impasse. Nous ne devons éliminer des ennemis que si les intérêts de notre pays sont menacés. Vous servez aussi Israël, allez-vous me dire, c'est vrai, mais votre mobile premier est vous-même. Sans ce passé qui vous hante et dont je désire tant vous libérer, jamais vous ne seriez devenue cette femme venue me rendre des comptes ce soir. »

*

J'aurais voulu lui répondre que je n'étais pas guidée par la seule vengeance, me réfugier dans l'évocation de tous ces Juifs qui n'avaient pas résisté et avaient choisi de collaborer avec les nazis, comme l'avait raconté Hannah Arendt dans son récit du procès d'Eichmann. Depuis la lecture de ce livre sur la banalité du mal, je pense souvent à cette question qu'a posée régulièrement le procureur au cours des huit mois d'audience : « Pourquoi ne vous êtes-vous pas révoltés ? » Comme mes parents, j'étais convaincue qu'il ne fallait jamais baisser les bras. Oui, se révolter. Avec l'élimination d'Elisabeth Reid, j'étais allée au bout de ces certitudes, j'avais fait couler le sang afin que les Juifs gardent ce territoire, aient enfin un pays et un refuge pour cesser de vivre dans un perpétuel orage de persécutions. Oui, je croyais à tout ça, et j'y crois encore, mais en écoutant le colonel je sortis du cercle des crimes et des châtiments, du tourbillon de la vengeance personnelle dans lequel je m'étais jetée. Je vivais dans un monde de psychopathes, sans espoir ni recours, où l'âme dépérit. Je fonçais tout droit vers une mort solitaire, anéantie par mes propres horreurs, sans personne pour me pleurer ou me regretter. Je regardais le colonel en silence et j'entendais à travers ses mots mon père me dire de renoncer à cette vengeance qui faisait de moi une serial killer, tuant pour tuer, et pas une fille d'Israël. Continuer ainsi, c'était rester une enfant du malheur incapable de se sauver d'elle-même, prisonnière de ses meurtres sans pouvoir les avouer devant des juges respectueux de sa cause. Je devais obéir à ce messager, m'oublier, ne songer qu'à travailler pour les autres, à ma place, toujours au service de mon pays mais en renonçant à cette révolte aveugle qui, jusque-là, m'avait guidée et me faisait paria et hors-la-loi.

J'eus l'impression de sortir d'un long et mauvais songe. Sans que je m'en rende compte, le colonel s'était rassis. Depuis combien de temps ? Il m'observait comme un maître observe son élève préféré, à la fois empathique et inquiet. Il attendait que je parle. Peut-être avait-il parcouru, jadis, les mêmes chemins tortueux que moi à cet instant. Peut-être venait-il de me mentir dans ce long monologue. Un doute me traversa l'esprit. Je pris le parti d'affronter son regard pour y traquer la vérité. Sous cet assaut, ses yeux s'emplirent d'une douce compréhension, surprenante chez un soldat depuis si longtemps sur le front des ténèbres. Dans ce miroir, je n'étais plus une criminelle aux mains ensanglantées mais une femme redevenue juste, animée par une cause plus grande qu'elle. Sans prononcer un mot, il m'appelait à me dépasser, à renoncer aux armes et à cesser d'agir pour moi-même. Une impression physique me submergea, mon corps devint léger, soudain délesté d'un épuisant fardeau. Je balayai mes soupçons de manipulation. J'avais tellement envie de le croire ! Donc, je le crus. Je lui adressai un pâle sourire qu'il me rendit. Je vis alors, dans ce visage adouci, celui si tendre et ému de mon père m'écoutant chanter sur la terrasse de la maison d'Acco, tenant ma mère assise à ses côtés par la main, oubliant ses craintes, rêvant que ses propres combats puissent m'ouvrir de beaux lendemains. Les paroles entre le colonel et moi étaient devenues inutiles. Tout était dit et fait pour que ma vie prenne un tour nouveau.

5

Blues

Mon existence n'a pas basculé en quelques jours. On ne se défait pas des griffes du crime d'État sur un coup de tête ou sous le poids trop lourd des assassinats commis en son nom. Dès mon retour en Israël, j'ai replongé dans la mécanique paranoïaque du Mossad, avec ses fausses portes de sortie, ses tiroirs à fonds multiples, ses sécurités renforcées, ses chausse-trapes, son œil de Caïn grand ouvert dans les zones noires de l'humanité. Très vite, j'ai compris que Big Brother jamais ne me lâcherait tant je détenais d'inavouables secrets. Je savais que j'allais éternellement vivre sous surveillance et sous protection. Pendant des semaines et des semaines, je subis de nombreux et fastidieux interrogatoires sans jamais me dérober ou tricher. Face à des hommes et des femmes chez qui la manipulation était devenue une seconde nature, la sincérité était ma seule arme. J'avouai ma lassitude, mes peurs, mon incapacité à commettre d'autres crimes, mon besoin de vengeance, ma fidélité à ma terre, mes contradictions de plus en plus violentes, mon besoin de souffler et mon angoisse de trahir les miens dans cette capitulation qui envahissait tout mon être. Je n'exprimai ni remords ni regrets car je n'en avais alors aucun. Seule la crainte de ne plus être capable de tuer me poussait à renoncer. Je croyais encore à la nécessité de la force quand la seule loi devient impuissante. Le sang que j'avais versé rendait justice à mon père mais ce droit que je m'étais accordé me laissait épuisée. J'en avais à présent la conviction, mon esprit vengeur ne voulait plus se nourrir du butin de nouvelles vies. Je haïssais plus que jamais mes ennemis et, pourtant, je ne savais plus si la légitime défense était légitime et le droit de représailles défendable. Ma confusion était totale. Je ne parvenais pas à refouler mon désir de vengeance, mais ne voyais plus comment le satisfaire.

Mes interlocuteurs ne me manifestaient pas le moindre signe de compassion, au contraire du colonel à Londres. Ils m'écoutaient, me questionnaient, me regardaient sans la moindre pitié, testaient ma résistance à la pression psychologique et à l'usure physique. Ils m'interrogeaient pendant des heures, s'interrompaient, disparaissaient plus ou moins longtemps puis revenaient pour reprendre nos échanges sans aucune cohérence. Ils s'employaient à me dérouter pour rompre ma ligne de défense qui n'en était pourtant pas une puisque je n'avais que la vérité à leur avouer. Parfois, ils cherchaient une complicité qu'ils abandonnaient de manière abrupte. Ils ne pouvaient ignorer que j'avais été préparée à ce genre d'épreuves pour résister à la torture si mes missions avaient mal tourné et fait tomber entre des mains hostiles. Mais ils s'acharnaient, obstinés, des robots programmés. Naquit alors en moi l'idée qu'un jour je leur ferais regretter d'avoir douté de moi et les piégerais. Rien ne semblait pouvoir les arrêter dans cette inquisition. Il leur fallait être pires que nos pires adversaires dans nos confrontations pour être certains du diagnostic qu'ils allaient dresser et du nouveau profilage qu'ils suggéreraient à mon sujet.

J'avais découvert sur le terrain la puissance de ma volonté devant le danger, une détermination qui me conduisait à mépriser aussi bien la perspective de ma mort que celle de ceux que je devais abattre. Mes interlocuteurs se heurtèrent à ma résolution dans cette interminable mise à l'épreuve. Je m'expliquai sur tout à cœur ouvert sans changer d'avis sur mon choix d'en finir avec les homicides. De manière paradoxale, ils conclurent de ma fermeté qu'ils ne devaient pas me laisser quitter le service. Cette décision me fut signifiée en même temps que mon orientation vers des missions de coordination et d'organisation dans notre arantèle à travers le monde. J'en étais à jamais l'esclave, mais on acceptait que je ne sois plus une tueuse patentée, en dehors de circonstances exceptionnelles qui le nécessiteraient. De kidon, je redevenais katsa. J'en fus soulagée mais je n'abandonnai pas pour autant ma famille d'adoption, mon sanctuaire d'espions, et me jurai de ne jamais la trahir ni de m'en évader.

*

Le colonel ne réapparut qu'après ces longues semaines de débriefing. Alors que cette épreuve venait de s'achever, il vint me rendre une visite surprise à Acco, alors que ma mère était en voyage en France. C'était un de ces jours de grâce qu'offre si souvent la Méditerranée orientale. La lumière était à la fois intense et douce, les couleurs vives sans être saturées, la mer ondoyante sans être agitée. Une légère brise parfumait la ville de délicates senteurs marines et dilatait l'atmosphère en une enivrante légèreté. Après toutes ces journées encavées, je revivais, saisie d'une insouciance que je n'avais plus connue depuis la disparition de mon père. Je ressentais une gaieté dont j'avais été privée à l'instant même où le dibbouk galonné avait frappé à notre porte et programmé ma vie en déambulation criminelle. Découvrant le colonel sur le seuil de la maison, j'eus peur que tout recommence mais le généreux sourire qu'il m'adressa en voyant mon air interdit me rassura. Il n'était pas porteur de mauvaises nouvelles.

Cet homme m'intriguait. Le lien qu'il revendiquait avec mon père demeurait mystérieux. Je lui avouai sans détour la cascade de questions que je me posais à son sujet. Il m'expliqua en préambule que, dans notre monde, ceux qui ont vraiment besoin de savoir savent en général ce qui se passe mais qu'il est préférable que les autres l'ignorent. Il ajouta que je faisais partie désormais du petit cercle de ceux qui devaient savoir. Il commença par son histoire personnelle pour en venir à ses relations avec mon père. Sa famille était originaire de Vilnius, devenue polonaise en 1920. Inquiets de cette occupation puis de la montée du nazisme et de la menace soviétique, ses parents avaient fui au début de l'année 1932 cette contrée vaporeuse et voilée pour une France qu'ils découvrirent ligueuse, bouillonnante de colères et effrayante. Ne vivant que de petits travaux, mal intégrés, ils avaient choisi dès l'été 32 de reprendre la route et de gagner Israël. Sa mère était enceinte. Le colonel était né au printemps 1933 sur les bords du Jourdain, dans le kibboutz de Kinneret, sur les rives du lac de Tibériade. Il avait cinq ans de moins que mon père. Il allait le rencontrer au début de l'année 1953, alors qu'il venait d'entrer dans Tsahal avec pour but d'y faire carrière.

Mon père était déjà sous-lieutenant, auréolé de gloire pour son courage lors des affrontements entre les troupes israéliennes et les forces arabo-palestiniennes au début de l'année 1948. Tsahal en avait fait un héros. Il fut affecté à l'unité 101 qui, en cette année 1953, mènerait pendant quelques mois sous le commandement d'Ariel Sharon des opérations dévastatrices à Gaza et en Jordanie. Dès 1954, ces forces spéciales furent intégrées dans le 890e bataillon parachutiste. C'est dans les rangs de la 101 que le colonel et mon père sont devenus frères d'armes et de sang. Ensemble, ils ont participé en octobre 1956 à un raid meurtrier contre une position tenue par la Légion arabe à Qalqilya en Judée-Samarie. Dix-huit soldats de leur groupe y ont péri mais une centaine de soldats arabes ont été abattus. Le colonel gardait le souvenir d'une terrible bataille, de ces cadavres criblés de balles. Il parla d'une boucherie sans pour autant trouver des mots d'excuse. « Votre père, me confia-t-il, me répétait souvent que tout être humain, malgré les différences, en vaut un autre. Il doutait cependant que nos ennemis pensent la même chose tant ils méprisaient et détestaient les Juifs. Il était conscient que ces guerres étaient affreuses mais il les disait toujours nécessaires et justes. Il était surtout convaincu qu'il ne fallait jamais les perdre pour ne pas tout perdre. » Par la suite, avec leur bataillon, ils étaient revenus plusieurs fois dans cette ville cisjordanienne pour y conduire des représailles.

Ce jour-là, le colonel ne m'en raconta guère plus qu'à Londres sur les conditions de la disparition de mon père. Il nuança néanmoins ce qu'il m'avait alors expliqué : « Peut-être se croyait-il invincible tant il avait traversé de combats sans la moindre blessure ou défaite. Était-il encore conscient des risques qu'il prenait ? Je ne suis pas sûr qu'il soit mort par imprudence. Il a voulu avant tout sauver ses hommes. » Sa voix se brisa d'émotion. Il se tut quelques secondes pour surmonter son trouble, puis il ajouta : « Sans lui, je ne serais pas là devant vous. Nous aurions sans doute tous péri. » Je lus sur son visage un mystérieux désespoir. Il tendit sa main droite vers moi puis la laissa retomber avant qu'elle ne m'effleure. Ses épaules s'affaissèrent. Il crut bon de se justifier par ce mauvais jeu de mots : « Le poids des souvenirs. » Puis il se reprit et enchaîna : « Refermez ce chapitre, vous l'avez vengé, vous nous avez vengés mais, surtout, vous avez montré que vous étiez aussi courageuse que lui. Je vous ai beaucoup menti à Londres. En vérité, je sais tout de vous depuis très, très longtemps car je ne suis pas qu'un simple katsa ou un rouage supérieur. Je suis plus que ce que je vous ai dit, je suis au sommet de la pyramide, j'appartiens à l'état-major secret du Mossad aux côtés du directeur Nahum Admoni. Je peux vous l'avouer à présent car j'en ai l'autorisation, j'ai suivi avec lui l'opération en Syrie, votre départ de Naples et j'ai moi-même décidé de l'élimination d'Elisabeth Reid. Nous devions à tout prix préserver notre homme à Damas. Désormais, vous allez travailler en direct avec moi. »

Je n'avais plus la moindre raison de masquer mes réactions. Il cabotait sans cesse entre le vrai et le faux. Il vit dans mon regard ma surprise, mes doutes et mon inquiétude. Il ne me laissa pas parler : « Rassurez-vous, je ne vais pas vous mettre en cage dans un bureau et briser votre carrière de chanteuse. Bien au contraire, car votre couverture sera idéale. Votre vie d'artiste à venir sera faite de nombreux voyages. Ainsi, vous n'aurez jamais à justifier vos déplacements. Vous serez mon missi dominici quand ce sera nécessaire. Je ne vous plongerai pas dans la vie quotidienne de notre réseau. Vous me servirez personnellement de relais dans certaines opérations en Europe et en Amérique, en revanche vous n'irez plus vous-même sur le terrain pour éliminer une cible. Nous en avons déjà parlé à Londres et vos longues séances de débriefing en ont convaincu mes troupes et mon seul chef. Nous vous avons entraînée sur bien des chemins tortueux pour en arriver là, il le fallait pour agir au mieux de vos intérêts et de ceux du pays. C'est ainsi que se construisent nos vies pour que personne ne puisse en tirer les fils. Nous menons une guerre depuis quarante ans, nous procédons à des atrocités au nom de notre bien commun, nous dansons parfois avec le diable mais nous n'avons pas d'autre choix, sauf à voir notre sang transformer la Méditerranée en mer Rouge. » J'étais convaincue qu'il avait raison. Israël était devenue une forteresse dont les murs étaient condamnés à crier de douleur s'ils pouvaient parler.

*

Le colonel tint parole. Dans les années qui suivirent, on ne me demanda jamais d'éliminer moi-même un ennemi. Je devins un engrenage important dans la machinerie sophistiquée du Mossad, à la fois en Europe et sur la côte Est des États-Unis. Je ne peux cependant m'exonérer d'opérations qui firent bien des victimes. J'organisais et je supervisais. Il me faut assumer ces pages grises de mon passé. À Paris, Londres, Turin, Genève, Berlin et New York, je fus mêlée à de complexes manipulations pour déconsidérer des personnages politiques, des prélats, des industriels, des gens connus ou des anonymes. J'ai parfois commandité des exécutions sommaires sur ordre direct du colonel puis d'autres officiers après sa disparition des suites d'un cancer en 2010. Je vis le monde occidental changer, passer peu à peu de l'obsession soviétique à la peur de l'islamisme et du terrorisme. Malgré sa violence, mon travail devint une routine. Durant ces longues années, j'ai maintenu entre parenthèses les notions de bien et de mal. Je refusais de m'interroger sur mes décisions. Tout me semblait nécessaire car j'appartenais pour toujours à un seul camp, Israël. Ainsi, pendant une vingtaine d'années, j'ai agi en étant certaine de répondre à des exigences qui me dépassaient. La question juive collait toujours à la peau de l'actualité, rien ou presque ne se passait sans qu'on l'évoque. Le Mossad était à la fois un mythe et une réalité. Malgré des échecs cuisants, il restait une pièce majeure dans les guerres secrètes, redouté pour son savoir-faire et son expertise, collaborant avec les autres services occidentaux tout en gardant une farouche indépendance et une totale liberté d'action dictée par un devoir de survie. Des centaines et des centaines de cibles furent mises hors jeu tout au long de cette période, une bonne cinquantaine figurent à mon sinistre palmarès. Année après année, j'ai vérifié ces mots du colonel : « Dans la vie que vous allez mener, n'importe qui pourra se transformer en instrument. Vous aurez le droit de mentir parce que la vérité ne fera plus partie de vos relations avec les gens. Une seule chose comptera : se servir des autres à notre seul profit. Vous n'aurez plus qu'un principe de vie : agir au mieux pour nous. »

Le mensonge et la duplicité sont ainsi devenus ma seconde nature. J'étais douée et ne fut jamais confondue. Lisant, il y a plus d'une dizaine d'années, une autrice française du nom de Virginie Despentes pour essayer de comprendre la violence des couches sociales françaises marginalisées basculant dans l'islamisme, je me reconnus dans ces mots : « Il faut toujours se méfier des femmes, elles dissimulent tout le temps[1]. » Parfait Janus bifrons en jupon, je fus chanteuse et maître espion, réussissant à vivre sans me trahir, parfois aux marges de la raison, plongée dans des eaux si troubles que je crus m'y noyer. Étais-je heureuse ? Oui, car je servais une histoire qui m'obligeait. Non, car je m'interdisais tout autre sentiment et refusais de croire à l'amour et ses entraves affectives. On ne peut se sacrifier à la fois pour une cause et pour un homme. Comment aurais-je pu aimer dans cette existence rongée par la gangrène de la méfiance ? Ainsi suis-je entrée dans un désert sentimental en parfaite connaissance de cause. Seule me restait ma mère, murée en apparence dans son chagrin, son serment de vengeance et ses mystères depuis la mort de mon père. Elle s'est accrochée à moi jusqu'à sa disparition. Je l'ai adorée mais je savais que j'existais surtout dans le nuage de ses souvenirs, fille d'un mari dont elle entretenait la mémoire chaque jour et qu'elle voulait voir encore exister à travers moi, muette lorsque je lui posais des questions sur son passé, leur rencontre, leur mariage, ma naissance. Il m'a fallu tant d'années pour percer ses secrets et comprendre qu'elle menait un triple jeu. Je croyais qu'elle ignorait les horreurs de ma double vie et pensais qu'elle vivait dans l'illusion de ma carrière de chanteuse. Elle savait tout et me mentait. Je ne pouvais imaginer ce qu'elle me dissimulait. Même si elle aimait toutes les musiques, j'aurais dû m'étonner qu'elle admette sans protester que j'abandonne la scène lyrique et piétine

1. Extrait de *Vernon Subutex*, vol.2, Paris, Grasset, 2015.

les rêves de mon père et les siens pour me consacrer au blues et au jazz. Je ne voyais dans ses yeux que bienveillance et amour à mon endroit. Avec le colonel, c'est la seule personne qui ait réussi à m'abuser. Mais comment pourrais-je lui en vouloir ?

*

Ce grand passage vocal eut lieu au début des années 90. J'avais plus de 35 ans. Il était évident que jamais je ne serais la diva que mes parents avaient espérée. Ma fuite de Naples ne fut pas la cause de mon renoncement. Malgré mes craintes et les prédictions de mon agent, on ne m'en tint pas rigueur. Étrange milieu qui aime les coups d'éclat plus que le talent. Certains virent même dans ce départ précipité un de ces caprices qui émaillent le parcours des très grandes prima donna et s'intéressèrent soudain à moi. Quelques articles me furent consacrés pour souligner l'originalité de mon tempérament et la couleur nouvelle de ma voix. Ma tessiture devenait en effet plus grave, à la fois chaude comme ma passion du lyrique et sombre comme mon existence. Je pris conscience que je serais très vite classée parmi les cantatrices à voix profonde. L'épaisseur de mes cordes vocales me transformait désormais en contralto. Leurs membranes gardaient heureusement une grande amplitude vibratoire, donnant de la force à mon chant sans qu'il perde son voile féminin. Je travaillais tous les jours pendant deux heures, commençant par vocaliser bouche fermée pour m'échauffer, m'imposant ensuite des exercices précis pour conserver la souplesse, l'agilité et la séduction émotionnelle de mon timbre. Ma voix était devenue le reflet de ma vie. Elle n'était plus adaptée aux rigoureuses exigences de l'opéra, aux diktats des chefs d'orchestre et à l'arbitraire des metteurs en scène. Elle exigeait de la liberté pour exprimer sa gravité. Elle s'était imprégnée de mon destin, de mon passé, de ma violence, de mes ambiguïtés et de mon histoire tourmentée. Je compris alors que seuls le blues et le jazz pouvaient en dévoiler le vrai parfum et m'offrir des moments de sincérité sans révéler mes inavouables secrets.

*

Je voulus terminer ma vie lyrique avec éclat. J'eus alors la chance de chanter *Carmen* pour une seule représentation dans cet écrin qu'est le Teatro Olímpico de Vicence. La fin de l'automne arrivait et peu de grandes stars voulaient s'y produire à ce moment de l'année, redoutant le confort spartiate imposé par les lieux. Pour en protéger les merveilleux décors de plâtre et de bois du XVIe siècle et l'architecture palladienne miraculeusement intacte depuis plus de trois cents ans, chauffage et climatisation ont été bannis à jamais de cette salle. On me sollicita et j'acceptai, sachant que ce soir-là je chanterais pour la première et la dernière fois ce rôle dont mes parents rêvaient pour moi. Ma mère vint me rejoindre dans le somptueux Palazzo Valmarana Braga conçu par Andrea Palladio, avec colonnades et arcades blanches autour d'un jardin délicieux. Les chambres de l'hôtel avaient un charme monacal. Elle s'installa et ne sortit guère, prétextant la fraîcheur du temps. À la fois réservée et emplie d'émotions, cette femme brune à la beauté moyen-orientale, devenue tout en rondeurs au fil des années, semblait saisie par la piété. Elle vécut les quatre jours que nous passâmes ensemble à Vicence dans le silence et le recueillement. Elle finit par me confier que ses pensées étaient tournées vers mon père pour susciter sa présence à ses côtés dans ce moment tant espéré. Elle sortit subjuguée par le spectacle et comblée que les quatre cents personnes assises dans la salle en forme d'amphithéâtre m'aient demandé dix rappels, recouvrant en même temps la scène de roses rouges. J'avais chanté sans retenue, sachant qu'il n'était plus nécessaire de préserver ma voix. Je pouvais la briser comme avait failli le faire l'inégalable Teresa Stratas douze ans plus tôt dans le rôle de Lulu, la prostituée meurtrière, envoûtée par la mise en scène de Patrice Chéreau et la direction de Pierre Boulez sur le plateau de l'opéra de Paris, s'envolant sur les notes d'Alban Berg vers des horizons jusqu'alors inconnus du chant au point que l'on pouvait croire qu'elle n'en reviendrait plus. J'avais eu le privilège d'assister à ce spectacle et songé devant ce mirage d'un soir que l'être humain ne peut s'accomplir qu'en se transcendant. D'une certaine manière, dans un tout autre exercice, j'y étais parvenue à Damas et à Londres. Jamais sur scène jusqu'à cette soirée à Vicence. J'avais sans cesse craint de détruire mes cordes vocales en cherchant à me dépasser. Étrange peur ! Dans ma vie criminelle, l'effroi ne me paralysait pas au moment de frapper. Sur les planches, il m'anesthésiait. Ma vie comptait au fond moins que ma voix. J'en faisais cadeau aux miens. En revanche, je m'interdisais de courir le risque de ne plus pouvoir chanter, j'y aurais perdu la seule main courante de mon intimité.

Carmen me posséda. Je fus elle, créant par mon jeu et mon chant un monde dans lequel personne d'autre que moi ne pouvait exister. Je n'ai pas ignoré mes partenaires, je les ai à la fois emportés dans mon rêve éveillé, contraints à se transfigurer et laissés en dehors du cercle magique et tragique dans lequel j'étais entrée. Comme

Carmen, j'étais une insoumise, libre de ses amours, de son corps, de ses actes, propriétaire de la scène et de l'orchestre soumis à mes désirs et à mon interprétation. Le chef était devenu une statue de sel, laissant les musiciens m'accompagner selon mon bon plaisir. J'étais l'esprit, la flamme, la grâce, la passion, l'insouciance et la fatalité, l'innocence et la cruauté, une Carmen totale, accomplie, incarnation d'une musique devenue synonyme de vie et de mort. Pour la première fois, ce soir-là, je fus moi-même, sans entraves, faisant de chaque spectateur un chef-d'œuvre. J'étais l'oiseau rebelle de la habanera que nul ne peut apprivoiser, j'étais redevenue la jeune fille de 13 ans qui, un après-midi d'hiver, voletait face à la mer sous le regard admiratif et protecteur de ses parents, prête à conquérir toutes les scènes du monde.

Bien sûr, ce fut une révélation pour le milieu et l'on me sollicita aussitôt pour d'autres *Carmen*. Je répondis non. J'avais vécu un moment de grâce qui n'arrive qu'une seule fois dans une carrière. Plus jamais il ne se reproduirait. Je ne pourrais être à l'avenir qu'une pâle copie de moi-même. Peu à peu se briserait le secret envoûtant de cette soirée et je retrouverais ces seconds rôles dans lesquels j'avais été jusqu'alors cantonnée. Je préférais rester pour toujours l'indépassable Carmen du Teatro Olímpico de Vicence, un mirage et un mythe. J'avais exaucé le rêve de mes parents et n'avais plus de dette à leur payer. Mon père avait été vengé par le sang et ses vœux comblés par le chant. J'étais plus libre encore que Carmen pour devenir enfin moi-même. Je n'étais pas morte après toutes ces épreuves. Je pouvais renaître. Je savais où j'allais. Je n'arrachais pas définitivement une page, mais je reprenais ma plume pour écrire la suite de mon existence.

*

Pour rentrer en Israël, j'avais choisi la lenteur d'un voyage en bateau en compagnie de ma mère. Je ressentais la nécessité d'une parenthèse paisible pour changer d'horizon vocal en douceur. J'avais réservé deux cabines sur un luxueux navire de croisière accueillant seulement cent cinquante passagers. Trois jours d'évasion entre mer et ciel avant de replonger dans le tumulte du quotidien et d'apprendre pendant une parenthèse de plusieurs mois les exigences de mon nouveau rôle dans l'inframonde. Nous gagnâmes en voiture Venise d'où partait ce petit paquebot à destination d'Haïfa, via Corfou et la Crète. Tous les soirs après le dîner, installé sur une scène devant une piste de danse, un quintet de jazz y offrait un spectacle d'une heure, des standards langoureux qui réveillaient le désir de danser et de s'enlacer chez ces croisiéristes souvent âgés, venus chercher l'oubli du temps qui passe et retrouver peut-être un battement de cœur amoureux. Le lyrique pouvait offrir des extases esthétiques sans lendemain, le jazz réveillait l'ivresse charnelle et ouvrait les portes de l'érotisme. Ce quintet était une machine à fabriquer de la libido chez ceux qui en avaient perdu le souvenir.

Je me mis en tête de proposer ma voix à ces musiciens pour trois chansons que je travaillais avec beaucoup d'autres depuis quelque temps sans m'en ouvrir autour de moi. Rinat Frost, qui m'avait dressée pour le lyrique, n'était plus là, morte d'un cancer bien avant que je monte sur les planches de Vicence. Sans doute l'aurais-je comblée si elle avait pu m'entendre sur cette scène flottante. Nous avions eu de nombreuses conversations, au cours desquelles je m'étais ouverte de mes doutes et de mon envie de m'essayer au jazz. Cette femme si rigoureuse m'avait écoutée avec attention et approuvée sans ciller, fidèle à ce personnage inflexible forgé par les épreuves traversées. Elle avait voulu faire de moi une *assoluta* et s'était indignée de voir que son enseignement ne m'avait pas portée vers les sommets qu'elle espérait. Elle ne m'en faisait pas grief. Elle ne s'adressait des reproches qu'à elle-même. Elle regrettait surtout le décalage entre les attentes nouvelles du public et sa propre vision psychanalytique du chant. Les temps allaient vers la simplicité, la seule clarté, la performance virtuose, le vernis pour briller et séduire le plus grand nombre alors que Rinat Frost enseignait la complexité de l'interprétation et l'ambiguïté de l'art lyrique, recherchait les clés cachées des personnages dans les partitions, les notes et les annotations, la personnalité et la volonté inavouée des compositeurs ou des auteurs de livrets. Elle n'était pas désenchantée car sa passion pour la voix demeurait intacte. L'âge avançant, elle s'était intéressée à toutes les voix de femme sans se détourner pour autant de l'opéra. Elle me tint des propos inattendus sur le jazz. Elle pensait qu'il offrait une telle liberté d'interprétation que la voix féminine pouvait y dévoiler beaucoup mieux la quintessence de sa séduction et l'arc-en-ciel de ses émotions. « Le lyrique, me dit-elle un jour avec son air toujours un peu sentencieux, est une discipline de fer, une contrainte, une ascension verticale vers la pureté des plus hauts sommets ; le jazz, c'est une aventure sans frontières, sans passeport, une déambulation en même temps qu'un voyage intérieur à la recherche de l'authenticité. Tu as raison de t'y essayer car je sais que tu as beaucoup plus de choses à extérioriser sur scène que ne te le permet le grand répertoire. L'opéra dresse, le jazz libère. Sur cette route, il te faudra travailler aussi la musique yiddish, le klezmer dont la mélancolie, la liberté, le brouhaha sonore et les solos déchirants de clarinette t'ouvriront les portes du blues. Tu sais, le destin du peuple noir n'est pas sans lien avec le nôtre. Nous avons en commun une souffrance que seule la musique peut exprimer. »

Elle pouvait disserter des heures sur la voix, la musique, le chant. Sa curiosité n'avait pas de limites. Sa disparition fut subite et ses obsèques obscures. Elle n'enseignait plus et son nom avait été oublié. Nous étions une vingtaine de personnes au petit matin dans le cimetière du mont des Oliviers, face à la Vieille Ville de Jérusalem recouverte d'une aube grise. Ensemble, nous avons récité la fin du kaddish comme une mélopée :

Qu'il y ait une grande paix venant du Ciel
Ainsi qu'une bonne vie
Et la satiété, et la salvation, et le réconfort, et la sauvegarde
Et la guérison, et la rédemption, et le pardon, et l'expiation
Et le soulagement, et la délivrance
Pour nous et pour tout son peuple Israël, et dites Amen.

J'avais demandé à un ami clarinettiste de nous accompagner dans cette lamentation. J'ai failli pleurer. Autant sur Rinat Frost que sur moi-même. Connaîtrais-je un jour le pardon pour les crimes que j'avais commis ? Je ne savais pas encore ce qu'étaient les remords et les regrets mais ce kaddish en était la première aube. L'émotion qui me submergea fut si brutale que je compris qu'elle venait de profondeurs insoupçonnées, de sentiments refoulés, d'un ailleurs en moi-même que l'on m'avait fait enfouir. C'était ceci que pouvait m'offrir le jazz, la sincérité, cette vérité interdite dans le monde souterrain.

*

Avant d'embarquer à Venise, je soumis mon projet à ma mère, sachant par avance qu'elle l'approuverait. Je connaissais sa passion pour toutes les musiques. La maison en résonnait sans cesse. Ses multiples dons d'argent n'étaient pas réservés aux orchestres symphoniques. Dès le premier soir de la traversée, après en avoir parlé avec les musiciens du quintet, je montai sur scène pour lui faire cadeau de cette chanson qu'elle écoutait si souvent en pensant à mon père, « Ne me quitte pas », dans la version déchirante de Nina Simone. Je ne voulus pas singer cette star, reine des silences hypnotiques, mais j'avais comme elle une voix de contralto et une tessiture étendue, il me restait à débusquer mon âme au plus profond de mon être et à la déverrouiller pour devenir une vraie chanteuse de soul. Dès les premières notes, le souvenir de mes meurtres m'envahit, un canyon s'ouvrit dans ma poitrine d'où jaillit une vague d'angoisse que je ne voulus pas maîtriser. Je fus emportée par cette lame de fond et ma voix devint celle d'une désespérée luttant contre les flots et le spectre de la mort. Le quintet plongea en même temps que moi dans cette tourmente, m'accompagna dans cette traversée tragique, peuplée de pauses muettes. Après le premier cri écorché de désespoir, « Ne me quitte pas ! », et un silence de catacombes, me vint un rythme haletant pour combattre la fuite du temps puis, sans que j'y réfléchisse, guidée par mon seul instinct, oubliant toute technique, mon ton devint petit à petit un lamento sans emphase, porté par un simple bout de souffle que les cinq musiciens accompagnèrent en sourdine, batterie effleurée, cuivres et vents étouffés, basse esquissée, guitare retenue, un long murmure, une agonie de bête sauvage blessée, que je conclus la tête enfouie dans les mains, le corps écrasé par la souffrance qui me terrassait, laissant le public muet pendant de longues secondes avant qu'il ne sorte de son propre anéantissement et se libère de mon emprise dans une explosion d'applaudissements. À cet instant, je devins chanteuse de jazz sous le regard protecteur et embrumé de larmes de ma mère, précipitée dans ses souvenirs obscurs, marmoréenne, pétrifiée par une émotion que je ne lui avais plus connue depuis la mort de mon père.

*

Au cours des deux années qui suivent cette mutagénèse, ma vie devient presque ordinaire. Avec l'accord du colonel, je reste plusieurs mois sans me déplacer. Le kidon que j'étais, concentré sur le seul objectif de tuer, devient une laborieuse katsa travaillant à une connaissance très fine des réseaux, des services et des méthodes d'espionnage, apprenant avec application tous les méandres géopolitiques du renseignement dans cette université des enfers qu'est le Mossad. Je refuse tous les contrats lyriques que l'on me propose après mon triomphe à Vicence. Le flot d'offres est important mais il se tarit au bout de quelques mois. Les chapitres sont vite refermés, dans ce monde-là. Je m'interroge encore aujourd'hui sur la promptitude avec laquelle j'ai moi-même tourné cette page de mon existence. Durant tant d'années, l'opéra avait été mon refuge pour oublier l'indicible dans lequel j'évoluais. Grâce à lui, je sortais du silence de mon théâtre souterrain, à la lumière, en plein jour, je parlais, je riais, je pleurais, je chantais, vivante, si loin du domaine de la mort même si le lyrique sombre souvent dans la tragédie.

Aurais-je été capable d'interpréter Carmen comme je l'ai fait à Vicence si mes mains n'avaient pas été couvertes de sang ? Non. J'ai réussi à me sublimer dans la cité palladienne grâce à mon chemin de Damas et à mon crime londonien. Personne d'autre que moi ne pourra offrir au public une telle Carmencita que seule explique mon histoire. Imagine-t-on une cantatrice menant la même double vie que moi, une chanteuse criminelle ? Impensable, du roman, et pourtant c'était bel et bien ainsi. En changeant de vie et en cessant de tuer, je devais balayer ce passé de semi-diva. Tout y était trop intriqué, à la fois opposé et indissociable. Il me fallait échapper à ce rôle pour me réinventer une nouvelle double personnalité, toujours agent mais sans licence pour tuer, encore chanteuse mais débarrassée de mes déguisements scéniques. Plus jamais je n'ai accepté ou envisagé de remonter sur une scène d'opéra même si, jusqu'à l'âge de 50 ans, j'ai donné une ou deux fois par an des récitals privés en me pliant aux exigences du répertoire d'une mezzo-soprano. Ils devinrent au fil des ans une corvée car, avec le jazz, je pouvais être sincère. Sincère. Était-ce possible ? Au moins presque sincère.

*

Je connaissais l'aventure du blues depuis son apparition et savais où je voulais aller. Je ne vivrais pas à la manière d'une Billie Holiday cherchant à oublier ses pulsions de mort dans l'alcool et la drogue, avec le sentiment de ne pas avoir plus de liberté qu'une esclave dans un champ de coton. Je n'égalerais jamais Ella Fitzgerald l'unique mais, comme elle, sans instinct d'autodestruction, je chanterais les mélodies irrésistibles des plus grands standards. Ma voix serait mon arme absolue, toujours juste, entretenue, mais mon humeur dicterait les couleurs changeantes de mes interprétations. Pas un soir ne serait pareil à l'autre. Je libérerais mes émotions alors que le Mossad m'avait appris à les masquer, à ne jamais leur céder, et l'opéra à mimer celles exigées par les chefs et les metteurs en scène.

*

Une joie de vivre inattendue me gagna. Pour la première fois depuis l'âge de 13 ans, je cédais presque à la désinvolture. Le jazz me rendait cool. En même temps que je me plongeais dans les dossiers pour maîtriser la géographie de nos réseaux et les secrets de nos ennemis ou amis, que je devenais une spécialiste du terrorisme arabe et iranien, que j'engrangeais dans ma tête des centaines de fiches et de visages, le catalogue de nos cibles, que je travaillais sur la complexité des opérations pour toujours préserver nos agents, que j'explorais tactiques et stratégies, je me laissais gagner par la liberté du blues et du swing. Ma nouvelle curiosité musicale n'avait pas de limites. J'écoutais toutes les grandes voix, les stars, les orchestres, les trios, les quartets, les quintets, les avant-gardes. Ce que l'on appellerait plus tard, dans les années 2010-2020, « la nouvelle scène jazz israélienne » n'avait pas encore vu le jour mais ses futurs animateurs faisaient leurs premiers pas entre Jérusalem et Tel-Aviv. De temps en temps, je croisais dans des bars ou des boîtes Avishai Cohen en plein apprentissage musical, s'imprégnant d'une influence moyen-orientale qu'il n'oublierait jamais. Brève rencontre. Il avait tout juste 22 ans quand il décida de partir étudier la contrebasse à New York. Parfois, je travaillais à la Jerusalem Academy of Music and Dance avec son premier maître, Michael Klinghoffer, contrebassiste lui aussi, chef d'orchestre, compositeur et merveilleux pédagogue. La musique qu'il défendait me séduisait mais je revenais toujours à un style plus traditionnel et au jazz classique. Dans des clubs de Tel-Aviv, je découvris Omer Avital, mais lui aussi partit en quête du graal new-yorkais. J'étais la plus âgée dans cette école de jazz en train de naître, la moins malléable sans doute aussi. Je me rapprochai alors de musiciens moins avant-gardistes, naviguant entre la rigueur du classique et l'improvisation jazzy. Ce ne seraient jamais de grandes vedettes mais ces professionnels aguerris et modestes, manipulateurs talentueux des émotions à fleur de peau, comprirent ma voix et surent m'offrir l'écrin musical soyeux dont j'avais besoin pour un répertoire de standards.

Durant cet apprentissage, j'aurais pu finir chanteuse de bar. Il m'est arrivé de l'être dans des hôtels plus ou moins prestigieux bordant les plages de Tel-Aviv, des cafés branchés ou de miteuses boîtes de nuit. À l'abri des critiques, chanteuse en sous-sol, j'appris très vite. Grâce à l'impitoyable formation de Rinat Frost, je me permis de tout explorer et d'imposer mes choix face à des publics sans prétention qui applaudissaient à tout rompre et toujours en redemandaient dans un concert spontané de hourras, de sifflets et de bravos. Je ne cessais d'écouter des enregistrements d'Ella Fitzgerald pour travailler le scat, oublier les mots et jongler avec les syllabes comme je l'avais fait à Vicence dans l'acte I de *Carmen*, en chantant la séguédille et le « Tra la la la la la la la » qui ouvre et rythme les deux couplets. Souvent, je concluais mes spectacles avec cet air de Bizet, accompagnée d'une guitare flamenco au son incisif, d'une contrebasse et d'un piano bastringue fait pour le ragtime. Mon audace et ma transgression récoltaient parfois des rires moqueurs mais rien ne m'arrêtait, je pensais alors à la mère de la First Lady of Song lui répétant sans cesse à ses débuts devant des publics railleurs : « Ne perds pas courage, Ella, ces gens qui, ce soir, t'ont sifflée, sont ceux-là qui, un jour, viendront t'applaudir. » J'explorais tout ce que je pouvais faire avec ma voix, avec des fausses routes, des découvertes et de plus en plus de moments de bonheur.

Seule chez moi, sur scène, au cours de longues séances de répétition, je travaillais sans relâche, patient voyage du classique vers le jazz, persuadée de pouvoir m'y épanouir, certaine de trouver et d'imposer mon style avec ce *crossover* que beaucoup d'autres cantatrices plus tard choisiraient pour repousser l'heure de leur crépuscule vocal. J'étudiais une multitude de chansons, beaucoup étaient de Gershwin. Durant des heures et des jours, je m'acharnais sur « Summertime ». Mon autre vie m'avait appris à ne jamais me relâcher. Je comparais les versions d'Ella Fitzgerald, Sarah Vaughan et Maria Callas. Je cherchais ma voie au travers de ces styles si différents, Callas la divine, proche de la perfection, mais chantant Gershwin comme Mozart ; Vaughan, alto virtuose créant une atmosphère narcotique, une dérive de paroles étirées, emplies de lassitude sensuelle ; Ella, mon modèle, libre de la contrainte des mots, à la fois diseuse envoûtante et chanteuse de blues, voix épurée et sophistiquée, lente rivière de douceur et de sentiments maternels, en osmose parfaite avec les notes bleues du roi de Tin Pan Alley et de Broadway.

*

Encore aujourd'hui, je revis cette époque d'apprentissage au présent. Je sais qu'il me faudra conquérir New York pour devenir une fois pour toutes chanteuse du haut de l'affiche jazz. Mais le colonel qui suit ma mue musicale en même temps qu'il me forme à mes nouvelles missions reste mon chef d'orchestre. Il choisit mon entourage, des hommes et des femmes du show-biz qu'il contrôle et guide. Main de fer et gant de velours, il ne me lâchera jamais jusqu'à sa disparition en 2010. En dehors de la scène, je vis en liberté surveillée, contrainte de toujours participer aux opérations dans lesquelles il entend m'impliquer. Son regard me dit encore et encore que c'est un dû à mon père. Il lui paye sa dette en étant à la fois mon chaperon pour me mettre à l'abri de tout danger et mon directeur de conscience qui veille sur la continuité de mon histoire familiale.

Dans cette manipulation, il a la complicité muette de ma mère. Rien ne l'inquiète plus ou ne l'indigne dans les choix que je fais et qu'en réalité on m'impose ! Je suis prisonnière de sa connivence avec le colonel sur le destin de mon père, mais je refuse alors de m'interroger sur cette subtile collusion. En fait, avant que je ne prenne une décision, elle sait déjà qu'elle vient du Mossad. Je ne me dédouane de rien en décrivant le double jeu de ma mère et le rôle que joue mon marionnettiste galonné. Je subis et j'accepte les règles du colonel, je soutiens ses choix, j'adhère à tout sans jamais éprouver un besoin de rébellion, convaincue de suivre une marche inéluctable.

Ma carrière doit obéir à des exigences géopolitiques, s'épanouir sur les terrains qu'on m'a choisis, mes nouvelles bases opérationnelles, Tel-Aviv, Jérusalem, Londres, Paris, l'Italie et la côte Est des États-Unis. À l'automne 1992, avec le feu vert de l'Institut, je sors pour la première fois de mes boîtes d'apprentissage, clubs ou caves enfumés et alcoolisés de Tel-Aviv, pour un concert au théâtre Khan à Jérusalem. Si j'y remporte un succès, d'autres salles de spectacle s'ouvriront au-delà d'Israël. Cette ancienne construction ottomane, édifiée au pied du mont Sion où repose depuis des siècles et des siècles le roi David, fut d'abord une usine à soie. Elle tomba en ruine puis servit un temps de refuge aux pèlerins chrétiens ou juifs butant sur les portes fermées la nuit de la Vieille Ville. Ce lieu est habité par le passé. Il devint une scène mythique après sa transformation en théâtre à la fin des années 60, quelques mois après la guerre des Six Jours. Tous les artistes juifs mais aussi tant d'autres venus d'ailleurs rêvent de se retrouver un jour dans cet écrin à musique aux voûtes anciennes reposant sur d'énormes piliers de pierre et aux deux cent trente-huit fauteuils recouverts de velours rouge. La renommée du Khan est si grande que s'y produire est un passage obligé vers la consécration. Ce lieu a été mon vrai passeport pour le jazz.

On me propose de m'y produire deux soirées mais dans la petite salle de soixante-dix places, qui accueille surtout des concerts. Elle aussi est emplie du charme des vieilles pierres, sa taille crée surtout l'intimité dont a besoin le blues, l'atmosphère confidentielle qui sied à la soul, une ambiance de rendez-vous secrets pour initiés. J'y ai assisté à bien des spectacles avant d'en découvrir les planches, scène courte et étroite, et le sentiment d'être un astre captant tous les regards, cent quarante yeux brillants de désir, des diamants dans le noir, des hommes et des femmes qui retiennent leur souffle pour ne ressentir que celui de la musique bleue.

Je prends tous les risques et m'expose aux comparaisons avec douze standards signés Irving Berlin, George Gershwin, Cole Porter, Duke Ellington, Edgar Melvin Sampson, Dave Brubeck, Bob Thiele, Antônio Carlos Jobim, Leonard Bernstein. J'ai prévu deux autres titres s'il y a des rappels, ma version jazzy de *Carmen* et « Moon Over Bourbon Street » de Sting. Une heure vingt de scène sans entracte. Je ne doute pas de ma capacité à affronter cette épreuve nouvelle, ma voix est prête, mon répertoire est fait pour séduire, mais je sais que je dois aller au-delà d'un chant maîtrisé par des années d'apprentissage devant un public qui a entendu les plus grandes stars. Je dois être le contraire de la femme aux nerfs d'acier qui s'est faufilée dans une clinique de Damas pour tuer, je dois trouver et dévoiler ces émotions que j'ai passé tant d'années à taire et refouler. Parfois, j'y suis parvenue dans les caves de Tel-Aviv mais ici tout est différent, je perds ou je gagne, ma vie bien sûr n'est pas en jeu, ce sont les dés de mon existence future qui vont rouler. Il me faut faire vibrer le public, le mettre en joie, l'exciter avec du rythme avant de lui offrir des chansons qui prendront leur source dans mes entrailles, enracinant ma voix dans mes souvenirs comme les plus grandes chanteuses noires, tantôt légères, tantôt bouleversantes, livrant leur vérité sans fard, déchirant avec pudeur ou détresse le voile de leurs origines, racontant sans y paraître la longue et douloureuse histoire de leur peuple. Serai-je capable d'en faire autant avec mon passé multimillénaire ?

*

La salle est pleine. Ma mère est là, perdue à ma demande dans le lointain du public pour que son regard ne m'accapare pas. Le colonel sans doute aussi, même s'il ne m'a pas prévenue de sa présence. Je sors de la coulisse et rejoins le quintet déjà en place en demi-cercle. Je chante sans micro. Je me retourne vers mes cinq gentlemen, compagnons de répétition depuis de longs mois ; de gauche à droite, piano, saxo, clarinette, contrebasse, batterie en léger retrait. Je les salue l'un après l'autre d'une amorce de révérence puis je me dresse face au vide, je laisse glisser lentement mes mains sur ma poitrine, mon ventre et mes cuisses. Je porte une robe longue de soie Habotai souple, douce, à la brillance discrète, que j'ai moi-même dessinée pour cette soirée. J'ai choisi sa couleur, rouge comme le sang du taureau jaillissant sous le soleil à l'heure de l'estocade. Plus jamais je ne changerai de tenue de scène. Plus tard, quand ma renommée sera acquise auprès des critiques newyorkais, cette robe me vaudra un surnom flatteur, The Red Lady. Les battements de mon cœur s'accélèrent. Je m'en réjouis. Je redoutais ma froideur criminelle, une incapacité à me laisser submerger par mes sentiments. Je retrouve cette oppression qui m'a saisie à Vicence et s'est dissoute au moment où je me suis emparée du premier air de Carmen, un bouquet de cassie accroché à mon corsage échancré, répondant aux jeunes gens virevoltant autour de moi en chantant « Carmen, dis-nous quel jour tu nous aimeras ! » :

Quand je vous aimerai, ma foi, je ne sais pas
Peut-être jamais, peut-être demain
Mais pas aujourd'hui, c'est certain.
L'amour est un oiseau rebelle
Que nul ne peut apprivoiser.

Tout mon être s'était alors envolé comme cet oiseau rebelle, j'étais devenue à cet instant la cantatrice que je n'avais jamais été et ne serais plus jamais.

Je prends une légère inspiration par la bouche, mon abdomen se tend sous le tissu de soie, je ferme les yeux pendant deux ou trois secondes pour rejoindre mon âme. Quand je fixe à nouveau le public, il est presque devenu invisible dans la noirceur de la salle. Tout se joue maintenant avec le long scat ouvrant « Blue Skies » d'Irving Berlin. Je devine la tension que mon tacet fait naître dans le public. Une légère vapeur d'attente flotte au-dessus de lui, ultime écran entre les spectateurs et moi, mon cœur se serre et s'emballe. Je découvre un trac salvateur que jamais je n'ai connu. Plonger, cette salle est une piscine, il faut que je m'y jette dans un splash beau comme un David Hockney. D'un geste discret, mon index se détachant de ma main droite, je libère le premier accord du piano sur lequel, soudain apaisée, je glisse mes vocalises jazzy et mes onomatopées. Timbre clair et frais comme un ciel bleu de début de printemps, tendre comme une promesse amoureuse, tessiture soyeuse, teintée d'érotisme, vingt secondes saluées par un frisson de bonheur dans la salle alors que je chante déjà d'une voix simple :

Blue skies
Smiling at me
Nothing but blue skies
Do I see[1]...

Ma voix n'est pas encore éteinte que déferle déjà une vague d'applaudissements, des pieds tambourinent sur le sol, des sifflets fusent, je me retourne vers les musiciens, ils me sourient, m'applaudissent, je demeure face à eux, dos tourné à la salle à la manière de Miles Davis, j'enchaîne déjà sur le staccato de « Puttin' on the Ritz », swing-foxtrot de Berlin que le quintet joue comme s'il accompagnait Fred Astaire. Je ne danse pas à la manière virevoltante du grand Fred mais, bras ouverts, je m'accompagne de claquements de doigts et d'un balancement des hanches à la cadence folle d'un swing que ma jambe déformée rend singulier, comme une bascule amorçant un érotique grand écart, mouvement répété jusqu'à donner l'impression que je flirte avec le public, cinq minutes d'égarement, un chœur battant comme un cœur emballé s'élève dans ces ténèbres pour reprendre dès le troisième couplet, et jusqu'à la fin, ce diabolique « Puttin' on the Ritz ». Peu à peu, des ombres se dressent, puis d'autres et d'autres encore, agitées comme un champ de sombres anémones frémissant dans le souffle du vent. La musique s'achève, les silhouettes s'estompent puis disparaissent dans le creux

1. « Ciels bleus / Me souriant / Rien que les ciels bleus / Que je vois... »

des fauteuils, le silence revient, le public attend, prêt à se laisser envoûter par la mélancolie de « In a Sentimental Mood », à écouter ces mots merveilleux que ma voix déguste comme de délicieux bonbons :

… The stars come through my room
While your loving attitude is
Like a flame that lights the gloom
On the wings of ev'ry kiss
Drift a melody so strange and sweet[1]…

J'enchaîne avec « Summertime » dans un style très blues, loin d'une interprétation lyrique ciselée et cadrée par un chef d'orchestre, laissant le saxo, la clarinette et le piano puis la batterie et la contrebasse ouvrir en douceur la berceuse, des notes distillées en fines et tièdes gouttes de pluie, ma voix suivant la douce houle de mes troubles intimes. Quand viennent la coda, le dernier mot, l'ultime note, plus personne ne semble respirer dans cette salle heureuse comme un enfant dans les bras du premier sommeil, quelques secondes, trois pas en arrière pour rejoindre les musiciens et laisser filer avec délicatesse le temps de cet enchantement. Ils ne se dressent pas. Ils applaudissent avec retenue, par crainte de briser la beauté si fragile de ce spiritual poétique enraciné dans les prières de Caroline du Sud. Je sais pourquoi cette musique les saisit. Elle réveille en eux tant de souvenirs, la vieille musique yiddish, le son déchirant du violon dans les shtetls, les mères ashkénazes protectrices comme

1. « Les étoiles viennent dans ma chambre / Alors que votre attitude aimante est / Comme une flamme qui éclaire l'obscurité / Sur les ailes de chaque baiser / Dérive une mélodie si étrange et douce. » Musique de Duke Ellington, paroles d'Irving Mills et Manny Kurtz.

Clara berçant son bébé dans *Porgy and Bess*, âmes noires et juives confondues.

Je n'avais pas imaginé ce moment. Je ne l'ai pas cherché. Il est de moi et sans moi. Des larmes ont essayé de me prendre par surprise mais je n'ai pas pleuré. Je suis encore Nahama la femme sans larmes. Le jazz parviendra-t-il un jour à me tordre le cœur comme une serpillière ? J'avance dans un désert, espérant une pluie qui jamais ne vient. Mes émotions sont dans ma voix, perceptibles mais invisibles dans mes yeux que ce soir je plisse ou clos en chantant pour dissimuler leur sécheresse à tous ces regards qui me scrutent et me remercient de les avoir émus. Pour ne pas les perdre, je modifie l'ordre de mes chansons et me lance dans « Satin Doll », le standard de Duke Ellington et de son alter ego Billy Strayhorn. Je laisse le quintet débuter à la manière du Duke, piano puis saxophone, l'éclat du cuivre avant que tout le monde s'y mette tandis que je marmonne des « dou dou dou lou, dou dou dou lou, dou dou lili dou… », un préambule pour me chauffer et me lancer à fond dans un scat improvisé de plus de deux minutes que je poursuis en reprenant la chanson à son début :

Cigarette holder – which wigs me
Over her shoulder – she digs me
Out cattin' – that satin doll…

Je sais que ça marche, que ça leur plaît, j'en profite, je prends mon temps et me laisse aller pendant plus de cinq minutes. « Une jonglerie musicale virtuose, Nahama Ruben vient de donner naissance au zigzag jazz », écrira, admiratif, le critique de *Haaretz* dès le lendemain. La suite est un voyage sur un nuage, plus rien ne me résiste jusqu'au final, une tempête de swing manière Benny Goodman, « Stompin' at the Savoy » et « Sing, Sing, Sing ». Je sors alors de scène, l'orchestre reste en place, le pianiste joue déjà « Misty » d'Erroll Garner, ultime caresse, baiser final, avec ces mots pour commencer, *« Look at me »*, et pour conclure, *« Too much in love »*.

La salle est debout, elle me réclame, applaudissements, sifflets, hourras. Cette foule d'inconnus est unie par un élan spontané qui efface tout ce qui les sépare. Comme à l'opéra, je reviens aussitôt sur scène car je n'aime pas ces impatiences trépignantes que font naître certains artistes du showbiz. Je prends conscience que mon corps est trempé de sueur, je frissonne de plaisir, de bonheur et de désir, je salue, m'incline, l'orchestre sait ce qu'il a à faire. J'offre ma version jazz de la Séguédille et je finis comme je l'ai imaginé, une cigarette à la main que m'offre le pianiste, le regard volontairement perdu dans la fumée et les cintres avec « Moon Over Bourbon Street » et ce vers qui résume ma vie à cet instant sans que personne devant moi le sache :

I must love what I destroy and destroy the thing I love[1].

*

C'était il y a bientôt quarante ans. Tout alors finit et tout en fait commence. Je meurs et pense renaître à 38 ans. Je regarde devant moi sans m'interroger sur ce que j'ai commis jusque-là. Le passé et ses fantômes

1. « Je dois aimer ce que je détruis et détruire ce que j'aime. »

n'existent plus, seul compte l'avenir. Ceux que j'ai tués ne m'inspirent aucune culpabilité car je crois encore mes actes moraux. Je suis marquée au fer rouge par ces mots de Moshe Dayan que m'a rapportés mon père alors que j'étais enfant : « Sans le casque d'acier, sans la gueule du canon, nous ne pourrions planter un arbre, ni construire une maison. Si nous ne creusons pas d'abris, nos enfants ne vivront pas, et sans clôtures de fil de fer barbelé et sans mitrailleuses nous ne pourrons pas tracer de routes ou pomper de l'eau. Les millions de Juifs, anéantis parce qu'ils n'avaient pas de pays, nous observent depuis les cendres de l'histoire juive et nous commandent de nous installer et de reconstruire un pays pour notre peuple. » Ce pays que personne ne nous aidera à défendre si, un jour, nous sommes menacés de le perdre. Comme si nous étions des « sous-hommes ».

Ce soir-là au Khan, je me sens plus légère et je pense enfin sortir de cette vaste poche d'ombre dans laquelle m'a enfermée le dibbouk vert olive. Illusions ! Même si je ne tuerai plus moi-même, je monterai désormais des opérations punitives et sanglantes, les piloterai avec froideur, convaincue que la fin justifie les moyens. Après les bonheurs de l'enfance, le chapitre du sang, l'acte III de ma vie commence. Il va m'apprendre peu à peu que le temps ne purge pas tout. Un jour, il vous rattrape et par surprise vous prend à la gorge.

6

La sainte Larissa

À plus de 76 ans maintenant, retirée de tout, prisonnière de mon passé, toujours seule sur les murs d'Acco, je ne suis plus qu'une parturiente attendant la délivrance. Elle s'appelle la mort. Je n'en ai pas peur mais il faut que j'en finisse d'abord avec moi-même et la mémoire de mes crimes pour espérer franchir ce Rubicon qui conduit des remords coupables aux simples regrets libérés du poids des tourments, ultime ou impossible traversée avant de disparaître en paix. Je parcours cette piste semée d'embûches depuis longtemps maintenant, cernée par le passé et le désir de m'en libérer. J'espérais que le temps anéantirait toute chose, rendrait ma vieillesse plus douce, m'arracherait à cette détresse qui m'a si souvent submergée ces dernières années après que j'ai renoncé aux armes et quitté le service de mon pays pour redevenir simplement juive, vieille femme abandonnée, suppliante aux doigts souillés. Quelle est ma vraie responsabilité dans cette longue histoire dont je ne suis qu'un maillon ? Cette question m'obsède depuis que j'ai cessé de tuer moi-même pour n'être plus qu'une commanditaire de meurtres. Le sang n'était plus sur mes mains impossibles à laver, mais il coulait encore à cause de moi. Les corps privés de vie n'étaient plus des images gravées à jamais dans mon esprit comme dans celui de Macbeth mais une sarabande de fantômes sans visage. J'étais l'organisatrice d'intrigues macabres et du cortège funèbre d'ennemis dont j'avais décidé l'élimination. Je ne le vivais pas comme une malédiction, je faisais mon devoir, j'obéissais aux ordres, je croyais à la nécessité de ce travail de mort, je me drapais dans ces certitudes tout en souffrant de ne pas arriver à croire que je pouvais leur échapper.

Tout au long de ces années, j'ai cherché des réponses dans la lecture de l'Ancien Testament, d'écrits religieux et dans les grandes tragédies classiques, d'Eschyle, Sophocle, Euripide à Shakespeare, toutes consacrées à la faute originelle du héros, à la fatalité, à la rédemption et au dépassement des passions sanguinaires. Elles m'ont aidée à surmonter mes détresses, à assumer ma culpabilité mais il me faut aller au bout de ma propre histoire, de cette confession sans concession que je me fais à moi-même dans l'espoir de me défaire du poids de mes meurtres. Si je m'en délivre, mon cœur pourra peut-être cesser de battre en paix.

*

Avec le jazz et ma nouvelle vie d'espionne, ce mot vulgaire que déteste le Mossad tant il exalte sa mission, j'ai connu des heures d'oubli et des jours heureux. J'ai même cru parfois avoir droit à un bonheur sans nuages. Je ne suis pas devenue en quelques mois une étoile du jazz, il m'a fallu patienter cinq ou six années avant d'être invitée sur les scènes les plus prestigieuses ou dans les clubs mythiques de la planète. Mes coachs des catacombes ne voulaient pas d'une carrière fulgurante. Rien d'étrange ne devait expliquer mon succès lorsque je serais en pleine lumière, saluée par tous les critiques pour mon talent. Le colonel et ses successeurs choisirent les étapes de mon parcours, fixèrent la chronologie de ma réussite, calquèrent mes prestations sur l'agenda de la lutte contre le terrorisme et sa mondialisation à partir des années 90. Mes spectacles collaient aux théâtres d'opérations et aux viviers de *mehabelims*[1]. En Europe, Paris et Londres furent choisis comme mes bases principales. On y acheta des propriétés à mon nom : un loft parisien rue de Charenton, dans le quartier de la Bastille, après une vague d'attentats commis en 1995 par les salafistes djihadistes du Groupe islamique armé né en Algérie trois ans plus tôt ; une maison dans Portobello Road à Notting Hill parce que le multiculturalisme anglo-saxon permettait aux extrémistes de prospérer sans grands risques à Londres. À Berlin, Rome et Genève, on me louait des appartements ou des chambres d'hôtel en fonction de l'ampleur des actions que je devais y mener, simple mishlashim, katsa parmi d'autres, patronne de *tziporim*[2]. Il en alla de même à New York où, quand ma renommée de chanteuse le justifia, je pris l'habitude de descendre au Gramercy Park Hotel où tant de grands artistes se retrouvaient.

J'ai follement aimé ce monde de la vraie nuit, pas celle que j'avais connue jusqu'alors dans les tréfonds obscurs de la géhenne d'État, de l'autre côté des flots maudits charriant les eaux boueuses des haines humaines. Enfin, je vivais dans un univers de fête même si, souvent, le

1. « Terroristes ».
2. Équipe opérationnelle pour une ou plusieurs liquidations.

jazz se nourrit de mélancolie, d'amours défaites et de vague à l'âme. Le blues racontait des histoires d'êtres vivants alors que je n'avais jusque-là côtoyé que la mort. Mon talent était d'y mettre un beat singulier. Je refusais le larmoiement, l'émotion facile que l'on peut faire jaillir de sa voix, j'avançais sur un fil, au-dessus du vide, mais j'arrivais toujours à bon port. Je voulais bouleverser mes auditoires sans jamais les désespérer, les faire rapidement vibrer de joie quand je les avais conduits au bord des pleurs. Ma voix était une caresse sur les blessures de l'existence. Ma renommée tint beaucoup à cette manière que j'avais de chanter qui ne cédait pas à la facilité sentimentale, aux artifices de la révolte ou de la colère, mais célébrait le bouillonnement merveilleux de l'existence. Quand mon surnom, The Red Lady, s'imposa, bien des critiques, ignorant tout de ce sang que je faisais couler, insistèrent sur cette couleur cinabre, y voyant l'expression de la chaleur humaine et d'un besoin de toujours survivre. Certains rappelèrent qu'en russe, « rouge » et « beau » sont un seul et même mot. Je devins même dans un journal new-yorkais *« the warmy song robin*[1] *»*. Ce rouge me définissait beaucoup mieux qu'ils ne l'imaginaient car c'est aussi bien la couleur de la vie que de l'enfer. Nul ne le comprit et ne le découvrit. Sauf un homme, le seul qui compta vraiment et me fit tourner sans le savoir la page des aventures d'un soir, du sexe pour le sexe, du seul plaisir pour le plaisir alors que je n'ai jamais fait l'amour avec lui. Le souvenir de ma délicieuse nuit avec John Falk demeura certes, mais ma rencontre avec William Kfencet en mars 2007, alors que je venais d'enregistrer mon premier disque avec un grand

1. « Le rouge-gorge au chant chaleureux. »

label, m'entraîna dans une romance dont je ne suis plus jamais sortie. J'avais pourtant 53 ans, un âge auquel on ne croit plus guère aux amours éternelles.

*

Pourquoi n'es-tu plus là, William ? Pourquoi la mort a-t-elle si brutalement détruit mes rêves renaissants et le bonheur que je vivais en te voyant et en te parlant ? Depuis ta disparition, je te tutoie quand je m'adresse à toi en silence alors que jamais nous ne sommes sortis du vouvoiement après notre première rencontre. Ton souvenir me fait mieux vivre et ton absence a fait grandir en moi une intimité virtuelle avec toi, secrète, inavouable. Je te questionne sur ces crimes que jamais je ne t'ai confessés et j'imagine tes réponses pour m'aider à affronter les spectres de mes victimes. La nuit, je me blottis dans tes bras et seule l'illusion de tes caresses me permet de m'endormir rassurée. Quelle étrange histoire que la nôtre, née dans la magie d'une improbable rencontre qui nous a unis pendant huit années de pensée à pensée, comme Pétrarque et Laure. Depuis ta disparition, il y a quinze ans maintenant, je n'ai pas passé une seule journée sans toi, l'homme qui m'a fait redécouvrir les larmes et a fait rebattre mon cœur. Sans cesse, désormais, je ressasse dans ma tête la lettre que je voudrais tant que tu puisses lire.

> *Faut-il que je te dise combien j'ai résisté avant d'accepter de te rencontrer ? Mon attaché de presse français m'avait proposé de le faire en me précisant que tu étais un drôle de type qui n'avait rien à voir avec la musique et le jazz, sinon que tu aimais en écouter. J'étais alors à Londres pour la promotion de ce disque, qui n'était pas le premier car*

j'en avais déjà enregistré deux pour un petit éditeur de Tel-Aviv. Leur diffusion avait été confidentielle et je n'en étais pas chagrinée car rien ne me satisfaisait dans ces premiers travaux. Après une semaine passée au milieu des années 2000 sur la scène du Ronnie Scott's, un club célèbre de Soho à Londres, une grande maison m'avait proposé de la rejoindre. Le projet traîna, la production prit plus d'une année mais le résultat fut à la hauteur de mes espérances. Un lancement important avait été décidé. Encore en vie, le colonel m'avait donné son feu vert car la tournée de promotion se cantonnait à mes terrains de chasse de prédilection, l'Europe et New York. Le succès critique de l'enregistrement fut immédiat. Je devais gagner Paris après avoir de nouveau passé plusieurs soirées sur les planches du Ronnie Scott's et m'être dispersée dans tous les médias britanniques. Mon passage du lyrique au jazz faisait de moi un sujet médiatique d'autant plus intéressant que la nouvelle scène de jazz israélienne était en train de s'imposer partout avec les contrebassistes Avishai Cohen et Omer Avital, que j'avais croisés quinze ans plus tôt à Jérusalem, le pianiste Yaron Herman, le tromboniste Avi Lebovich, et d'autres encore. Quatre représentations étaient prévues au New Morning, des rencontres à la télévision, des interviews pour la presse, des passages à la radio, avec toujours les mêmes questions sur l'opéra et le jazz. William Kfencet, me confia l'attaché de presse, ne faisait pas partie de cette tribu jazzy. Tu avais fait, disait-il, une brillante carrière à la tête de magazines prestigieux puis tu avais créé Vox, *un mensuel connu pour sa féroce indépendance et ses combats acharnés contre l'extrême droite et l'islamisme. Tu avais la réputation d'être grincheux, pessimiste, solitaire, de juger les hommes petits, d'avoir toujours un cheval de bataille et de vivre en permanence l'existence comme une tempête.*

Le portrait était peu engageant et je me demandais ce que j'allais pouvoir te dire. Pour convaincre mon attaché de presse de t'organiser un déjeuner avec moi, tu lui avais dit, paraît-il, que l'écoute de mon disque sur TSF Jazz t'avait envoûté. Avec ton goût des mots trop grands que je découvris plus tard, tu lui racontas que ma voix t'avait retourné l'âme et que cette émotion inouïe rendait indispensable une rencontre. Il ne me précisa pas que tu étais juif mais ton étrange nom me suffit pour le comprendre. À la fois pour cette mauvaise raison mais aussi par curiosité, j'ai donc accepté de déjeuner avec toi. Une notice t'était consacrée sur Wikipédia. Sa lecture me laissa perplexe. Tu étais un drôle de type, à la fois une conscience éveillée et un emmerdeur fini, ne lâchant jamais rien dans ses combats, un jusqu'au-boutiste n'hésitant jamais à se mettre en danger, un défenseur acharné d'Israël se définissant d'abord comme un Français israélite et non l'inverse. Avant même de te rencontrer, je compris que tu étais courageux, indomptable, sans doute insupportable mais attachant.

Je te revois, assis face à moi à une de ces tables vernies d'histoires du bar de La Closerie des Lilas. Sur une plaque de cuivre était gravé le nom d'Éluard. Je connaissais ce lieu et je l'aimais. Les murs de cette brasserie respiraient l'histoire de la vie artistique parisienne du XXe siècle. Un Brésilien à cheveux longs et filasses y jouait délicatement du piano, sans tapage, créant une ambiance bluesy à mille lieues des torrents de décibels qui noient tant de restaurants dans un insupportable vacarme. J'étais assise sur la banquette de velours pourpre, face au grand tableau accroché au-dessus du bar dont tu me dis qu'il s'appelait Closing Time *et qu'il avait été peint par Jean-Claude Meynard, un artiste hyperréaliste. Son nom m'est toujours resté. J'ai appris sa mort en 2019 alors que je dînais à La Closerie avec ta petite-fille Mara, à la manœuvre dans une opération qui me brisa définitivement. Face à cette toile, tout a commencé entre nous.*

Ton physique me surprit. Tu étais grand, svelte, une silhouette élégante qui démentait tes 59 ans. Ton visage, en revanche, était un déroutant décor avec son nez épais en bec d'aigle, son large front déchiré par des vagues désordonnées de rides profondes, ses sourcils trop foisonnants, ses traits lourds, sa peau tempétueuse bousculée par les assauts permanents d'une barbe bleuie. Il avait la laideur fascinante des nuits troubles et des aubes grises. Dans ce masque disgracieux brillaient cependant des yeux bleus, francs, lumineux, si expressifs. Je remarquai aussi tes petites oreilles, délicates, des boutons de rose, dont tu me dis un jour qu'elles faisaient la fierté de ta mère lorsque tu étais enfant. Plus tard, tu me confias qu'elle t'appelait souvent en yiddish « mon petit Mensch ». Tu m'accueillis avec un large sourire et ta mocheté devint un charme aussi étrange que dévastateur. Les barrières que j'avais depuis toujours dressées pour me mettre à l'abri du piège des sentiments s'effondrèrent en un instant. Je sus aussitôt que je t'aimais et que tu étais l'homme de ma vie. Je compris dans ton regard que le coup de foudre était réciproque. Nos yeux se fixèrent plus serrés qu'une étreinte pendant un long moment de silence. Il n'y avait pas de mots pour décrire ce que nous ressentions. L'attaché de presse, subtil et raffiné, n'eut pas de mal à saisir ce qui se passait. Sous le prétexte d'un rendez-vous, il nous abandonna vite. Quand nous fûmes seuls, tu esquissas un délicat geste de la main, un volettement de papillon frôla mon visage sans le toucher, un instant de magie amoureuse qui ne nous est accordé qu'une fois dans la vie. C'était un baiser qui venait des yeux et des doigts, un baiser qui changeait le temps lui-même et m'envoûterait jusqu'à la fin de mes jours. J'eus le sentiment qu'autour de nous plus rien n'existait et que débutait une aventure pour l'éternité. Plus jamais, en effet, nous ne nous sommes quittés, même si l'existence n'a cessé de nous séparer et de nous tenir loin l'un de l'autre. Nous avons ressenti dès la première seconde la force de cette inaltérable rencontre. Je devins une autre femme et toi, sans doute, un homme différent. Nous n'étions plus des êtres solitaires, prisonniers d'eux-mêmes. Nous sortions pour la première fois de nos cachots intérieurs et une lourde porte se refermait derrière chacun de nous deux, même si nous savions que nos passés, envers et contre tout, resteraient accrochés à nos basques comme des chiens enragés.

Il est étrange que nous n'ayons pas fait l'amour ce soir-là. Un autre horizon se serait dessiné. La violence de l'amour qui est né entre nous n'a pas plongé nos corps dans un irrépressible désir physique. Nous sommes restés au pied du lit comme deux adolescents intimidés, affolés à l'idée de passer à l'acte. Nous n'étions ni l'un ni l'autre des vertueux mais nous ressemblions à des naufragés sidérés de pouvoir s'accrocher à une planche de secours. Ce sentiment aussi bouleversant qu'inconnu nous empêcha de nous jeter dans les bras de l'autre, de nous déshabiller fébrilement, de cesser d'être deux pour devenir un dans des cris de plaisir. Nous ne céderions pas à toutes les folles promesses du corps et aux grands mots usés jusqu'à la corde du discours amoureux. Nous allions avancer en nous soutenant, saisis par un besoin incontrôlable de sans cesse nous parler et nous voir, avec la peur panique qu'en baisant nous fracassions notre radeau de la Méduse.

Nous nous sommes séparés à une heure du matin après avoir passé douze heures ensemble et nous être livrés l'un à l'autre autant que nous le pouvions. Nous avons parlé de nos jardins secrets mais passé sous silence, et à jamais, nos jardins maudits. Toi, ta passion intacte pour ta femme Myriam, ta fille Déborah, ta petite-fille Mara. Moi, ma volonté de fer de combattre pour que jamais ne recommence l'innommable. Nous avons tressé nos histoires juives, deux destins à la fois distincts et communs, mélanges d'innocence et de désenchantement. Nous devinions la geôle de l'autre tout en comprenant qu'il ne fallait rien tenter pour la déverrouiller. Il m'est encore difficile de comprendre pourquoi ces mystères inavoués n'ont jamais compromis notre folle communion.

*

William aurait-il condamné ce que j'étais en train d'organiser et que je lui ai tu ? Ce fut encore un voyage aux frontières de l'enfer. La danse de ces images funèbres hante toujours la foule de mes terribles souvenirs. Près d'un quart de siècle déjà depuis des événements que j'ai l'impression d'avoir vécus hier, tant ils sont incrustés dans mes pensées. L'ordre est venu du colonel. Le dernier qu'il m'ait communiqué avant sa disparition et l'enfouissement de ses secrets. Il me parla la mort dans l'âme car il trahissait sa promesse de ne plus jamais me demander de donner moi-même la mort. Il ne me cacha rien de ses tourments mais les assuma avec cette assurance que les grands soldats mettent en toutes choses. Un guerrier ne peut vivre avec des doutes. Quand ils le submergent, il dépose les armes et devient un homme de paix.

J'ai appris au fil du temps que seul un grand combattant, féroce voleur de vies, témoin des désastres de la guerre, pourra un jour arracher Israël aux pièges de la guerre. Si ces impitoyables faucons que furent Yitzhak Rabin et Ariel Sharon n'avaient pas vu leur existence fauchée, l'un par la haine criminelle d'un Juif extrémiste, l'autre par le foudroiement aveugle de la maladie, sans doute mon crépuscule ne serait-il pas hanté par tant de spectres. Après avoir beaucoup massacré, ces deux hommes avaient cessé de croire que la paix ne peut être qu'une parenthèse entre deux guerres. Le colonel commandita des assassinats jusqu'à son dernier souffle mais, pauvre corps décharné par le cancer sur son lit d'agonie, il murmura à mon intention : « À quoi tout cela sert-il et a-t-il servi ? Sommes-nous encore capables de nous arrêter sur le chemin de la violence ? » Il n'apporta pas de réponses à ces questions malgré mon regard qui le suppliait de m'en donner. Il aura fallu que la vieillesse me ramène sur cette terrasse d'Acco pour que je commence à les trouver.

À quoi a donc pu servir l'opération que j'ai dû conduire lorsque j'ai fait la connaissance de William ? Le lendemain de notre première rencontre, je quittai précipitamment Paris pour Turin. Deux semaines plus tôt, sur ordre, mon agent artistique m'y avait signé deux concerts au Jazz Club Torino. Il avait expliqué à ses interlocuteurs qu'en raison d'une annulation, j'étais disponible. Ils avaient sauté sur l'occasion car, chaque fois que je m'y produisais, la salle était pleine à craquer. Cette venue surprise avait été annoncée comme un événement exceptionnel et la billetterie avait explosé. J'adorais ce lieu où je chantais régulièrement depuis quatre ans. L'ambiance y était toujours folle, le public jeune, très connaisseur. Même si la programmation était souvent avant-gardiste, on y aimait mon style passéiste, au point de m'appeler sur les affiches « la diva du crossover ». La communication insistait sur les deux visages de ma carrière. Les animateurs du club exigeaient toujours que je chante trois grands airs d'opéra en version jazzy. Outre la séguédille de *Carmen*, j'avais adapté « Libiamo ne' lieti calici[1] » de *La Traviata* dans un rythme endiablé et syncopé qui déchaînait le public et « Casta Diva[2] » de *Norma* que je fredonnais comme un blues, accompagnée par la seule clarinette.

Je résidais au Grand Hotel Sitea, une merveille de confort cosy, à deux pas du club, au cœur de cette ville où j'aimais me promener. L'atmosphère des rues turinoises, joyeuse sans céder à l'exubérance italienne, m'apaisait. Chaque place m'enchantait, elles étaient si différentes les unes des autres, créant une multitude de mondes au charme discret. Avec les musiciens, nous finissions les soirées au Carlo e Camillo, le bistrot de l'hôtel où se rendaient bon nombre de nos spectateurs qui nous saluaient et engageaient la conversation avec nous dans une ambiance bon enfant. J'y avais trouvé un amant d'un soir l'année précédente, un bourgeois quinquagénaire et veuf aux tempes argentées, très attentionné, voluptueux et délicat. Il vint assister au premier spectacle, sans doute dans l'espoir de connaître une nouvelle nuit avec moi. Trop de choses venaient de se passer pour que je me livre encore une fois à lui. Je pensais à William, à notre fulgurant tête-à-tête, mais j'étais aussi écrasée par l'action que j'avais conduite un jour plus tôt et qui faisait la

1. « Buvons joyeusement dans ce verre… » Giuseppe Verdi, *La Traviata*, prélude, acte I.

2. « Chaste déesse ». Vincenzo Bellini, *Norma*, acte I, scène 1.

une des quotidiens sous le titre « Le Massacre de la sainte Larissa », du nom de la martyre chrétienne brûlée vive que l'on célébrait ce 26 mars 2007.

*

La guerre à outrance contre les Palestiniens avait été décrétée depuis plusieurs années déjà au sein du Mossad. J'avais encore en mémoire le massacre de deux réservistes de l'armée israélienne, arrêtés par la police palestinienne à Ramallah en Cisjordanie et livrés à la foule. Après avoir été énucléés, ils avaient été poignardés de plusieurs coups de couteau, éventrés avec un bâton plongé dans la gorge et brûlés. Les attentats terroristes se multipliaient dans les rues. Après qu'une attaque contre un bus avait fait quinze morts à Haïfa en décembre 2001, Ariel Sharon avait lancé cet ordre : « Tuez-les tous. » Je n'avais pas été choquée par ces propos car des bombes humaines frappaient de plus en plus à l'aveugle des foules innocentes. La chasse aux Juifs était de nouveau ouverte dans la région et personne à travers le monde ne prenait la parole pour s'en indigner, encore moins pour nous défendre ou nous aider. Comme d'habitude, nous étions seuls.

Mon activité criminelle devint donc plus intense. J'ai d'abord supervisé deux opérations punitives contre des terroristes palestiniens à Paris et à Rome. Chaque fois, il s'agissait d'éliminer une seule cible. Nous utilisions des armes de poing dans des opérations éclair qui nous permettaient de mettre à l'abri nos exécuteurs. Ils agissaient en duo, l'un pour frapper, l'autre en couverture. Une fois leur mission accomplie, ils sortaient du pays, franchissaient une ou plusieurs frontières puis regagnaient Tel-Aviv avec El Al. La liberté de circuler en Europe facilitait le travail. Aucun d'entre eux n'a été repéré. J'avais constaté que nous mettions souvent trop d'hommes sur le terrain et les exposions plus que de raison. Je plaidais toujours pour des dispositifs légers. Le colonel approuvait ma démarche. J'avais conçu un plan sur ce modèle pour éliminer à New York Hasan al-Sadr, un séduisant diplomate libanais voyageant sous immunité, servant de boîte aux lettres et de facteur pour le Hezbollah. Il devait se rendre aux Nations unies et nous avions prévu de le surprendre dans sa chambre d'hôtel près de Central Park. L'établissement était immense, une véritable ruche garantissant l'anonymat. La cible ne bénéficiait d'aucune protection particulière pour être sûre de passer inaperçue. Hormis le Mossad, pas un service d'espionnage n'avait repéré ce dangereux passe-muraille. Nous n'avions pas informé la CIA de notre projet. Elle nous aurait empêchés d'agir sur le territoire américain. Nous préférions le fait accompli et donner, si nécessaire, des explications a posteriori.

C'est à ce moment-là que je pris l'habitude de résider au Gramercy Park Hotel, à New York. Le parfum de la marijuana ne flottait plus dans les couloirs comme à une certaine époque mais les murs restaient hantés par les ombres de Schnabel, Warhol, Basquiat, Bob Marley, Bob Dylan et tant d'autres. J'imaginais dans cet ébouriffant décor néo-Renaissance les disputes du couple Edmund Wilson-Mary McCarthy, les dîners de James Cagney, le premier et bref mariage d'Humphrey Bogart avec l'actrice Helen Menken. Les connaisseurs songeaient au mythique joueur de base-ball Babe Ruth accoudé au bar pendant la Grande Dépression. Sans cesse je pensais au jeune John Fitzgerald Kennedy entraînant l'une de ses nombreuses conquêtes féminines dans sa chambre au deuxième étage. Par chance, j'ai toujours occupé cette petite suite dont les fenêtres donnent sur le parc privé de Gramercy, un cocon d'histoires coquines !

Le plan que j'avais élaboré était minutieux et j'étais certaine que la proie ne pouvait nous échapper. Je chanterais au Village Vanguard après avoir donné l'ordre de passer à l'action. En le menaçant de leurs armes, deux kidons injecteraient dans l'un des bras du Libanais un produit mortel presque impossible à détecter. Tout aurait l'apparence d'une crise cardiaque. Un message codé me parvint l'avant-veille de l'opération. Au dernier moment, le type avait renoncé à quitter Beyrouth. J'enrageai et redevins celle qui avait assassiné Ali al-Shihabi à Damas et Elisabeth Reid à Londres. Je figurais sur la liste des meilleurs agents. Tout le monde dans la hiérarchie savait que je pouvais tuer de sang-froid. Je l'avais fait, je pouvais le refaire. Lorsque le colonel apprit que le diplomate qui nous avait échappé à New York se rendait à Turin au printemps 2007 pour y rencontrer trois Iraniens, il n'hésita pas, balaya ses scrupules et sa parole donnée. Depuis New York, je savais presque tout de ce type, ses habitudes, son caractère, ses réactions. Son élimination m'incombait. Le colonel me connaissait comme s'il m'avait faite, ce criminel m'avait échappé une fois, la seconde serait la bonne.

*

Deux agents, Anna et Vittorio Bonsignor, un couple marié d'une quarantaine d'années, Italiens d'origine juive tous les deux, étaient installés dans la capitale du

Piémont. Ils y tenaient depuis une vingtaine d'années une agence de voyages via Po, à l'angle de la via Giambattista Bogino, un bon poste de pilotage pour des missions de renseignement. Experts en informatique, ils devaient étudier les réservations d'hôtel et surveiller en priorité les listes de passagers sur les vols en provenance du Moyen-Orient et des pays arabes du sud de la Méditerranée. Un répertoire de cibles prioritaires du Mossad leur avait été communiqué. Trois semaines avant qu'il ne vienne, ils avaient repéré le nom du diplomate libanais sur deux vols : Beyrouth-Athènes puis Athènes-Malte. Le service n'avait plus lâché Sadr malgré ses chemins détournés. Il était resté une semaine à La Valette avant de gagner Rome où il avait résidé huit jours dans l'ambassade libanaise, via Giacomo Carissimi, aux abords de la Villa Borghese. On l'avait vu se promener plusieurs fois dans ce parc en compagnie d'autres diplomates de son pays. Des photos avaient été prises pour tous les ficher comme potentiellement dangereux malgré leur bonhommie. À peine était-il installé dans la capitale italienne que Sadr apparaissait sur le listing d'un vol à destination de Turin. Une recherche avait aussitôt été lancée dans les hôtels puis sur Airbnb. La pêche avait été rapide et efficace. Le Libanais avait loué pour une semaine un grand appartement dans la via della Rocca. L'immeuble donnait sur la charmante piazza Maria Teresa organisée en un vaste square planté d'arbres. Le choix était malin. On pouvait accéder au bâtiment par plusieurs rues et l'approcher de manière discrète en traversant la place arborée. Tout fut dès lors mis en œuvre pour tenter de comprendre les raisons de ce dernier déplacement. Les services constatèrent au bout de cinq jours que deux diplomates iraniens travaillant dans des ambassades européennes différentes, l'un en Allemagne, l'autre en Suisse, venaient de réserver des vols pour Turin. Un troisième, régulièrement suivi à Rome, avait opté pour le train. Tous avaient acheté des billets aller-retour. Ils arriveraient les uns après les autres, les 23, 24 et 25 mars, mais repartiraient tous le 28. Le Libanais atterrirait le 25 pour un séjour d'une semaine. Mi-mars, une fois le puzzle à peu près reconstitué, la décision fut prise de solliciter le Jazz Club Torino et de m'envoyer le 21 mars sur place pour préparer leur élimination. Il fallait frapper le 26 pour les empêcher de mettre au point un attentat à Turin ou ailleurs.

C'était un devoir et peu importaient mes états d'âme. Ainsi que l'avait anticipé le colonel, j'ai accepté cette mission sans qu'il ait à insister. Dieu me pardonne la haine et l'aveuglement qui m'habitaient alors ! Envers et contre ma volonté, j'étais encore une machine à assassiner. Le colonel consentit à ce que je travaille en solo tout en exigeant que je n'agisse qu'à coup sûr. Il n'ajouta pas « sans mettre votre vie en danger ». On m'avait si souvent répété d'être toujours la première à tuer que cette phrase était devenue inutile !

Vittorio et Anna n'avaient jamais procédé eux-mêmes à des meurtres mais ils disposaient d'armes et d'explosifs pour les mettre, si nécessaire, à disposition des kidons. Avant de les rencontrer, je fis un détour par la via della Rocca afin de repérer l'immeuble et de l'inspecter. J'avais à peine quarante-huit heures d'avance sur la première cible et six jours de liberté avant de me produire sur scène le 27 mars à 21 heures. Le temps était doux, le ciel d'un bleu intense. L'air avait un parfum de jeunes pousses vertes. Je restai un long moment assise sur un banc de la piazza Maria Teresa en faisant mine de prendre le soleil. Le visage mangé par des lunettes noires, je pus observer tous les mouvements dans le square et autour de l'immeuble avant d'y pénétrer. Mes contacts s'étaient procuré le code d'entrée et me l'avait communiqué. Ils avaient obtenu de visiter les lieux pour le compte de clients étrangers de passage à Turin, fait des photos et dressé un plan détaillé. Ils avaient même réussi à prendre une empreinte des deux clés d'entrée et les avaient reproduites. L'appartement occupait tout le premier étage et n'avait qu'un seul accès, une épaisse double porte en chêne foncé vernissé. Pas d'escalier de service pour agir comme à Londres. Pas de double issue pour moi et pour les occupants. Un vrai piège à rats. Les quatre hommes se retrouveraient sans doute là. Je fis le pari que la réunion aurait lieu à la tombée de la nuit le 25 ou le 26. Le couple de l'agence de voyages assurerait une surveillance constante dès que le diplomate serait installé. La configuration de la piazza Maria Teresa lui permettrait de le faire sans courir le risque de se faire remarquer depuis les fenêtres de l'appartement. Il m'alerterait lorsque les trois Iraniens, qui logeaient dans trois hôtels différents mais proches de la via della Rocca, rejoindraient la cible principale. Je passerais alors à l'action.

Mon hôtel était à six minutes à pied de l'immeuble et à moins de trois minutes du Jazz Club Torino. Ma zone d'action était parfaitement balisée. Il ne me restait plus qu'à m'équiper. J'avais prévu trois grenades offensives pour dévaster l'appartement et un Glock 19 semi-automatique, équipé d'un chargeur de dix-sept coups, pour achever les cibles si elles réchappaient de l'explosion. C'était peu probable. Après l'opération, je restituerais l'arme au couple de l'agence à proximité du Grand Hotel Sitea, devant le palais Benso di Cavour, une belle construction baroque qui justifiait que l'on s'arrête devant elle pour l'admirer. Pour ne rien laisser au hasard, je pris soin de me rendre dans les hôtels des Iraniens. Un seul pouvait leur servir de lieu de rencontre, le Piazza Carlina, un établissement grouillant de clients, occupant un somptueux bâtiment du XVIIe siècle en fer à cheval. Dans l'agitation permanente, une rencontre pouvait y passer inaperçue ou paraître anodine. J'entrai dans l'hôtel pour en faire le tour, pris le temps d'inspecter la vaste verrière qui servait de bar-restaurant au rez-de-chaussée, repérai un petit salon permettant de s'isoler pour une discussion confidentielle et visitai le toit-terrasse où l'on pouvait aussi prendre un verre et admirer la flèche spectaculaire du Mole Antonelliana. S'ils se retrouvaient là, il me fallait un plan. Je n'aurais d'autre choix que de créer une diversion pour les isoler, balancer une grenade ou les abattre avec le Glock.

Il fut convenu avec les Bonsignor qu'ils me remettraient les armes dès le 25, en venant me voir séparément à l'hôtel. Avant cela, tous les matins nous étudiâmes sur le terrain les deux opérations envisagées, l'appartement ou l'hôtel. L'après-midi, j'allais au club, je retrouvais mes musiciens et nous répétions pendant plus d'une heure malgré notre complicité depuis plusieurs années. Nous cherchions avant tout à élargir notre répertoire ou à nous offrir des séquences d'improvisation plus surprenantes, notamment sur les chansons puisées dans le lyrique. Au fil des ans, j'allais de plus en plus loin dans leur détournement et mon quintet adorait ça.

*

Le repérage des Iraniens fut une formalité. Le couple de l'agence s'était réparti le travail afin de les photographier dès leur arrivée à leur hôtel. Pour Hasan al-Sadr, c'était inutile, j'avais étudié de nombreux clichés et j'aurais pu reconnaître au premier regard ce visage grêlé avec une barbe bien taillée et une masse de cheveux noirs soigneusement coiffés. Comme prévu, toutes les cibles furent sur place le 25, mais elles ne bougèrent pas ce soir-là. J'en profitai pour rôder une fois encore via della Rocca la nuit venue. Derrière des rideaux de tulle blanc opaque, la lumière brillait dans le grand salon donnant sur la piazza Maria Teresa. C'est là que les quatre hommes discuteraient, loin de tout regard, s'ils se réunissaient dans l'appartement. Je fis également un détour par l'hôtel Piazza Carlina où ils pouvaient se retrouver, courant certes le risque de s'exposer en public mais faisant aussi le pari d'être à l'abri au milieu de la foule. Ils savaient que les services occidentaux ne prenaient jamais le risque de provoquer un massacre. De nombreux consommateurs se pressaient encore dans la véranda à 22 heures. Si je devais y agir, il y aurait sans doute des victimes innocentes dans l'hôtel. « Mission prioritaire, avait dit le colonel, qu'importe le coût en vies humaines. » J'appelai le couple Bonsignor et demandai que l'un des deux planque toute la nuit dans une voiture au pied de l'immeuble du diplomate. L'autre prendrait le relais au lever du jour. Tout était à présent en place.

Jamais je n'avais tué des innocents. Je décidai de marcher encore un moment pour chasser cette idée et ne pas la laisser se transformer en hantise. Elle s'évanouit au fil de mes pas et de mes réflexions sur la manière d'opérer. On m'avait aussi appris cette méthode : tout rationaliser était le meilleur moyen de ne pas tomber dans le piège de la culpabilité. L'obsession du résultat domptait les émotions. Quand la fatigue me gagna, enfin redevenue plus sereine, je rentrai à l'hôtel. Avant de me coucher, je fumai une cigarette, un geste que je ne m'autorisais guère, soucieuse de préserver ma voix. Je n'avais cédé à cette envie qu'après avoir basculé dans le jazz, univers de la fumée, de l'alcool et, souvent, de la drogue. Ces dérives apportaient à certains un supplément d'âme. Mon pianiste prenait de temps en temps quelques saloperies qui démultipliaient son talent dans l'improvisation. Il ne s'en cachait pas et personne dans notre formation ne lui en faisait le reproche. Ce soir-là, la cigarette finit de m'apaiser. Elle me permit de me perdre dans les méandres de l'oubli. J'avais la force singulière de faire en moi un vide abyssal pour échapper à la réalité. Les volutes de la cigarette m'emmenèrent dans des jardins sauvages où je déambulai en souriant. Enfin sortie de ce moment d'abandon, ma cigarette écrasée dans un cendrier en verre massif, je songeai à William, à cet homme nouveau qui venait d'entrer dans mon existence et s'était déjà installé au cœur de mes sentiments. Je ne savais comment interpréter cette situation et la signification de cette relation. Il était là, à la fois loin de moi et en moi. Je me glissai nue dans le lit, les draps étaient frais, je frissonnai de plaisir, je l'imaginai à mes côtés et je m'endormis avec lui, peut-être en souriant. Aucun cauchemar ne vint en tout cas troubler mon sommeil cette nuit-là.

Mon cerveau était aussi bien envoûté par cette rencontre que programmé pour repousser les doutes au moment de passer à l'acte. Je ne me voyais pas pour autant en Docteur Jekyll et Miss Hyde. Mes deux mondes ne se croisaient pas, l'un était le lieu de la bataille entre le bien et le mal, l'autre le territoire du bonheur et du malheur personnels. L'aurait-il voulu que William n'aurait rien pu empêcher. Dans les cénotes de l'inframonde, je n'avais pas d'autre choix que d'être une tueuse. Damas et Londres m'avaient malgré tout appris que je restais un être humain. Avant le crime, les battements de mon cœur s'accéléraient et l'angoisse, sans dire son nom, activait mon instinct de survie lorsque je m'approchais de mes proies pour les abattre. Je n'échapperais pas cette fois encore à ces réflexes. Pour entretenir ma détermination et chasser le fantôme de la peur, j'imaginai les conversations des quatre cibles, la planification d'attentats pour semer la terreur, la livraison d'armes pour les réaliser, des propos de fausses victimes construits sur la haine des Juifs et des Occidentaux, des fanatiques en croisade persuadés d'enflammer des centaines de millions de coreligionnaires, le tableau de l'horreur. Une certitude m'animait, si j'échouais, ils voleraient des multitudes d'existences dans leurs jeux de massacre. Prendre la leur, c'était en sauver tant d'autres !

*

Le 26 mars, je me lève très tôt, reposée par six heures de sommeil sans nuages. Au petit matin, Anna a rejoint Vittorio, qui a passé la nuit dans sa Fiat Punto grise aux vitres fumées près de la via della Rocca. Les Bonsignor me téléphonent vers 10 heures. La cible a bougé à 8 heures. Depuis les fenêtres de son salon, Sadr a jeté un bref coup d'œil sur la place, écartant avec prudence les rideaux d'une dizaine de centimètres à peine. À 9 heures, il est descendu prendre un café et grignoter une viennoiserie chez Pepe, un bistrot de la via della Rocca donnant sur la piazza Maria Teresa. Il y est resté une vingtaine de minutes, le temps de feuilleter *La Stampa*, puis il a fait quelques pas dans le square avant de retourner à son appartement. Il est aux aguets. Mine de rien, il a défriché le terrain et vérifié que personne ne le suivait ni ne l'observait. Mes deux agents sont rentrés chez Pepe pour avaler un ristretto et pensent avoir échappé à sa vigilance en veillant à toujours lui tourner le dos. Ils n'ont pas traîné et se sont éloignés pour se positionner hors de sa vue. Ce type modifiera ses plans s'il se sait identifié. Il a réussi jusqu'ici à se balader à travers le monde sans se faire coincer. Il a appris à réduire au minimum la part du hasard dans ses opérations. Il est si fort que je crains malgré tout qu'il ait repéré Anna et Vittorio. Je décide de prendre le relais. Je sens que les événements vont se précipiter. Mes deux agents décrochent à 11 h 10, au moment où j'arrive sur place. Je suis en pantalon noir, je porte un manteau de printemps en coton gris très léger pour être libre de mes mouvements et je trimbale à l'épaule un grand sac fourre-tout en cuir souple transformable en sac à dos. N'obéissant plus qu'à mon intuition, j'y ai glissé le Glock, deux chargeurs, les trois grenades et une perruque d'un blond discret que j'emporte toujours dans mes bagages au cas où. Comme personne n'est proche de moi et ne me suit au moment où j'atteins la piazza Maria Teresa, je me glisse au milieu d'un haut massif d'arbustes et l'ajuste tout en m'assurant de ne pas être vue. Je m'installe sur un banc et feins de lire le *Corriere della Sera*. Mon attente n'est pas très longue. Hasan al-Sadr quitte son appartement à midi et quart.

Il est habillé d'un jean, d'une chemise blanche et d'un blouson beige. Son sac à dos marron foncé est déformé par son contenu. Il a tout d'un touriste passe-partout flânant d'une allure décontractée et d'un pas tranquille. Il prend des rues de traverse, revient sur ses pas, comme s'il se laissait porter par son humeur ou le hasard. Je fais le pari qu'en déambulant, il se dirige peu à peu vers l'hôtel Piazza Carlina. Au risque de le perdre, je l'abandonne et me dépêche pour m'y installer bien avant lui. On me propose une table sur la gauche de l'immense véranda donnant sur la très belle place en U de l'hôtel. Dix minutes plus tard, alors qu'un serveur m'apporte la carte et que je commande une salade de tomates à la mozzarella, Sadr pénètre comme je l'espérais dans le bar-restaurant. Il marque un imperceptible temps d'arrêt, un chien de chasse. Il balaie la salle d'un regard furtif et sournois. Tout va très vite, son corps se relâche, rien ne semble plus l'inquiéter, un maître d'hôtel s'approche de lui, ils échangent deux mots, Sadr esquisse un geste vers des tables isolées sur la droite, très loin de moi. Je l'aperçois encore, malgré la foule de clients déjà attablée au milieu de la salle. Il s'installe, pose avec nonchalance son sac à dos sur l'une des quatre chaises d'une table voisine inoccupée, hèle un serveur qui lui tend aussitôt le menu, le retient d'un geste sec de la main et passe commande. Il est une heure moins le quart. De nouveau seul, il sort un portable de la poche intérieure de son blouson, compose un numéro, parle brièvement, raccroche puis replace sans précipitation le téléphone dans son vêtement. Il est détendu, jambes, me semble-t-il, allongées, le visage offert au soleil qui illumine et réchauffe la verrière. Il ne manifeste ni impatience ni inquiétude. Un tueur paisible. Ce calme est la preuve de son savoir-faire. Alors qu'on lui apporte un plat de pâtes, un homme vient s'asseoir à la table voisine tout en lui tournant le dos. Je le distingue mal mais je suis certaine qu'il s'agit de l'Iranien résidant dans l'hôtel. Les deux hommes s'ignorent. Peut-être échangent-ils deux mots sans se regarder mais je suis trop loin pour en être sûre. Un serveur aborde le type, lui propose la carte. Il offre pour toute réponse une dénégation de la tête, se dresse presque d'un bond et repart à grands pas avec le sac à dos marron de Sadr, qui feint de ne rien voir. Hasan patiente quelques secondes sans bouger puis, en un éclair, s'assure que le transfert du sac est réussi. Il observe la salle un instant, sourit et se replonge dans son plat de pâtes. Son contact sort au même moment de la véranda, passe devant la réception et se dirige sans hésiter vers les ascenseurs desservant les chambres. Je me lève, m'approche d'un serveur pour lui demander où sont les toilettes, dont il m'indique le chemin avec exubérance. Occupé à manger, Hasan al-Sadr ne remarque rien. La partie qu'il vient de jouer est terminée. Il n'y aura pas de réunion, seulement des échanges invisibles avec ses complices.

J'arrive devant les trois ascenseurs. Celui du centre quitte le rez-de-chaussée. J'observe sa progression. Il s'arrête au troisième étage. Je file aux *bagni* et appelle l'agence de voyages. Vittorio décroche. Il me confirme ce qu'il m'a déjà indiqué et que j'ai négligé, l'Iranien occupe la chambre 324. Je lui raconte ce qui vient de se passer et qui remet en cause tous nos plans. Je suis convaincue que Hasan al-Sadr a profité de son immunité diplomatique pour transporter des explosifs et qu'un attentat est en préparation. À Turin. Mais où ? Contre qui ? J'ordonne à Vittorio et Anna de se séparer pour aller planquer au plus vite devant les hôtels des deux autres Iraniens débarqués la veille. Je reviens ensuite dans la salle du restaurant. Hasan en a fini avec son copieux plat de pâtes et passe une autre commande. Cinq minutes plus tard, on lui sert une pâtisserie. Je regarde ma salade à moitié entamée et renonce à la finir. Je hèle un serveur, demande un café et l'addition. Un sentiment étouffant m'envahit, le temps, désormais, court contre moi. 13 h 50. Dix minutes s'écoulent. Tour à tour, les Bonsignor m'appellent. Les Iraniens ont rendu la clé de leur chambre et disparu dans la nature. Je me reproche de ne pas avoir mobilisé plus d'agents. Anna a heureusement découvert que l'un des deux a loué une voiture chez Hertz, une Fiat Tipo cinq portes noire. J'ordonne au couple de regagner leur agence où je les retrouverai au plus vite. Je n'ai plus le moindre doute. Très malin, Sadr a mis en place un système de leurres pour brouiller les pistes et faire en sorte que nul ne puisse savoir qui, dans son équipe, va agir. Je pourrais éliminer tout de suite l'Iranien au troisième étage mais je suis sûre que Sadr, en métronome, va avoir des échanges rapides et réguliers avec lui, maintenant que l'opération est en cours. Il s'alarmerait vite de son silence et comprendrait que le groupe est démasqué. Je l'observe à l'autre bout du restaurant. Il est calme, détendu, termine ce qui semble être un tiramisu, s'empare de sa serviette, s'essuie avec application la bouche et la barbe, puis il se passe les deux mains dans les cheveux tout en s'étirant, ressort son téléphone, le consulte, lit un message écrit, pose enfin le portable devant lui sur la table. Cette fois, il attend un appel. Deux minutes plus tard, il le porte à l'oreille droite. Pas un mot de sa part, brève conversation. Il replace l'appareil dans son blouson et demande aussitôt d'un claquement de doigts grossier qu'on lui apporte l'addition. Le colonel m'a toujours dit d'être attentive au langage corporel des ennemis. La manière impatiente avec laquelle Sadr vient de lever le bras trahit une tension nouvelle qui annonce sans doute le passage à l'action. Vingt minutes s'écoulent avant qu'il ne bouge. Il sort enfin du restaurant, ne s'éloigne guère, fait le tour de la Piazza Carlina en prenant son temps. Il regarde sa montre. Moi aussi. Il est 14 h 35.

Je l'observe depuis la véranda, immobile à ma table. Mon téléphone sonne. Le numéro m'est inconnu mais je sais tout de la voix qui murmure : « Le couple. » Le colonel raccroche sans un mot de plus. Je comprends sur-le-champ que ce sont Vittorio et Anna qui sont visés, la plaque tournante du Mossad dans le nord de l'Italie, sans doute encore plus importante que moi-même je ne l'ai imaginé. Dans la guerre de l'ombre, ai-je appris, les attentats les plus mystérieux visent toujours la logistique d'un réseau pour le désorganiser et le paralyser. Retisser ces toiles d'araignée prend un temps infini et laisse des espaces ouverts aux ennemis.

Hasan al-Sadr quitte enfin la place et semble se diriger vers la piazza San Carlo. Je me précipite hors du restaurant et fonce à l'agence de voyages via Po. Tout, dans ce centre-ville historique, est proche. J'y parviens en moins de cinq minutes. Je pousse la porte. Les Bonsignor m'attendent, ils ont reçu un message codé et savent déjà qu'ils sont visés. Nous faisons la même analyse. Les quatre hommes vont converger vers l'agence. Trop précieux pour être mis en danger, Hasan al-Sadr restera sans doute en retrait. La Fiat Tipo noire viendra probablement stationner devant l'agence où ne sont autorisées que les livraisons après 9 heures le matin. La voiture sera aussitôt abandonnée par son conducteur. Deux ou trois minutes plus tard, les deux autres membres du commando la feront exploser à distance et veilleront à finir le travail dans les décombres, s'il y a des survivants. J'imagine que le nombre de victimes ne les préoccupe pas, ils veulent éliminer Vittorio et Anna à n'importe quel prix. Mais à quelle heure ? Il nous paraît évident qu'ils vont frapper vers 18 heures, quand il y aura foule dans toutes les rues. Ils pourront ainsi se perdre dans cette multitude. L'un d'entre eux effectuera un repérage, s'arrêtera un instant devant la vitrine de l'agence tapissée d'annonces pour s'assurer que les Bonsignor sont bien là. Un deuxième vérifiera que le stationnement est libre et donnera le feu vert à la voiture afin qu'elle vienne se garer. Après, tout ira très vite. Anna et Vittorio auront une minute pour prendre la fuite, sortir de leurs bureaux par une issue de secours, un couloir étroit débouchant sur la cour de leur immeuble et une ruelle. De mon côté, je repérerai les trois Iraniens et ferai tout pour les liquider avant l'explosion. Ensuite, j'irai éliminer Hasan al-Sadr dans son appartement.

*

La presse a eu raison de titrer le lendemain « Le Massacre de la sainte Larissa ». À 16 h 10, je quitte l'agence par la porte de derrière après que Vittorio est sorti fumer une cigarette pour s'assurer que la voie est libre. Je recommande au couple de se munir chacun d'une arme. Le commando a dû repérer tous les lieux et un des trois Iraniens pourrait bien se planquer près de cette issue de secours au moment de l'explosion, afin de pénétrer ensuite dans l'agence et d'y vérifier que les deux cibles n'ont pas survécu. En changeant plusieurs fois de direction dans l'entrelacs des rues turinoises pour déjouer une filature, je reviens via Po. Il est 16 h 25 et déjà l'avenue s'anime. Je traîne un moment sous les arcades de l'autre côté de l'agence en profitant du grouillement de boutiques et de bouquinistes. J'avance sans jamais quitter des yeux le magasin des Bonsignor. À 16 h 45, alors que je reviens vers la piazza Castello, je vois Hasan al-Sadr entrer dans le Caffè Fiorio, un des lieux de rencontre préférés des Turinois. La plupart des touristes font un arrêt dans cet établissement historique. Le diplomate ne peut pas être mieux protégé que dans cette institution tout en étant très proche du lieu de l'attentat. Quand tout explosera, sûr de sa réussite, il filera en profitant de la panique. De l'horlogerie fine, montée par un maître du terrorisme.

Le spectre d'un massacre me gagne et décuple ma haine envers ces assassins aveugles. Comme à Damas et à Londres, mon rythme cardiaque s'accélère alors que tout se précipite. 16 h 51. Inutile de surveiller Sadr, il n'est là que pour observer et superviser. Je repars vers l'agence, la dépasse et croise l'un des trois Iraniens, habillé d'un banal blouson bleu marine. Il remonte d'un pas nerveux la via Po en direction de la boutique de voyages depuis la piazza Vittorio Veneto près du fleuve. Juste avant de l'atteindre, il tourne sans hésiter à gauche dans la via Giambattista Bogino. Je fais demi-tour, me faufile au milieu de la foule de plus en plus dense pour le suivre de très près. Sans même se retourner, il s'engouffre dans la première ruelle à droite. Je suis vingt mètres derrière lui, dissimulée par trois vieilles mamas bavardes et bruyantes, quand il s'engage dans la petite cour à l'arrière de l'immeuble de l'agence. Pas le temps d'alerter Anna et Vittorio. Je m'approche du patio. Personne sur les balcons ou aux fenêtres. L'Iranien est maintenant devant l'issue de secours. Il me tourne le dos, occupé à la déverrouiller. Regard circulaire, la cour est vide. Je sors le Glock de mon sac, je bondis en avant et tire à huit mètres alors que ma cible se retourne brusquement et amorce un geste pour s'emparer de son arme dans son blouson. La détonation dure quelques millisecondes mais les murs des immeubles la réverbèrent comme un énorme coup de tonnerre. La balle 9 mm parabellum entre dans la tempe gauche de l'Iranien. Il semble se débattre pour ne pas tomber mais la mort l'a déjà saisi lorsque son corps s'écrase dans un bruit mat sur les dalles de pierre brute. Des fenêtres s'ouvrent, je leur tourne à présent le dos et décampe. Personne ne pourra me reconnaître. À ce moment précis, une explosion assourdissante déchire l'air. Je remonte la ruelle en courant, Glock brandi devant moi. Deux hommes de type oriental foncent dans ma direction, je leur tire à vue dans les jambes. Touchés, tous les deux trébuchent, s'écroulent sur le sol, tentent de se redresser tout en fouillant chacun, dans des gestes désordonnés, l'intérieur de leur blouson. Je déboule sur les deux derniers complices de Sadr, leur décoche des coups de pied dans la tête qui les font hurler de douleur, puis je pivote pour ne plus faire face aux personnes affolées qui se jettent encore dans la via Bogino en fuyant la via Po. À bout portant, je colle à chacun une balle dans la tête et détale sans me retourner pour qu'on ne puisse m'identifier. Je prends à gauche puis, cent mètres plus loin, à droite et cesse de courir. Je reviens d'un pas rapide vers la piazza Maria Teresa. Hasan al-Sadr doit être en train de se replier. Je m'installe sur un banc du square, au milieu des arbres, à cinq mètres d'un autre banc sur ma gauche où se trouve un jeune couple en train de s'embrasser. Quinze minutes s'écoulent. Le diplomate arrive par la via Giovanni Plana d'un pas lent, les mains dans les poches de son blouson. Il s'engage dans le square, se retourne pour être sûr de ne pas être suivi, s'approche de moi qui aie les jambes allongées, les bras étalés, la tête renversée en arrière et les paupières presque closes pour profiter des rayons de soleil qui filtrent à travers les arbres. Pas de lunettes noires pour dissimuler mon visage, il s'en inquiéterait. Je devine qu'il ralentit, m'observe, ne me lâche pas des yeux, passe devant moi, s'éloigne d'un ou deux mètres, marque un bref temps d'arrêt, pivote et me fait face. Je ne bouge pas. Le Glock est indécelable, entre mon dos et le banc, posé derrière mes fesses. Ma main droite est prête à s'en emparer pour tirer. Son regard me lasérise puis, rassuré par mon indifférence et mon corps décontracté, s'en détache pour se porter sur les deux jeunes gens qui n'en finissent pas de s'étreindre. Deux secondes plus tard, Sadr est mort d'une balle en pleine tête. La déflagration fait bondir d'effroi la fille et le garçon enlacés. Ils n'ont rien vu. Le pistolet est déjà dans mon sac. Je hurle pour semer la confusion, ils prennent la fuite vers la via Plana tandis que je m'éloigne en courant vers la via della Rocca, à l'opposé du chemin menant à mon hôtel. Dans l'encoignure d'un porche, je me débarrasse de ma perruque blonde et la glisse dans mon sac avec mon manteau. Personne ne peut être surpris de voir une femme se promener en chemisier pour profiter de ce bel après-midi de printemps. Je simule quinze minutes de fausse flânerie alors que la ville vibre d'affolement comme si l'explosion l'avait partout atteinte. Des gens courent dans tous les sens. Je regagne l'hôtel Sitea, interroge la réceptionniste : « Que se passe-t-il ? Tout le monde semble saisi de panique. » « Un attentat près de la piazza Castello », me répond-elle en me montrant un écran de télévision qui diffuse déjà des images de la via Po fermée à la circulation. Je feins la peur et monte dans ma chambre. Je détruis ma perruque, déchiquette mon manteau et flanque le tout dans un sac en plastique. J'attends que Vittorio et Anna me téléphonent. Ils ne le feront que deux heures plus tard, depuis l'hôpital où on les a transférés pour soigner leurs blessures, des coupures au visage et des plaies superficielles sur les bras et les jambes provoquées par les éclats de pierre et de ferraille. Tout a sauté alors qu'ils étaient dans le couloir de l'issue de secours. Le blast les a soufflés dans un amas de décombres. À l'extérieur, on compte dix-huit morts et une cinquantaine de blessés plus ou moins graves. Les télévisions parlent déjà du massacre de la sainte Larissa. À 20 heures, comme convenu, je me rends au Jazz Club Torino pour une répétition. Sur mon chemin, je disperse dans une multitude de poubelles mes bouts de perruque et de manteau. Nous travaillons depuis une heure quand le directeur du théâtre, désolé et accablé, vient nous demander d'observer une minute de recueillement au début du spectacle le lendemain soir. *The show must go on.* Aucun appel du colonel. Mission accomplie.

*

Après le massacre de la sainte Larissa, le doute s'est insinué en moi de manière définitive. Sans être encore prise dans l'engrenage destructeur de la contrition, je me jure alors de ne plus jamais brandir une arme. Décision enfin irrémédiable. Jamais je ne reviendrai dessus. Je ferai tuer sans plus jamais tuer moi-même, je donnerai des ordres sans commettre les gestes qu'ils impliquent. Cette dissociation entre mes pensées et mon comportement avait un nom : hypocrisie. Une hypocrisie criminelle dont le poids très vite m'écrasa. Je n'ai jamais cherché à donner une apparence trompeuse de moi-même, j'ai ordonné des meurtres et ne m'en suis jamais lavé les mains. Mon changement de rôle n'a pas revêtu les accessoires du bien. Assassiner par personne interposée et laisser d'autres en supporter la terrible responsabilité me tourmenta tout autant que me soulagea l'idée de ne plus être confrontée à la sauvagerie de la mort donnée. J'étais consciente de la cruauté de mes décisions tant pour les cibles que je désignais que pour les exécuteurs que je choisissais. Cette lucidité fit naître en moi une souffrance intime nouvelle, mes remords se nourrissant de mes choix et plus de mes actes. La violence physique qui m'avait jusqu'alors animée sans me détruire, car j'étais confrontée à la laideur des visages ennemis, devint un tourment psychologique plus difficile à supporter. Même si je n'étais innocente d'aucun sang, la fierté des succès remportés sous mes ordres me permit néanmoins de tenir en laisse cette culpabilité destructrice.

De retour à Tel-Aviv quelques jours plus tard, j'informai le colonel du caractère définitif de ma décision mais je lui confessai aussi le malaise qui m'envahissait, un sentiment coupable de dérobade et la peur de la délégation du meurtre. Assis derrière son bureau dans une salle aussi sinistre que le monde dans lequel nous évoluions, il m'écouta avec attention. Sa réponse me surprit. Lui aussi avait connu ce désarroi lorsqu'il avait abandonné l'opérationnel pour intégrer l'état-major. « Les vrais chefs de guerre, venus du terrain, qui ont tué de leurs propres mains, affrontent tous à un moment donné ce déchirement délétère qu'est l'abandon du front. Parfois, ils le vivent comme s'ils commettaient une trahison, en souffrent, se sentent même salis. Il faut se fabriquer une épaisse cuirasse, seul moyen de résister à cette effroyable culpabilité, de la dépasser ensuite pour acquérir la conviction de la nécessité de son rôle et continuer à croire qu'on est au service du bien. Vous ne tuerez plus, je vous en refais la promesse et ne reviendrai plus sur elle. En revanche, je vous demanderai encore de faire abattre des ennemis car la cause que vous défendez vous dépasse. Oui, dépassez-vous, comme votre père l'a fait en se sacrifiant. »

Il se leva, je fis de même, il fit un pas vers moi pour me serrer dans ses bras comme mon père aurait pu le faire. Je fis un pas en arrière. Pour la première fois, cette évocation déclenchait en moi une vive irritation. Mon admiration pour mon père ne s'éteindrait jamais, elle ne pouvait être cependant ce cachot dans lequel le colonel sans cesse m'emprisonnait. Je lui rétorquai : « Ne me parlez plus de mon père, il ne vous appartient pas et vous n'êtes pas son exécuteur testamentaire. Je ne vous reproche rien mais ne jouez plus avec mes sentiments. Servir mon pays suffit comme argument. Je n'ai plus rien à venger. Je ne suis plus qu'une Israélienne au service de son pays. »

Cet homme d'ordinaire si sûr de lui baissa les yeux et, pendant quelques instants, ne put affronter mon regard. Il m'avait manipulée et, soudain, je doutai à nouveau qu'il ait connu mon père. « Qui êtes-vous vraiment ? » lui lançai-je. Il redressa la tête. Si rien n'avait changé dans son apparence, je ne voyais plus qu'un vieil homme sachant que sa fin de vie approchait. Un cancer à évolution lente, qui mettrait trois ans à le dévorer, venait de prendre possession de son corps. Il hésitait à parler. J'aboyai littéralement : « Dites-moi pour une fois la vérité ! » Il retourna derrière son bureau et se laissa choir dans son fauteuil avec un grand soupir de lassitude. Il se reprit en une poignée de secondes puis, de sa voix impérative retrouvée, m'ordonna de me rasseoir. Je le fis à contrecœur. J'eus alors le sentiment étrange de me pencher au-dessus d'un gouffre. Il hésita à m'y précipiter. Il se mit enfin à parler. Une fois de plus, ma vie en fut bouleversée. Il évoqua sa jeunesse et sa rencontre avec une jeune femme d'Acco. Il s'interrompit avant de préciser d'un ton neutre : « Votre mère. » Il ne me laissa pas le temps de revenir de ma stupéfaction. Il ajouta : « Je l'ai connue bien avant de me retrouver au combat aux côtés de votre père. Nos familles étaient proches, nous avions le projet de nous marier et nos parents s'en réjouissaient. Puis, en mai 1953, je lui ai présenté mon chef, ce jeune héros que j'admirais tant pour son audace. Je n'ai rien vu de ce qui s'est passé entre eux dès cette première rencontre, ce coup de foudre qui a dévasté mon existence. Elle ne m'a pas abandonné tout de suite, elle a hésité, prisonnière des convenances, puis elle s'est résolue à me quitter. Elle a épousé votre père le mois d'octobre suivant. »

Mon corps frémit de la tête aux pieds. Peut-être trembla-t-il de peur pour la première fois. Le soupçon se répandit dans mes pensées à la vitesse d'un fulgurant poison. Très tôt, sans alors en être troublée, j'avais compris en comparant la date de mariage de mes parents et celle de ma naissance en janvier 1954 que j'avais été conçue hors de leur union officielle. Il vit la détresse qui m'envahissait. Il cria, en agitant les bras dans un geste de dénégation : « Non, non, je ne suis pas votre père ! » Devant mon ahurissement, il poursuivit sur le ton monocorde d'un témoignage en justice : « J'avais des principes et je les ai respectés avec votre mère. Nous n'avons pas eu de relations intimes. Votre père ne fit pas de même. C'était un homme pudique mais il avait la certitude que sa vie serait brève. Ce n'était pas une tête brûlée. Il défiait de très près la mort en parfaite connaissance de cause et savait qu'elle le crochèterait un jour ou l'autre. Il prenait des risques sans limites dans chacune des opérations que nous menions. Plus grands encore que je ne vous l'ai si souvent dit. La chance a longtemps été de son côté. Conscient qu'il finirait par y passer, il voulait une descendance. Il s'est marié pour cela et a eu l'immense bonheur de vous voir grandir pendant treize ans. Il y voyait un privilège. Jamais je ne lui ai avoué ma jalousie. Elle me rongeait et, au début, je l'ai suivi au combat en souhaitant parfois qu'il meure et que votre mère me revienne. Les années ont passé ainsi, faux frères d'armes, se battant pour leur pays et moi miné par l'espoir coupable de le voir disparaître. Ma colère est peu à peu retombée. L'amertume est restée malgré son incroyable bravoure et cette abnégation que j'admirais. J'ai eu de nombreuses liaisons par la suite, sans parvenir à trouver une femme me donnant l'envie de partager sa vie. Quand les choses devenaient trop sérieuses, je rompais en évoquant mon métier de soldat toujours sur le front, y compris quand j'ai cessé de m'y retrouver. La seule que j'aurais voulu épouser, c'était votre mère. Lorsque votre père a ordonné à notre commando dans le Golan de se replier et de le laisser seul pour faire diversion, il m'a simplement glissé, au moment où nous nous séparions, de m'occuper de sa famille si les choses tournaient mal. C'est tout. Je l'ai fait. J'ai retrouvé votre mère mais il était trop tard. Nous ne pouvions plus être que des amis proches. Votre père était à jamais entre nous. Je ne crois pas avoir trahi vos parents en vous confiant de sales boulots. J'ai eu peur pour vous, oui, peur comme votre père aurait eu peur mais il aurait pris les mêmes décisions que moi. Votre mère m'a souvent demandé de ne pas mettre votre vie trop en danger. Vous connaissez ses convictions, c'est aussi une guerrière, elle dit "faites au mieux", pas un mot de plus. Dès lors que vous aviez rejoint nos services, je ne pouvais vous tenir à l'écart. Vous ne l'auriez, d'ailleurs, pas accepté. Vous avez la beauté de votre mère mais votre folle détermination vous vient de votre père ! Vous avez son audace et longtemps vous avez cru, vous aussi, que vous étiez invincible. Vous avez découvert cette peur qu'il a toujours repoussée, elle vous rend maintenant plus vulnérable et m'interdit de vous exposer en première ligne. Vous allez être à votre tour une marionnettiste. Une tireuse de ficelles, comme moi depuis tant d'années ! Vous n'aurez plus de craintes pour vous mais pour les autres. Croyez-moi, ce n'est pas plus confortable. Il y faut une forte dose de cynisme qui vous rend malade comme une remontée de bile amère. »

*

Je repense souvent à cette scène car le vrai ne sonnait pas juste chez cet homme qui vivait en permanence dans les faux-semblants. Je l'ai écouté sans dire un mot pour deviner ce que pouvait dissimuler chacune de ses phrases. Toujours ce double ou triple fond. J'étais certaine qu'il avait masqué un bout de l'histoire. Il en avait trop accéléré le récit après m'avoir révélé sa passion pour ma mère. Il avait avoué sa jalousie et son amertume tout en les rendant secondaires par rapport à l'admiration qu'il portait à mon père.

Quelques jours plus tard, de retour à Acco, je décidai d'interroger ma mère. Je le fis avec délicatesse sans relater avec précision le récit du colonel. Elle en sourit et me répondit sans détour. Le colonel n'avait été qu'un flirt de fin d'adolescence, une de ces histoires assez banales qui se nouent souvent entre enfants de familles proches. Le colonel lui avait en effet présenté mon père en 1953 mais elle avait tourné depuis plusieurs mois la page de ce qu'elle appelait en riant « une amourette de jeune fille ». Ce n'était plus qu'un ami parmi d'autres qui, dans son souvenir, multipliait les conquêtes féminines. Elle me confia qu'elle avait aimé cette période où l'on passait des baisers d'un garçon aux baisers d'un autre, de simples frôlements des corps à des étreintes plus étourdissantes mais sans conséquence. « On ne baisait pas comme ça ! » me dit-elle dans un langage inhabituel chez elle, accompagné d'un claquement de doigts. En pleurant doucement, elle ajouta que mon père avait été le seul homme de sa vie. Elle me rappela qu'elle l'avait aperçu dès la fin des années 40 à l'issue d'un concert dirigé par Leonard Bernstein à Beer-Sheva et que son allure l'avait impressionnée. Pour tous, il était déjà un jeune héros que l'on admirait pour sa vaillance. Quand elle l'avait revu quatre ans et demi plus tard, elle en était tombée pour toujours amoureuse. J'évoquai les relations qu'elle avait désormais avec le colonel. « C'est un ami cher, me répondit-elle. Il a été le dernier à avoir vu ton père vivant et le remords de lui avoir obéi le ronge. » Puis elle reprit la phrase qu'il avait prononcée devant moi : « Au moment où il lui ordonnait de se replier, ton père lui a demandé de s'occuper de nous. » Elle ajouta : « À sa manière, il le fait et qu'importe au fond s'il déforme un peu le passé. Nous le réécrivons tous en vieillissant pour nous mettre en paix avec nous-même. Nous gommons nos erreurs et nos fautes, nous enjolivons nos moments de bonheur et nos meilleurs gestes. J'ai follement aimé ton père, je ne retiens que les joies qu'il nous a offertes, tout le reste, en dehors de toi, sa fille, ne compte plus. »

Il me fallut encore trois années pour percer le secret du colonel, le jour même de son enterrement. La maladie l'emporta à l'automne 2010. Ses obsèques furent simples, en petit comité, dans le cimetière du mont des Oliviers à Jérusalem, au lever du soleil. Les murs de la Vieille Ville changeaient sans cesse de couleur dans une palette allant du rouge au rosé. Il n'était pas question de révéler dans un hommage solennel le rôle que cet homme avait joué un demi-siècle durant au sein de nos services spéciaux. La plupart des personnes présentes étaient en civil, des chapeaux en guise de kippa ou des voiles dissimulaient pour partie les visages masculins et féminins. Paranoïa de l'espionnage ! Nos ennemis auraient pu les repérer, les identifier, retracer leurs innombrables contacts et trouver une porte d'entrée dans le brouillamini de nos réseaux. Nous n'étions qu'une cinquantaine, les rares membres de sa famille, une poignée d'inconnus, deux généraux et trois officiers dont un jeune lieutenant de belle allure qui avait déjà eu droit aux honneurs de la presse pour une action conduite avec éclat dans la bande de Gaza. Je compris par sa présence que le colonel l'avait pris sous son aile. Après la lecture du Tsidouk Hadin et les trois pelletées de terre jetées sur le cercueil, nous nous dirigeâmes avec ma mère vers la sortie du cimetière pour nous y laver les mains selon la tradition. Trois hommes assez âgés vinrent alors s'adresser à nous. Anciens membres de commandos, ils évoquèrent avec admiration le souvenir de mon père. Ils nous saluèrent et nous restâmes sur place encore quelques minutes pour nous imprégner de ce lieu, le plus vieux cimetière du monde et la plus grande nécropole juive après Auschwitz, face à Jérusalem léchée par une lumière devenue dorée.

J'avais remarqué un autre homme à la longue barbe blanche avec une allure de patriarche, très voûté, soutenu par une canne. Il s'était tenu à l'écart pendant toute la cérémonie. Quand les anciens de la 101 se furent éloignés, il se rapprocha lentement de nous, d'une démarche incertaine. Il nous suivait et se trouvait à moins de dix mètres lorsque nous arrivâmes à notre voiture. Il sembla hésiter, s'arrêta et nous regarda d'un air embarrassé. Je le sentis près de renoncer à nous parler. Sans lui prêter attention, ma mère s'installa dans notre vieux SUV Mercedes gris. Je lui dis d'attendre un instant et me dirigeai vers l'inconnu au moment où il s'apprêtait à nous tourner le dos. Il stoppa net. Son front était traversé de sillons tempétueux. Tout son être était frappé d'accablement, il pliait sous le poids d'une indicible lassitude et sa canne semblait être son seul moyen de rester debout dans la vie. Il me surprit en se mettant à parler avant même que je ne prononce un mot. Ce fut pendant quelques instants un barrage libérant un déluge de remords trop longtemps retenus. La vérité sans phrase inutile, ses yeux plongés dans les miens. « L'homme que nous venons d'enterrer a trahi votre père. Comme tous les autres membres du commando. Nous ne nous sommes même pas concertés. Nous l'avons laissé seul dans le piège qui se refermait alors qu'il nous avait donné l'ordre de nous mettre en position pour nous défendre. Il ne nous a pas demandé de nous replier. Nous lui avons désobéi car nous pensions que c'était foutu et qu'il valait mieux préserver nos vies plutôt que jouer les héros et mourir pour rien. De toute façon, Tsahal était en train de l'emporter sur tous les fronts et nous le savions. À quoi bon courir le risque de perdre des vies, la victoire était acquise ! Nous avons inventé ensemble un mensonge et le colonel a été notre bouclier depuis ce temps. Je suis désormais le dernier survivant et ce souvenir m'est devenu insupportable. Avant de mourir, le colonel m'a demandé de me taire. Je ne peux plus. Je ne sais pas si nous y serions tous passés en restant aux côtés de notre chef ou si nous aurions pu tenir cette position. Il ne demeure qu'une seule chose : nous l'avons abandonné et ils l'ont exécuté comme personne n'oserait le faire avec le pire des animaux. C'est ce crime-là que le colonel a cherché à expier tout au long de son existence. Il ne se l'est jamais pardonné et s'est souvent comporté par la suite en héros, négligeant à son tour sa vie comme le faisait votre père. Il a vécu avec cette insurmontable culpabilité. Moi aussi. Je ne crois pas qu'en vous disant la vérité mon fardeau sera pour autant allégé. J'espère simplement attendre la fin plus sereinement. Je n'ose même pas vous demander de me pardonner. Aucun des membres du commando ne le mérite. Nous avons tous fait des carrières militaires honorables ou brillantes comme le colonel, mais nous sommes frappés à jamais par le sceau de la lâcheté. Je ne vous reverrai plus. J'espère rejoindre au plus vite mes compagnons sous terre. »

À aucun moment, son regard ne quitta le mien. Face à moi, il eut la force de surmonter sa honte. Je ne sus que lui dire : « Merci. » Un long chapitre de ma vie se refermait. Il fit un pas en arrière sans baisser les yeux. Embarrassé par sa canne, il faillit trébucher. Je fis un pas vers lui pour le soutenir. Il leva la main gauche pour m'arrêter. Il me tourna le dos en peinant puis s'éloigna en claudiquant sans se retourner. Je ne l'ai plus jamais revu. Je revins vers la voiture et m'installai au volant. Ma mère me demanda qui était ce vieillard, je lui répondis qu'il avait été lui aussi membre de l'unité 101. Il était vain de lui dire la vérité. Elle ne changeait rien à ce que nous avions vécu. Je ressentais moi-même une grande lassitude. Mon corps était douloureux tant ma tension avait été forte pendant qu'il parlait. Je comprenais la peur de ces hommes car je l'avais moi-même éprouvée. Je ne pouvais leur reprocher de lui avoir cédé. Sans doute auraient-ils été tous massacrés s'ils ne s'étaient pas repliés. Ils avaient fait ce que j'étais moi-même en train de faire : abandonner le tutoiement de la mort. Il restait l'essentiel, mon père avait été plus qu'un héros, un martyr, et sa mémoire était intacte. Je le dis à ma mère au moment de démarrer et de repartir vers notre refuge d'Acco. Elle se détourna et pleura en silence. Je décidai d'oublier cette confession, persuadée qu'elle ne changeait rien à ma propre histoire.

7

William et Mara

Tu avais un nom imprononçable dont tu ne connaissais pas l'origine exacte : William Kfencet. Le nom de ta mère, faute d'avoir un père officiel. Il était mort trois mois avant ta naissance, rongé jusqu'à l'os par sa déportation à Dachau. Il se savait perdu et avait refusé d'emprisonner ta mère dans les liens d'un mariage. Tes ancêtres maternels venaient d'Europe centrale. Ils avaient repris racine en Alsace en fuyant les pogroms puis gagné le sud de la France en 1878, refusant l'occupation allemande sur la rive gauche du Rhin. Tu pensais qu'ils avaient pressenti la suite. En fait, tu n'en savais rien mais c'était pour toi une manière d'être fier d'eux. Tu disais toujours avec un brin d'arrogance : « Je suis ashkénaze », comme si l'appropriation de ce mot te rendait plus juif que juif. Tu avais 67 ans quand tu es mort, moi 61. Nous étions à la fin de l'année 2015. J'étais ici, sur ma terrasse d'Acco. Ta petite-fille Mara me téléphona pour m'annoncer ta mort. Elle le fit avec délicatesse car tu lui avais tout révélé de notre étrange histoire. Un lien très fort s'était noué entre nous deux. Je la considérais presque comme la fille que j'aurais aimé avoir avec toi si nos existences avaient été différentes. Elle t'avait poussé à vivre avec moi, persuadée que tu te dérobais devant le bonheur qui nous attendait. Elle était à l'origine de notre dernière rencontre, quelques mois plus tôt, dans ma suite du Gramercy Park Hotel à New York. Elle savait que je voulais t'épouser. Elle t'ordonna de m'y retrouver et d'écourter le voyage mélancolique que tu faisais alors dans l'Ouest américain à la recherche de ton passé. Tu as obéi à Mara dont tu avais fait ta confidente depuis que tu avais cru la perdre dans un accident de voiture. Le spectre de sa disparition t'avait terrifié et révolté. Souvent tu me parlais de ce que tu appelais l'ordre des choses. Qu'un enfant meure avant ses parents et ses aïeux était pour toi la plus absolue des injustices. Tes propos étaient devenus une vrille dans mon esprit. Je pensais alors à Margaret Reid, à qui j'avais volé la vie de sa fille Elisabeth. Tu étais si sincère dans tes révoltes et tes indignations que je ne pouvais t'avouer mes crimes. Peut-être l'aurais-je fait si les choses s'étaient déroulées de manière différente quand tu es venu me rejoindre à New York, après l'envoi de ce message dans lequel je te disais : « Et si on se mariait ? »

Quand tu entras dans ma chambre, le visage bouleversé, je sus ce qui allait advenir. Je t'ai dit néanmoins en t'accueillant : « Essayons tous les deux d'être enfin heureux. » Tu ignorais le monde dans lequel j'évoluais et combien ces mots étaient nouveaux pour moi, après tant d'années passées à refuser tout sentimentalisme, à chasser les menaces venant du plus profond de moi. Tes beaux yeux bleus plantés droit dans les miens, tu m'as répondu dans un souffle d'agonie : « Non… » Tu n'as pas ajouté la moindre explication. Tu n'en avais plus la force. Je n'ai pas cillé. Seule la crispation de mes mains sur les tiennes avant que tu ne me quittes a trahi mon émotion. Je n'ai pleuré qu'après ton départ. Pour la première fois depuis que le dibbouk était venu annoncer le massacre de mon père quarante-huit ans plus tôt.

Je suis restée prostrée plus d'une heure dans ce fauteuil en satin rouge où je m'étais assise pour te dire combien je désirais vivre avec toi. Il m'avait fallu patienter si longtemps avant d'arriver à formuler cette phrase qui devait mettre un terme définitif à ma double vie. Depuis notre rencontre huit ans plus tôt, je n'avais cessé de t'aimer. Je partageais le désenchantement qui te gagnait chaque jour un peu plus devant un monde qui te désolait. J'avais enfin compris que mon œuvre de mort n'avait pas la moindre chance d'en changer le cours. Je me battais encore contre nos ennemis mais cette guerre sans fin n'avait plus grand sens à mes yeux. Elle ne menait à rien. J'avais appris au fil des ans que la violence ne peut tout résoudre. Elle devenait même une illusion entretenue par des dirigeants qui s'en servaient d'abord pour se maintenir au pouvoir. Le temps des guerriers devenus des sages après avoir fait couler trop de sang était révolu. Nous étions dirigés par des êtres qui ne prônaient la guerre que pour régner. L'ancien patron du Mossad, Meir Dagan, qui avait défendu l'assassinat des terroristes où qu'ils se trouvent, l'avait enfin dit publiquement en 2015 avant de disparaître, victime d'un cancer : « Nous avons un chef qui n'a mené qu'un seul combat – le combat pour sa propre survie politique... » T'épouser m'aurait donné la force d'en finir avec cette existence « le couteau entre les dents », qui ne déboucherait jamais sur la paix. Ma vie n'avait jamais été faite de méditation et d'introspection. On m'avait dressée contre ces deux faiblesses suicidaires dans la guerre de l'outre-tombe. Avec toi, j'avais enfin commencé à être moi-même.

Quelques heures plus tard, j'étais sur la scène du Village Vanguard. Tu m'avais dit que tu viendrais me voir. Avant de t'éloigner de moi, tu voulais m'entendre chanter une dernière fois « Glad to Be Unhappy », l'un de tes airs préférés. Tu en écoutais sans cesse la version du saxophoniste Paul Desmond. Tu disais qu'elle t'ouvrait les portes du spleen baudelairien. Tu m'avais fait découvrir Les Fleurs du mal, *dont tu citais souvent ces vers indépassables, selon toi, pour décrire le monde :*

La sottise, l'erreur, le péché, la lésine,
Occupent nos esprits et travaillent nos corps,
Et nous alimentons nos aimables remords,
Comme les mendiants nourrissent leur vermine[1].

Les paroles de « Glad to Be Unhappy » reflétaient si bien ta personnalité désenchantée :

My mental state is all a-jumble
I sit around and sadly mumble[2].

Je t'ai aperçu debout, un verre à la main, au fond de la salle. Nous avons commencé par ce morceau, la salle s'est mise à applaudir à tout rompre alors que ma voix retombait sur la dernière phrase, « I'm so unhappy / But oh, so

1. Premier quatrain du poème « Au lecteur », *in* Charles Baudelaire, *Les Fleurs du mal*, 1857.

2. « Mon esprit est un vrai fouillis / Je suis assis et marmonne tristement. »

glad ! » *J'ai amorcé un salut et baissé la tête. Quand je l'ai relevée, tu avais disparu.*

Je ne sais pas comment j'ai pu rester sur scène en ne te voyant plus. Le cœur en débâcle, je me suis tournée vers mes musiciens comme j'en avais si souvent l'habitude. Ils me regardèrent, prêts à démarrer sur un simple signe de tête. Je suis restée silencieuse, paupières closes. Enfin, j'ai senti le public palpiter d'impatience dans mon dos. J'ai gardé les yeux fermés et j'ai repris mon récital. Ma voix reflétait mes sentiments les plus secrets, la tempête intérieure dévastant ma tête égarée et mon corps frissonnant. Je ne chantais pas à la perfection comme dans Carmen *au Teatro Olímpico de Vicence, j'étais de l'autre côté des notes, dans un ailleurs où mes émotions les plus pures devenaient un son porté par la force d'une sincérité qui me dépassait. Chanter n'était plus un jeu merveilleux, une diversion et un accomplissement. J'étais à la fois dominée par ce que je ressentais et consciente que plus jamais je ne revivrais un tel instant. Seule mon âme chantait. Ou mon être, ou ma conscience. Dans cet état de confusion incontrôlée, il n'y avait plus de technique, plus de posture, plus de séduction. Juste moi. Nue.*

Le public me fit un triomphe sans comprendre ce qui se passait. Je t'ai alors revu. En une fraction de seconde, tu sortis de l'ombre où tu t'étais caché pendant que je chantais, je reconnus ton profil, tu tournas les talons et te dirigeas sans te retourner vers la sortie. En dépit des applaudissements, je ne voulus pas faire de bis. J'étais épuisée et j'éprouvais un besoin d'alcool et de sexe pour sombrer dans l'oubli de la boisson et l'abandon du plaisir brut. Une fois le spectacle terminé, je me suis laissée inviter à prendre un verre et j'ai passé la nuit avec un jeune inconnu, aussi maladroit que fier de baiser une vieille star. Je voulais croire que la vie continuait.

Il aura fallu que ce mal que tu dissimulais te foudroie six mois plus tard pour qu'enfin je comprenne ton refus de m'épouser. Je t'en ai aimé plus encore. Aucun homme ayant partagé mon lit n'avait compté. Même Falk, qui n'avait su que me séduire. Aucun autre que toi, dont je n'ai pourtant jamais découvert le corps, ne pourrait désormais exister dans mes souvenirs. Plus un jour ne se passa sans que je songe à toi. L'âge, sans doute, et cette passion éthérée ont très vite mis fin à mes liaisons charnelles. Habitée de rêves et de fantasmes, j'ai parcouru avec toi cette route délabrée qui me laisse entrevoir à présent un apaisement que tu n'as pas connu. Je n'ai cherché ni excuses ni pardon. Pas à pas, je suis aussi entrée en rémission et j'ai pris congé du crime. Le fil du temps m'éloigna des missions les plus délicates et finit par m'ôter mes illusions. Je devins peu à peu un simple agent de transmission, un rouage de second plan dans la machine vengeresse, une boîte aux lettres ambulante. Je ne concevais plus les attentats et ne tuais plus, même par procuration. Je voulus rengainer mon épée et quitter le service deux ans après ton décès, on me le refusa malgré mes 63 ans. Mon métier de chanteuse faisait que j'étais un parfait messager. J'obéissais. Je pensais et je pense plus que jamais que les Juifs ont le droit de vivre sur leur terre depuis la nuit des temps. Mais j'accepte désormais la vérité. Le recours aux pires méthodes employées par nos ennemis et l'usage acharné du meurtre préventif ont échoué à assurer notre sécurité. Je dressais le bilan de nos guerres et m'en désespérais. Pourquoi n'étions-nous pas plus intelligents alors que nos épreuves nous avaient appris tant et tant de choses ? Aucune femme, aucun homme n'avait su se dresser pour en finir avec ces éternelles batailles. Était-ce notre destin ? Une histoire sans fin. Combien de peuples et de civilisations avaient disparu au fil des siècles et des millénaires ! Pas nous, que le malheur n'a jamais vaincus.

Dans ce chaos sans cesse perpétué, qu'avais-je fait de ma vie ? Le jazz et la musique ne m'offraient que des parenthèses plus ou moins longues, des moments d'évasion qui jamais ne duraient. Chaque fois que je me retrouvais sur cette terrasse, j'étais poignardée par ce vers de Baudelaire que tu avais évoqué un soir de détresse où tu évoquais tes propres combats :

Le soleil s'est noyé dans son sang qui se fige[1].

Ainsi suis-je définitivement entrée dans le temps des remords. Je leur ai ouvert en grand ma porte. J'étais cernée par eux quand je dus revenir sur mes pas et redescendre une dernière fois dans l'arène des ténèbres pour y vivre le pire.

*

Les événements suivants se déroulèrent un an après la disparition de ma mère et juste avant la grande pandémie qui frappa le monde au printemps 2020. Ce décès me priva du seul bonheur intime qui me restait depuis la mort de William. Ma mère avait sombré depuis plusieurs

1. Tiré du poème « Harmonie du soir », *in* Charles Baudelaire, *Les Fleurs du mal*, op. cité.

mois dans la démence de la maladie à corps de Lewy. Jusqu'au bout, elle resta dans cette maison d'Acco, surveillée par des infirmières jour et nuit. J'avais aménagé mes tournées pour revenir très régulièrement la voir. Elle s'éteignit tandis que j'étais à son chevet. Je me demande encore pourquoi je n'ai pas pu pleurer alors que je l'admirais pour son courage, sa culture, sa fidélité à la mémoire de mon père et l'amour qu'elle m'offrait. J'eus très peur de ne plus être qu'un cœur sec et un être insensible. Je sais à présent que les larmes ne disent rien de la souffrance. Ma douleur demeure entière. Je pense sans cesse à elle et à mon père et vis, ici, dans leur souvenir. La vérité répugnante de leur absence désormais m'étouffe jusqu'à croire que la mort vient s'emparer de moi et tente de me voler ma vie, comme elle faillit y parvenir lors de l'épidémie du coronavirus au début de cette décennie.

Cette horreur prit le monde par surprise, le terrifia et le désarma. Elle me frappa en Israël quand l'épidémie y rebondit à l'automne de l'année 2020. Je travaillais alors sur une mission que m'avait imposée un nouveau et terrible drame personnel mais j'attendais pour passer à l'action que la pandémie enfin recule. Je dus passer cinq jours à l'hôpital, victime d'une fatigue extrême et de quelques difficultés respiratoires. On ne me plongea pas dans le coma mais je vécus quarante-huit heures dans un demi-sommeil, avec un masque à oxygène sur le visage pour m'assister. Ce fut un voyage empli de cauchemars. La mort rôdait autour de mon corps désarmé, m'effleurait et me menaçait. Elle avait toujours le visage dévasté d'Elisabeth Reid et se moquait de moi. Je compris que, avant de disparaître, toutes mes cibles avaient connu cette brève ronde infernale, découvert cette lumière noire qui vous traverse l'esprit pendant que défile votre vie en suspens, cette horrible oppression qui vous envahit et vous fait pousser des cris de terreur intérieurs que nul ne peut entendre, cette angoisse du néant qui vous écrase quand vous voyez la mort s'approcher de vos lèvres pour y déposer son baiser brûlant et fatal. Je sus la repousser grâce aux soignants qui m'entouraient et me passaient sur le visage des serviettes rafraîchissantes, sans savoir qu'en luttant contre ma fièvre ils éloignaient cette charogne puante qui nous attend tous à l'heure du glas.

Je ressortis de cette épreuve brisée physiquement et psychologiquement, saisie d'une fatigue existentielle. Mon rétablissement fut assez lent. Écrasée par la lassitude et la brutalité de l'usure du temps, je dus passer des heures allongée sur une méridienne, ici, sur ma terrasse, pour y profiter du soleil et remonter la pente. Dès que je fermais les yeux, réapparaissaient les visages du spectre nécrophage et de mes victimes. Le poids de la culpabilité fut constant pendant des semaines et anesthésia le projet de vengeance que je nourrissais. Quand, enfin, j'eus repris des forces, les remords amplifièrent leur ouvrage et ne me quittèrent plus. Je me mis à survivre plus qu'à vivre dans un monde qui ne fut pas celui tant espéré par les milliards de confinés. La pandémie rebondissante endigua pendant de très longs mois les conflits et fit croire à un nouvel après. Alors que la terre entière se protégeait et tentait de se soigner, il y eut en apparence une amnistie, un silence des armes. Ce n'était qu'un trompe-l'œil médiatique ! Tout continuait à bas bruit. Après plus d'une année, lorsque recula la peur paralysante de la contagion grâce à la vaccination, les haines de toujours reprirent leur cours d'avant, ici et partout ailleurs.

Le virus tua beaucoup mais ne réussit pas à changer la nature des hommes, seule espèce capable d'exterminer froidement ses semblables. Ce retour à la vérité humaine ne m'épargna pas. Le temps de l'épidémie, la vengeance prit son mal en patience. Son regain n'en fut que plus virulent et douloureux.

*

Ce que j'ai vécu avec Mara, la petite-fille de William Kfencet, me fit retomber dans le monde primitif de la loi du talion alors que je pensais lui avoir définitivement échappé. Je veillais sur son existence comme si William me l'avait demandé avant de mourir. Il n'en était rien mais c'était ma manière de lui être fidèle. Il adorait et admirait Mara. Il avait raison. C'était une jeune femme exceptionnelle, avocate pénaliste, animée par une passion sans limites pour la justice. Elle la plaçait au-dessus de tout, la défendait avec acharnement, convaincue que sa conquête ne serait jamais définitive. Cette certitude la mettait sous tension quand elle se lançait dans un procès. Sa détermination sans faille en faisait une star du barreau malgré son jeune âge. Elle offrait dans ses affrontements judiciaires une image de sérieux impressionnante alors qu'elle aimait célébrer la vie.

Je déjeunais et dînais souvent avec elle lorsque je résidais à Paris, et nous nous téléphonions au moins une fois par semaine dès que j'étais en tournée ou de retour à Acco. C'était aussi une manière de faire vivre William à mes côtés. Mara devait venir me retrouver en Israël pour y passer quelques jours et découvrir ce pays qu'elle ne connaissait pas. Cette saloperie que l'on nomme noblement destin en décida autrement.

À l'issue d'un procès dans lequel elle avait défendu avec un certain succès une femme musulmane qui avait assassiné son mari pour en finir avec les violences d'un asservissement islamiste, les enragés que ce meurtre avait déchaînés firent de Mara la femme à abattre. L'attentat commis par un kamikaze au volant d'un camion chargé d'explosifs détruisit ses bureaux, tua ses parents, sa grand-mère, trois collaborateurs, et des passants dans la rue. Loin du point d'impact de la bombe roulante, Mara, bien que sévèrement blessée, en réchappa. Igor, son principal collaborateur, alors en dehors des bureaux, perdit dans ce fracas la jeune femme dont il était tombé follement amoureux. D'abord unis dans la douleur, ils ne firent bientôt plus qu'un dans la vengeance.

Alors que Mara n'avait vécu que pour le droit et la justice, elle fut soulevée par un irrépressible besoin de vendetta. Les conséquences en furent tragiques. J'en porte l'entière responsabilité. J'aurais dû la raisonner, la dissuader, lui décrire cette longue impasse dans laquelle ma propre vengeance m'avait conduite. En dépit de tout ce que j'avais vécu, alors que je croyais être en train d'apprendre le repentir, je redevins la jeune femme que j'avais été et qui n'avait eu de cesse d'éliminer les héritiers de ceux qui avaient massacré mon père. J'étais Mara et Mara devint peu à peu moi pour frapper quelques semaines plus tard à la sortie d'une mosquée en banlieue parisienne les deux organisateurs de l'attentat qui avaient tué tous les siens. Le droit hébraïque et son marteau de sang ! Igor fut à ses côtés dans ces représailles dont j'avais fixé les détails et assuré la logistique. Dans ma tête, ce fut une rechute incontrôlable, un voyage à l'envers, une fièvre qui demandait la réciprocité du malheur. Ils agirent et réussirent à éliminer leurs ennemis, assoiffant leur besoin de châtiment. Mais je fus la vraie meurtrière, de nouveau cette femme qui ne fait plus la différence entre le bien et le mal, refuse le pardon et voit dans ses crimes le bras de la justice. Je renforçai Mara et Igor dans l'idée qu'ils ne pouvaient pardonner, oubliant les risques que je leur faisais courir. Pourquoi n'ai-je pas eu la force de les dissuader ? Pourquoi les ai-je soutenus et encouragés dans leur projet ? Je leur ai fourni les moyens d'agir, j'ai transformé leur colère en action du Mossad, je les ai manipulés, formés et jetés dans un incendie dévastateur. Comment n'ai-je pas vu que leur attentat en ferait plus que jamais des cibles ? Ils avaient survécu au massacre des leurs, je les ai condamnés à mort. Peu après, alors que je veillais de près sur eux avec d'autres agents, ils périrent dans un carnage aveugle sur un marché dans le Sud de la France.

*

Le souvenir de cette matinée et des obsèques qui suivirent me hantera jusque dans ma tombe. Nous n'étions que trois pour les accompagner et les voir rejoindre toute la famille de Mara dans une sépulture de marbre gris sombre. Les parents polonais d'Igor, catholiques pratiquants, désespérés par ce nouvel ouragan qui leur enlevait leur seule raison de vivre, déposèrent un bouquet de roses sur le caveau des Kfencet. J'y ai ajouté trois galets, comme le veut la tradition ashkénaze. C'était un signe adressé à William, si attaché à ce geste. Ce trio de pierres signait l'extinction définitive de cette lignée désormais sans héritier. Je reviens tous les ans dans ce cimetière provençal et je demande à tous les Kfencet reposant là de me pardonner d'avoir provoqué la mort de cette merveilleuse jeune femme que je chéris toujours comme si elle avait été ma propre enfant. Inutiles prières, car jamais je ne pourrai me pardonner à moi-même. J'ai cru qu'une fois encore j'y parviendrais. Ce ne fut qu'un voyage aux confins de la folie.

8

La trahison

Il me fallut attendre la banalisation de la pandémie à la fin de l'année 2022 pour participer à ce qui allait être ma dernière opération. Ces trois années de patience alimentèrent mon ressentiment contre les assassins de Mara et Igor. Période de désarroi et de déchirement.

Mon corps se remit doucement de l'assaut du virus. La maladie et l'âge rongeaient mon énergie. Je naviguais entre la colère et l'impuissance, la déraison et la sagesse. J'avais 68 ans. La vie m'avait appris que la vengeance pure était une impasse mais la douleur et la culpabilité réveillaient sans cesse les pulsions primitives qui m'avaient transformée en Némésis dès mon adolescence. Face à l'injustice de la mort de Mara, ma raison à nouveau capitula. Je savais que punir les responsables de son assassinat m'aliénerait plus encore. En voulant les éliminer, je redeviendrais esclave de la violence de mes ennemis. En dépit de mon constat d'échec de la fureur destructrice, demeurait en moi l'urgence de la réparation du mal par la vengeance.

Malgré ma lucidité, je ruminais mes représailles. Les dirigeants de l'Institut me tenaient désormais à l'écart de tout. Trop âgée, m'avaient-ils fait dire sans ménagement. Néanmoins, ils ne voulaient en aucun cas laisser impuni ce massacre que je n'avais pu empêcher. À la fin de l'année 2021, on me remit dans le circuit sans me donner d'explication. Je fus dès lors régulièrement informée des recherches sur les commanditaires de l'attentat et à nouveau consultée sur les actions les plus sanglantes de nos ennemis. Le service avait décidé d'entretenir l'empoisonnement de mon âme. Je n'étais dupe de rien, on s'employait à exciter ma haine et on y parvenait. Sans cesse me revenait le souvenir de ce carnage, vingt-deux cadavres dont six enfants, Igor, deux de mes agents et le corps éventré de Mara laissant voir le fœtus qu'elle portait.

*

En plongeant dans le dossier, je découvris ce que l'on m'avait caché jusque-là. Les deux tueurs porteurs des ceintures explosives avaient été pulvérisés mais des recherches minutieuses de la police antiterroriste française et les propres investigations du Mossad avaient permis de conclure qu'il s'agissait de deux Égyptiens d'une trentaine d'années, anciens étudiants en chimie à Lyon. L'un des deux avait épousé une Française qu'il avait abandonnée un an plus tôt sans la moindre explication. Il était réapparu deux mois avant l'attentat. Elle avait alors compris qu'il s'était radicalisé et avait engagé une procédure de divorce. Son témoignage avait permis de donner un coup d'accélérateur à l'enquête et d'ouvrir de nouvelles pistes grâce à nos agents en Égypte. Les deux hommes étaient salafistes, membres d'Ansar Jerusalem, un groupe armé installé dans le Sinaï et rallié à l'État islamique. Ils avaient aussi des contacts réguliers avec l'Armée de l'islam à Gaza, également proche de Daech.

L'Institut croyait tout savoir de ce dernier mouvement, qui avait enlevé le soldat franco-israélien Gilad Shalit en 2006 et l'avait relâché cinq ans plus tard contre la libération de plus de mille Palestiniens détenus dans nos prisons. C'était une armée de trois mille cinq cents personnes vivant dans Gaza. Le groupe disposait surtout d'une diaspora de mille cinq cents fidèles à l'étranger, une légion de terroristes en sommeil. Ce réseau avait permis aux assassins de Mara de s'armer et de parvenir à leurs fins. La décision fut prise de frapper cette organisation islamiste et, plus particulièrement, les Doghmouch, le puissant clan familial qui la contrôlait depuis son fief de Sabra, un quartier à l'ouest de Gaza.

Lieutenant de Moumtaz, le chef de l'Armée de l'islam, Chaabane Souleimane était le trésorier du clan. En l'éliminant, nous détruirions le réacteur financier de cette bande de fanatiques, ennemis jurés d'Israël. Accumulée grâce aux trafics et à une multitude de commerces, leur fortune reposait dans des coffres-forts en Suisse. Souleimane s'y rendait régulièrement. Il résidait alors dans la banlieue genevoise, à Versoix, où il possédait une belle demeure de construction récente, baptisée à juste titre « La Perle du Lac ». Son parc floral, bordé de part et d'autre de hauts taillis de chênes masquant la propriété, donnait directement sur la rive du lac Léman. Grâce à des drones, une topographie précise des lieux avait été dressée. Un agent avait également obtenu les plans de la maison en fouillant nuitamment les archives du cabinet d'architecture qui l'avait conçue.

La chasse en était là quand je fus réactivée. Très vite, je pris la décision que nous agirions à Versoix l'heure venue. Nous retînmes le mois de septembre. La pandémie de coronavirus était à peu près sous contrôle en Europe, les frontières se rouvraient complètement, la planète circulait presque librement, le monde d'avant était de retour. Chaabane Souleimane avait repris le chemin de Genève, il y croisa le mien.

*

Ces faits remontent à plus de sept ans maintenant et, pourtant, j'ai l'impression que je viens de les vivre. Je pars le mardi 20 septembre de Tel-Aviv pour Genève où deux kidons, installés depuis une dizaine de jours dans des hôtels séparés, balisent déjà le terrain. On m'a réservé une suite dans l'Hôtel de la Cigogne, place de Longemalle, en plein centre-ville. Je le connais bien pour y avoir séjourné plusieurs fois à l'occasion de concerts donnés dans la belle salle de l'Alhambra, rue de la Rôtisserie, à quelques minutes à pied de la Cigogne. Mon rôle est à la fois décisif et limité. Il me revient de peaufiner les détails de l'opération et de donner le feu vert aux kidons que je laisserai procéder seuls à l'élimination. Je les récupérerai dans une voiture de location devant la gare de Versoix une fois leur mission accomplie. Si je supervise le commando, je ne dois en aucun cas aller moi-même sur le terrain et approcher la propriété. J'ai retrouvé une excellente condition physique mais il est évident que mon âge m'interdit d'agir directement. Je n'ai plus les réflexes, l'agilité et la vitesse nécessaires dans ces moments-là. Consciente de mes handicaps, je n'ai d'ailleurs rien exigé de nos chefs quand ils m'ont proposé de reprendre du service. Je connaissais par avance leur réponse. Un non catégorique malgré mes réussites passées.

Souleimane est depuis une semaine à Genève pour un séjour dont nous ignorons la durée. Un de nos agents a constaté, lors de son arrivée à l'aéroport de Cointrin, qu'il voyage avec sa femme, une très belle brune égyptienne d'une quarantaine d'années avec laquelle il a eu trois enfants. La plus jeune, une fillette de 6 ans, les accompagne comme toujours lorsqu'ils viennent en Suisse. Les aînés, deux garçons de 17 et 15 ans, poursuivent leurs études au Caire. D'après nos informations, Souleimane est un père exemplaire et un mari attentif. Il fait figure d'intellectuel dans le clan des Doghmouch et y joue un rôle de conseiller. Lorsqu'il quitte Gaza pour la Suisse, il passe pour un Occidental grâce à son physique et à sa manière élégante de s'habiller. Sa courtoisie souriante et son argent lui ont ouvert bien des portes de la bourgeoisie genevoise mais surtout permis de se rapprocher du Conseil des droits de l'homme des Nations unies. Il se trouve comme un poisson dans l'eau de cette institution où ont été admis des États peu fréquentables, ennemis jurés d'Israël. Harcelés par cette organisation onusienne sur la question des droits de l'homme dans les territoires conquis en 1967, nous avons rompu depuis longtemps tout contact avec elle mais l'observons de très près. La nuée de diplomates qui la fréquente comprend des gens dangereux pour notre sécurité.

Les relations que Souleimane y a nouées témoignent de la haine qu'il nous porte. Personne n'imagine la cruauté de cet homme bien sous tous rapports et son rôle de banquier du terrorisme islamiste. Il passe sous les radars. Y compris les nôtres ! Il a fallu la mort de Mara et près de deux années de recherches pour remonter jusqu'à lui. Le service de traque sur internet a fini par trouver un mail anodin qu'un diplomate égyptien en poste au sein du Conseil, repéré pour sa constante hostilité à Israël, lui a adressé pour fixer un déjeuner « amical ». Les équipes ont ensuite avancé à l'aveugle car elles ne disposaient d'aucun dossier le concernant. Elles tenaient le fil de la bobine et, peu à peu, elles l'ont dévidée. Jusqu'à trouver la vérité. Souleimane est l'animateur de la fourmilière terroriste du clan Doghmouch en Europe. Lors du second attentat contre Mara, il résidait à Genève d'où il avait conçu et piloté le massacre.

*

Comment a-t-il pu nous échapper si longtemps alors que nous pensions tout savoir sur l'Armée de l'islam à Gaza ? Les murs du Mossad ont tremblé, une tête est même tombée et l'on m'a appelée. Les chefs de l'Institut savaient que je ne refuserais pas. Ils connaissaient mon passé et ma psychologie. Ils avaient compris que, depuis la mort de Mara, l'impossibilité de me venger avait nourri en moi une souffrance chronique. J'avais intériorisé mon ressentiment. Ma conscience morale muselait ma colère et mes pulsions sans pour autant éteindre ma répulsion vis-à-vis des auteurs du bain de sang qui avait accompagné la mort de la petite-fille de William. Il fallait que Souleimane disparaisse, ce n'était que justice. Sa mort brouillerait aussi son réseau, en freinerait les actions, même si un autre homme en deviendrait assez vite le nouveau banquier. Au plus profond de moi, un clignotant s'était aussi allumé. Je ressentais que mon désir de mort était moins lié au destin d'Israël. Quand on me mobilisa, je répondis donc oui sans hésiter. Mais en sachant que je me lançais dans un règlement de comptes personnel plus que dans une vengeance d'État. Je pensais avant tout que je devais vaincre le mal incarné par Souleimane et empêcher qu'il frappe encore.

*

Je prends la décision de déclencher l'opération le dimanche 25 septembre, cinq jours après mon arrivée. Nous disposons de tous les éléments pour passer à l'action. Souleimane ne bouge jamais de chez lui le week-end, servi par deux personnes : une cuisinière-femme à tout faire et un chauffeur-garde du corps. Il profite de son parc et, parfois, embarque sur un bateau pour faire une promenade en famille sur le Léman. La maison n'a pas été transformée en forteresse. De toute évidence, il ne se sent pas en danger. Les kidons passeront par une propriété mitoyenne non protégée et franchiront le mur de séparation haut de deux mètres à 20 h 30, peu après la tombée de la nuit. Il y a bien un système de caméras de surveillance mais toutes sont tournées vers le rivage comme pour parer une attaque par le lac. La soirée sera très agréable et la température très douce, d'après les prévisions météorologiques. Nous savons que Souleimane, lorsque le temps le permet, dîne encore à l'extérieur en cette période de l'année. Une salle à manger d'été a été aménagée sous un auvent, au centre de la terrasse, face à une fastueuse roseraie distillant ses multiples parfums.

L'approche et le plan sont simples. Mes deux hommes abattent Souleimane pendant son repas. Ils éliminent aussi le garde du corps membre du clan, mais pas la cuisinière, une Suisse. La femme et la petite fille seront épargnées. À cette heure, l'enfant sera sans doute couchée.

*

Pourquoi, contre les ordres reçus, surmontant mes doutes sur mes capacités physiques, ai-je décidé de modifier nos plans l'avant-veille de l'opération ? Mon instinct m'a dicté cette décision. Une certitude s'est imposée à moi : je me dois d'être sur place. Les kidons s'en étonnent mais, habitués à obéir à leurs supérieurs, ils ne discutent pas et me disent même le lendemain qu'ils approuvent mon idée. Mon but est de prendre notre cible en tenaille pour être certaine qu'elle ne nous échappera pas. Une demi-heure avant d'agir, nous procéderons à une coupure d'électricité dans la maison de Souleimane, à partir du boîtier extérieur de relevé des compteurs. Trois minutes plus tard, nous rétablirons le courant. Un jeu d'enfant pour me fabriquer un alibi dans le scénario que j'ai réécrit.

*

À 20 h 30, alors que les deux kidons s'infiltreront dans le parc depuis la maison voisine, je provoquerai une diversion. Je sonnerai à la porte de la demeure, sous le regard d'une discrète caméra extérieure que nous avons repérée. Chargé de toujours contrôler les entrées dans la maison, le garde du corps s'éloignera de son patron. L'heure tardive le rendra sans doute méfiant mais j'espère que mon allure et la curiosité l'inciteront à ouvrir. S'il me questionne à travers l'huis, je serai une vieille voisine inquiète d'une deuxième coupure d'électricité chez elle, venant s'informer et se rassurer. J'aurai l'apparence d'une femme âgée, bien habillée et de toute évidence inoffensive. Je porterai un pantalon noir, un chemisier en dentelle blanche *old fashion* boutonné jusqu'au cou, une veste d'été. Des lunettes cerclées sur le nez et une perruque de cheveux gris et courts accentueront mon âge, plus proche ainsi de 80 ans que de 70.

Mes deux agents seront armés chacun d'un puissant SIG Sauer Pro 9 mm Parabellum avec silencieux. Je glisserai dans mon dos, sous la ceinture de mon pantalon, un petit Semmerling LM4 à cinq coups, aussi discret qu'efficace dans le tir très rapproché. Je sais que le hall d'entrée de la maison sert de sas de sécurité. Il ouvre sur un second vestibule dont l'accès est protégé par une porte blindée dissimulée sous un plaquage de bois d'ébène. Cette pièce distribue les salles de réception donnant sur le parc, trois salons, un bureau et la salle à manger. De part et d'autre de cette vaste antichambre partent deux volées d'escalier en marbre conduisant à la partie privative, suite parentale, chambres pour les enfants. Dès que le garde du corps m'ouvrira la porte d'entrée, je l'abattrai. Mes agents feront de même avec Souleimane sur la terrasse, bâillonneront la femme et la cuisinière puis me rejoindront pour décrocher.

Une fois mon plan exposé et détaillé, je vois dans le regard de mes deux agents une brève lueur d'estime pour la légende que je suis devenue dans le service.

*

Nous réglons nos montres pour une coordination parfaite et passons à l'action à l'heure dite. Il est 20 h 30 précises lorsque j'appuie sur la sonnette en laiton. De leur côté, mes hommes pénètrent dans le jardin. Je n'attends pas plus de cinq secondes avant que ne s'entrebâille la porte bloquée par une épaisse chaîne de sécurité. Personne ne se montre mais une voix grave me lance en anglais : *« What is it about ? »* Je réponds en français sur un ton inquiet et chevrotant que je ne comprends pas bien l'anglais. Le temps de cet échange, la caméra de surveillance a sans doute rassuré mon interlocuteur dissimulé. La porte se referme, on enlève la chaîne et la porte s'ouvre en grand sur un très bel homme aux yeux noirs, Chaabane Souleimane lui-même. À ses côtés, sa fille. Rien ne trahit ma surprise alors qu'il me dévisage avec bienveillance. Une, deux, trois interminables secondes s'écoulent. Silence. Il se penche vers l'enfant qu'il tient par la main et lui murmure d'une voix douce en arabe : « Dis bonsoir à cette gentille dame. » Elle le fait en inclinant très poliment la tête en même temps qu'elle amorce une charmante révérence. Elle relève le regard puis m'adresse le sourire le plus ravissant qu'il m'ait été donné de voir dans mon existence. Elle a des yeux bleus comme un jardin d'eau et son visage à la peau dorée n'est que délicatesse. Ses cheveux bruns et longs soulignent sa beauté innocente. Rien n'est affecté dans son attitude. Elle exprime de la manière la plus naturelle sa tendresse à mon endroit comme si j'étais sa propre grand-mère.

Mon émotion est telle que je me tourne vers son père pour lui dire : « Je n'ai jamais vu une aussi belle enfant. » À son tour, il me sourit. Comment cet homme peut-il ordonner le massacre aveugle d'innocents ? Alors que cette interrogation traverse mon esprit de manière fulgurante, me reviennent en un flash les images des corps mutilés de Mara et Igor, des victimes en lambeaux et des enfants déchiquetés. Il me demande dans un français hésitant : « Que se passe-t-il ? » Je fais l'effort de le regarder droit dans les yeux et d'ignorer la présence de la fillette pour m'arracher à la brève torpeur qui s'est emparée de moi et surmonter mon instant de faiblesse. Avec un accent de sincérité dont je ne me serais pas crue capable une seconde plus tôt, je lui explique : « J'habite presque en face de chez vous, sur la droite, et je viens d'avoir une nouvelle coupure de courant. Je me suis inquiétée. Voyez-vous, à mon âge, on a peur de l'obscurité. Personne ne m'a répondu dans la maison voisine de la mienne, j'ai vu qu'il y avait de la lumière chez vous au premier étage, j'ai traversé la rue et suis venue frapper à votre porte. » Il reprend la parole, mêlant mots anglais et français : « *Yes,* nous avons eu *a power cut*, il y a une demi-heure, *but just now nothing. Don't worry,* madame, *it's finished.* » Puis il ajoute, hésitant : « Pardonnez mon mauvais français. *Do you need help ?* J'appelle quelqu'un. »

Je marque une hésitation. Puis-je tuer cet homme devant sa fille ? Tout alors se précipite. Il se retourne tandis que surgissent du vestibule mes deux agents, SIG Sauer pointés sur lui. Sa mort est déjà certaine. Je comprends en un éclair que les kidons ont reçu l'ordre, sans qu'on m'en ait informée, de ne laisser aucun témoin derrière eux. Combien de fois ai-je moi-même martelé ces mots en lançant une opération : « Pas de témoins. » Je hurle « Non ! », me jette sur l'enfant que son père, titubant sous le choc des balles, précipite dans mes bras d'un mouvement violent, je la plaque au sol et la couvre de mon corps. Les tireurs de ficelle au-dessus de moi ont décidé de me court-circuiter. Sans doute mes deux agents les ont-ils informés du nouveau scénario que j'ai mis au point. Ils l'ont ratifié en exigeant un « nettoyage complet ».

*

Les deux détonations ont été étouffées par les silencieux. Le corps de Souleimane s'écroule à mes côtés. J'écrase ma main droite sur les yeux de la fillette pour qu'elle n'aperçoive rien de la scène et ne voie pas la mort avec sa gueule puante de hyène. Elle ne crie pas. Je la serre contre moi pour ne faire qu'une avec elle puis me redresse, son visage enfoui dans ma poitrine. Mes hommes me fixent et comprennent que pour l'abattre ils devront me tuer. Je leur dis sèchement en hébreu : « Repliez-vous, je m'en charge. » Ils hésitent un instant, se consultent du regard, renoncent à l'irréparable. C'est-à-dire à m'abattre. On ne se tue pas entre Juifs.

Ils sortent de la maison en me lançant de les rejoindre au plus vite. Je m'avance dans le vestibule et décide de monter au premier étage. Tenant toujours la petite fille blottie dans mes bras, je la conduis dans sa chambre puis la dépose sur son lit. Elle est assise, impassible sans être pétrifiée. L'horreur est son quotidien dans le clan des Doghmouch. Je lui dis de ma voix la plus douce de ne pas bouger et ajoute en arabe : « Je vais chercher ta mère. » Elle ouvre grands les yeux en m'entendant parler sa langue. Comme je m'éloigne, elle me lance, d'une voix emplie de fureur : « *Yahudin qadhar !* » Sale juive ! Je pense au dibbouk. À l'annonce de la mort de mon père. À ce qui est alors né en moi, un besoin viscéral de vengeance. La fille de Souleimane deviendra une tueuse. Comme moi. Mais je serai morte quand elle aura l'âge de me traquer.

Les kidons m'attendent dans la rue silencieuse et paisible. Elle respire la Suisse, tout y est propret et sans odeur. Nous n'échangeons pas le moindre mot sur le chemin du retour vers Genève. Ils feront un rapport à nos supérieurs et j'imagine la suite.

*

Comme convenu, je rentrai dès le lendemain à Tel-Aviv sans avoir revu les kidons. Pas de surprise, un homme et une femme me récupérèrent à la sortie de la zone internationale de l'aéroport Ben-Gourion. Une limousine nous attendait et nous filâmes directement au siège de l'Institut, le Hadar Dafna Building, boulevard King-Shaul à Jaffa, ma « maison » depuis un demi-siècle, la forteresse dans laquelle j'avais précipité Mara trois ans plus tôt pour son plus grand malheur.

Je savais ce qui m'y attendait. Il m'était arrivé de débriefer des opérations mal conduites et de jouer les procureurs implacables. Pour la première fois, je me retrouvais sur le banc des accusés, coupable d'avoir piétiné les ordres et failli. Mes juges seraient aussi impitoyables que j'avais pu l'être dans le passé. On ne m'enverrait pas en prison, mon sort serait pire encore, on me parlerait de trahison, de honte, de déshonneur. On recourrait à l'armada des mots de l'humiliation pour me plonger dans une tempête de remords.

Ce fut en effet le discours que l'on me servit pendant des heures et des heures de torture psychologique. Elles s'achevèrent sur ces phrases prononcées pour me culpabiliser : « Cette enfant deviendra une terroriste et prendra bien des vies en Israël et ailleurs. Êtes-vous consciente des conséquences criminelles de votre faiblesse ? » Comment pouvaient-ils penser que je les ignorais ? Ils savaient tout de ma vie et refusaient néanmoins de comprendre mon attitude. Je leur pardonnai. J'avais été si longtemps de leur bord que j'anticipais chacun de leurs mots. Je ne leur en voulus pas. Le combat ne pouvait pas s'arrêter, simplement je n'étais plus des leurs.

La punition des remords qu'ils voulaient m'infliger me laissa indifférente. Je ne regrettais pas d'avoir épargné cette enfant. Elle avait le droit de vivre. Comme Mara. Je n'y croyais guère mais peut-être connaîtrait-elle la paix. Il fallait que je lui laisse une chance d'avoir une autre existence que la mienne.

9

« Connais-tu le Remords, aux traits empoisonnés[1] »

Le temps a passé, sept années… Tant d'événements ont bousculé le monde sans vraiment le changer. Nahama la femme sans larmes n'existe plus. Je n'ai plus à retenir mes pleurs, ils surgissent désormais par effraction, me submergent et m'apaisent. Ils m'aident à avancer vers la fin.

Jour après jour, je voyage en compagnie des *Fleurs du mal*. Jamais la femme implacable que je fus n'aurait imaginé que la poésie serait un jour sa thérapie. Je lis et relis ces vers pour déchirer mes propres ténèbres baudelairiennes « plus denses que la poix, sans matin et sans soir ». Je voudrais illuminer mon « ciel bourbeux et noir », celui sous lequel j'avançais dans le Golan, en route vers Damas, pour prendre la vie d'un homme. Si j'y parviens, ma vieillesse sera le chapitre le moins douloureux de mon existence. Les dernières pages de mon passage sur terre sont les seules à ne pas être éclaboussées par des drames. Elles sont blanches, immaculées, sans tache

1. Tiré du poème « l'Irréparable », *in* Charles Baudelaire, *Les Fleurs du Mal*, op. cité.

depuis mon refus d'abattre la fille de Souleimane. Elles reflètent ces étranges années vécues dans la solitude. Elles s'achèveront sans prévenir sur un fatal coup au cœur.

Malgré mes fantômes et ce dais de deuil que je veux déchirer, je ne m'apitoie pas sur mon sort et la compassion m'exaspère. Une vie ne se réécrit pas. J'assume la mienne. Si la fatalité m'a passé ses menottes, je n'ai rien fait pour m'en libérer. Même à Versoix où j'ai privé une enfant de ses parents. Je n'ai de comptes à régler qu'avec moi-même. Le Mossad m'a chassée mais rôde encore sous mes murs. Pour les marionnettistes, la trahison est une tunique de Nessus. Les papillons noirs de l'inframonde ne cessent de voleter autour de moi. Sans doute m'a-t-on placée pendant des années sur écoute pour s'assurer que ma défection ne risquait pas de se transformer en une dangereuse confession devant des caméras de télévision ou sur les réseaux dits sociaux. Peur que je parle. Dans les catacombes de l'espionnage, la suspicion est une loi fondamentale. Je connais la règle, je l'ai appliquée avec rigueur. Encore aujourd'hui, je l'accepte sans m'indigner. Je n'ai pas tué cette fillette mais je n'ai pas trahi. Je ne renie pas mon histoire, je reste fidèle à mes convictions. Est-ce trahir que de retrouver un peu d'humanité ? À chacun sa réponse. J'ai donné la mienne et j'en accepte les conséquences.

*

Après les événements de Versoix, j'ai cru que j'étais morte. Vivante mais morte. Tout mon être était anesthésié, vide, absent. Je n'éprouvais rien, ni émotion ni culpabilité. Je vivais recluse dans cette immense maison d'Acco, absente du monde et de moi-même. Je ne faisais plus la différence entre les jours et les nuits et négligeais mon apparence. Je restais la femme sans larmes et demeurais indifférente à tout. J'étais dans un temps suspendu, immobile, entre parenthèses. Je ne savais même pas quoi espérer, sinon que vienne un sommeil définitif qui mettrait un terme à cet état.

Combien de temps avais-je devant moi ? Même cette question ne parvenait pas à m'arracher à mon anéantissement. Il n'y avait personne autour de moi. J'étais recluse et ne sortais plus dans les rues grouillantes de cette ville où j'avais tant aimé flâner. Les souvenirs ne me harcelaient pas. Ils semblaient enfuis et à jamais perdus. Seule une femme à tout faire entrait dans la maison chaque matin. Je ne la connaissais guère. Elle était là pour cuisiner, faire le ménage et rendre compte de mon état aux tireurs de ficelles. Elle m'observait à la dérobée, rangeait mon bureau avec minutie sans y trouver autre chose que des échanges avec mes musiciens ou mon agent qui n'était plus celui de mes débuts. J'avais rompu avec lui après la mort du colonel dont il était l'un des sbires. Ainsi allait mon existence, sans hauts ni bas, dans un néant dont je sortis un matin sans vraiment le vouloir.

Je m'étais levée à l'aube. Le soleil brillait dans un ciel sans nuages. Après avoir avalé un café sur la terrasse, j'avais soudain éprouvé un irrépressible besoin physique de sortir de la maison. Acco s'éveillait. Sans m'en rendre compte, je marchais vite, obéissant au rythme que m'imposait mon corps, ignorant le monde autour de moi, poussée par une force invisible mais sans doute palpable car toutes les personnes que je croisais s'écartaient pour me laisser passer et m'observaient, le regard troublé. Sans le décider, comme envoûtée, je me rendis dans le cimetière où reposaient mes parents, au sud de la ville. Je ne l'avais pas fait depuis le décès de ma mère. Leur dernière demeure était notre maison des remparts et leur présence y était telle qu'il ne m'était pas nécessaire d'aller me recueillir sur leur sépulture. La pierre tombale était horizontale et leurs noms gravés dessus, suivis pour chacun de la phrase rituelle du livre du prophète Samuel : *Que son âme soit reliée au faisceau de la vie.* Les trois galets ronds et blancs que j'y avais déposés quatre années plus tôt étaient toujours là. Je voulais ressentir leur présence et me plongeai dans un profond recueillement, ignorant tout du va-et-vient provoqué par un enterrement à une trentaine de mètres de là. Au bout de très longues minutes, alors que je n'éprouvais aucune émotion, ma poitrine se souleva, un soupir incontrôlé, presque un cri, jaillit de ma bouche et mon visage s'inonda de ces larmes si longtemps retenues. Je me laissai choir sur la tombe. Une femme vint me prendre par les épaules, m'aida à me redresser. Elle me sourit et murmura, en me pressant contre elle : « Vous verrez, la mort révèle ce qui est caché, comme moi vous trouverez une réponse et vous en serez plus apaisée. J'ai parcouru ce chemin depuis la mort de mon fils dans un attentat. » Elle recula d'un pas, m'accorda un nouveau sourire puis s'en alla rejoindre le cortège des obsèques qui s'ébranlait vers la sortie du cimetière. Le soleil était haut quand je pris le chemin du retour et le ciel toujours bleu.

Je retraversai la ville. Son animation, ses cris, ses disputes, ses visages réveillèrent en moi un peu de joie. J'étais redevenue vivante parce que cette femme m'avait fait comprendre ce que mes parents me demandaient dans le silence de leur tombe, leurs deux âmes reliées au faisceau de ma vie. Je fis quelques courses, achetai des fruits, entrai dans une boutique de mode, passai un peu de temps en essayages, saisie d'une coquetterie envolée depuis la disparition de William, choisis un pantalon bleu pâle, un chemisier de soie et une veste en laine assortis, des couleurs que j'avais oubliées et qui n'étaient plus tout à fait de mon âge. La vendeuse me fit des compliments sur ma silhouette et me rassura sur mon choix d'une phrase toute faite : « Ça vous va très bien. » Devant mon regard amusé qui disait que je n'étais pas dupe, elle ajouta : « Madame, je le pense vraiment. » Je la remerciai en riant, je retournai d'un pas rapide chez moi, j'enfilai sans hésiter ces vêtements et ressortis pour déjeuner dans l'un des restaurants du vieux port. Le patron savait qui j'étais. Il m'accueillit avec enthousiasme et reproche : « Nous vous admirons beaucoup mais nous ne vous voyons jamais chez nous. Nous sommes fiers d'enfin vous recevoir. » Quelques bateaux revenaient encore de leur matinée de pêche et les quais étaient animés. Le grouillement et l'exubérance qui en jaillissaient me divertirent comme jamais depuis des années. Le monde était beau. Une envie folle de le réintégrer une fois pour toutes me gagna sans que, pour la première fois, je m'en défende. Il était inutile que je m'interroge sur le changement qui s'opérait en moi, même si je pressentais que ça n'irait pas sans de grands orages intérieurs.

Le soir, mon regard s'arrêta sur un livre dans la vaste bibliothèque constituée par mes parents. Je l'avais peu enrichie sinon de quelques partitions originales et d'ouvrages consacrés au jazz. Toute l'œuvre de Martin Buber, aussi bien ses travaux philosophiques que ses contes hassidiques et ses récits, y figurait. Mon père et ma mère en étaient de fervents lecteurs. Je pris entre mes mains *Gog et Magog* que l'on m'avait fait lire dès l'âge de 12 ans. L'ouvrage était encore marqué de signets pour retrouver des phrases qui avaient été soulignées au crayon. Je m'arrêtai sur celle-ci : « Dieu m'a fait libre et je le trahis si je me laisse contraindre. » Elle n'était pas restée dans ma mémoire car j'avais cessé de croire en Dieu avec la mort de mon père. Un éclair me traversa l'esprit, mon père m'avait fait découvrir ce livre pour que je comprenne l'usage d'une liberté qu'il ne s'était pas accordée à lui-même. Sans jamais les contester, il avait répondu à tous les ordres de l'armée. L'heure pour moi était venue d'en finir avec mes fers.

*

Pour sortir de la prison dans laquelle je m'étais enfermée, je décidai dès le début de l'année 2023 de recommencer à chanter. Je fus d'autant plus réclamée que mon silence depuis trois ans était devenu un mystère. Certains se demandaient si je n'avais pas été victime de l'épidémie. Seuls mes fidèles musiciens savaient que j'étais en train de renaître. Mon come-back connut un succès immédiat. Je symbolisais une époque envolée avec mon répertoire toujours fait de vieux standards. Je plus à un nouveau public parce que je datais. Quelle ironie ! Pour beaucoup, j'incarnais l'insouciance disparue et réveillais la nostalgie de temps prétendument heureux.

Lorsque revient l'automne, je refais donc chaque année le même parcours musical six semaines durant.

Mes étapes sont invariables : Tel-Aviv, Jérusalem, New York, Londres, Paris, Turin. Je ne donne jamais plus de trois concerts dans chacune de ces villes. Tous sont à guichets fermés. Je ne rencontre que peu de monde au cours de ces tournées et me tiens à distance des médias. Les ambassadeurs israéliens m'invitent parfois à dîner pour me rendre hommage et célébrer ma carrière, j'exige que mes musiciens le soient aussi. Ils forment le cercle de mes vrais amis. Le jazz et l'âge nous unissent. Malgré notre complicité, ils ne connaissent aucun de mes secrets. Pour eux, je reste The Red Lady. À Turin, je retrouve mes deux compagnons de la sainte Larissa, Anna et Vittorio Bonsignor. Ils ont passé le cap de la soixantaine et renoncé à toute activité après avoir formé un nouveau réseau dont je ne sais rien. L'agence de voyages de la via Po a disparu. Ils ont choisi de vieillir dans la capitale du Piémont mais s'en vont tous les printemps pour deux mois à Jaffa chez la sœur d'Anna. Quand je suis dans leur ville, nous passons toujours deux soirées ensemble, l'une chez eux au cours de laquelle nous ne pouvons nous empêcher d'évoquer notre vie d'avant, l'autre à l'issue de l'un de mes trois concerts annuels turinois pour boire et rire avec les musiciens au Carignano, le restaurant étoilé de l'hôtel Sitea.

Au cours de ces années, ma vie extérieure s'est ritualisée. J'ai le sentiment de ne plus être qu'une chanteuse confite dans sa renommée passée. Ma voix a changé. Elle s'est embrumée car je suis devenue une grande fumeuse. La cigarette peuple mon vide. Les critiques adorent le voile qui désormais rend mon chant lointain, plus mystérieux. Certains écrivent que ce nuage donne à mon jazz une touche mélancolique. Cette bienveillance me laisse indifférente. Ma carapace est trop épaisse pour être sensible aux compliments ou affectée par des réserves sur mes concerts. Je vis la musique en liberté et ne cède qu'à mes envies. Le jazz est l'ultime refuge de mes désirs. Grâce à lui, je ne suis pas devenue un zombie. Sans lui, je ne serais plus là en train de me battre pour surmonter mon passé et gagner le droit de mourir sans son poids au moment du dernier souffle.

*

Pour tenter d'y parvenir, je me suis imposé une ultime épreuve. Déchirer le livre figé de mes souvenirs familiaux. Les questions grouillèrent de nouveau dans ma tête transformée en nid de vipères. Devais-je porter seule le fardeau de mes assassinats comme j'avais toujours voulu le croire ? Avais-je eu le choix ? Pouvais-je être innocentée ? Mes remords, tel un cancer psychologique, se nourrissaient encore de la conviction que j'étais seule responsable des meurtres que j'avais perpétrés. Versoix ne me rachetait de rien. Je ne pouvais revenir à la vie et mourir sereine qu'en me débarrassant de cette culpabilité agrippée à mes pensées. Il fallait que je devienne l'inquisiteur implacable de mes actes. Que je rompe les digues bâties au plus profond de mon être. Je devais entreprendre une fois pour toutes, et de manière radicale, le démontage pierre par pierre de cette pyramide intérieure, tombeau de ma vérité. Les dernières années de mon existence suffiraient-elles à démolir les certitudes qui m'avaient conduite à prendre tant de vies ?

Pourquoi avais-je vengé mon père ? Shihabi était un horrible satrape, le pire des salauds parmi les salauds, mais il n'avait aucun lien de près ou de loin avec sa mort atroce alors que ses hommes l'avaient abandonné dans un combat perdu d'avance. Les premiers coupables étaient les membres du commando qui l'avaient laissé seul face à la barbarie de ses ennemis. Des Juifs sacrifiant des Juifs comme des kapos dans un camp de concentration. Je voulus alors retrouver le vieux soldat chancelant qui m'avait tout avoué et que j'avais absous lors des obsèques du colonel. J'avais besoin maintenant d'avoir plus de détails sur ce qui s'était passé. Hélas, il était mort peu après l'enterrement et n'avait rien laissé derrière lui. Je réussis à dénicher une lointaine famille qui ne savait rien de son passé. Une cousine m'expliqua qu'il avait été malade et, comme j'insistais, avoua avec beaucoup de gêne qu'il avait choisi d'en finir lui-même avec la vie. Dans un dernier mot, il avait écrit : *Je ne veux plus souffrir.* De quels maux avait-il voulu se libérer ? J'enquêtai dans les hôpitaux, auprès de son médecin, et je finis par apprendre qu'il n'avait qu'un cancer bénin de la prostate ne mettant en rien son existence en péril. De terribles remords l'avaient donc rongé jusqu'à le pousser au suicide et à violer les règles du Talmud. Pour qu'ils le conduisent à cette extrémité, les faits devaient être encore plus graves que ceux qu'il m'avait dévoilés.

*

Je décidai de reprendre contact avec le Mossad afin de poser des questions sur ces événements. Je ne me berçais pas d'illusions. Cet épisode vieux de soixante ans était toujours couvert par le secret. Était-il même encore archivé ? Alors que j'étais un paria dans ces murs, je fus surprise que l'on donne suite à ma démarche. De manière surprenante, ce fut même le directeur qui me reçut. Je savais qui il était et ce qui nous rapprochait. Jeune officier, il avait été protégé et formé par le colonel. C'était le beau lieutenant que j'avais remarqué à ses obsèques. Auréolé de ses succès dans la lutte contre le terrorisme, reconnu pour ses talents de stratège, ambitieux et habile, il était devenu général à 46 ans avant de prendre la direction des opérations d'espionnage. Il m'accueillit avec froideur, sans formuler le moindre reproche. Il savait pourtant tout de moi. Il écouta avec attention ma requête sur les circonstances de la mort de mon père. Il me demanda pourquoi, après tant d'années, je tenais à savoir ce qui s'était passé. Je lui répondis que cette mort avait conditionné ma vie et expliquait l'épaisseur du dossier posé devant lui sur son bureau. « Le dossier familial, sans doute », ajoutai-je, sarcastique. « Je vois que vous n'avez rien perdu de votre perspicacité, répliqua-t-il, enfin souriant. Votre réaction fait que je comprends mieux vos états de service exceptionnels en dépit de l'épisode suisse. » Je restai muette. Un peu embarrassé, il ajouta : « Pardonnez-moi d'avoir maintenu une surveillance rapprochée ces dernières années. J'imagine qu'elle ne vous a pas échappée. Elle est classique mais je n'ai personnellement jamais douté de votre fidélité. Le colonel vous a toujours citée en exemple. » Il marqua un silence, soupira puis ajouta : « Il est si difficile d'éliminer un enfant, parfois c'est pourtant une horrible nécessité. » Je repris la parole : « Ne me demandez pas de m'expliquer à ce sujet. Chacun a une histoire personnelle qui éclaire ses gestes. Mon histoire dans le Mossad justifie cependant que je puisse consulter le dossier de mon père. S'il existe encore ! » Il me regarda intensément, posa les mains sur l'épaisse chemise devant lui et me dit : « Soit, il est là en effet, joint au vôtre. On ne peut les séparer et vous n'allez pas aimer ça. J'aurais préféré vous épargner cette lecture. Si vous essayez d'en faire le moindre usage public, je vous fais taire. C'est clair ? »

Je restai impassible. J'étais redevenue la guerrière que j'avais été. Il savait bien qu'il s'agissait d'une affaire entre moi et moi et que rien ne serait rendu public. Mais je n'imaginais pas ce que j'allais découvrir dans la volumineuse chemise cartonnée qu'il me tendit tout en me disant qu'il devait m'installer dans la salle de réunion voisine de son bureau. Il ouvrit une lourde porte sur la droite. J'entrai dans un bunker vide, un sanctuaire sans fenêtre, inaccessible aux oreilles électroniques, un lieu de mort où se décidaient les actions les plus clandestines. D'un ton ironique, le général me lança avant de se retirer : « Vous ne connaissiez pas ce lieu ? Tout ce que vous avez fait pendant cinquante ans y a été concocté. Vous avez une heure. Pas plus. » La porte se referma. Elle était codée, il m'était impossible d'en sortir sans aide extérieure. Je fis le tour de la vaste pièce. Les murs étaient blancs. Pas la moindre décoration. Ni carte, ni tableau, ni photo. Une longue table en occupait le centre. Je comptai sept sièges. Sept comme les branches de la ménorah qui forme les armoiries de l'État d'Israël. Je ne pouvais découvrir la vérité que dans ce saint des saints.

*

Je m'assis face à la porte puis je fermai les yeux pendant une bonne minute avant d'ouvrir le dossier : qu'allais-je découvrir ? Sur une première fiche étaient consignés les noms des personnes qui l'avaient déjà consulté. Ne figuraient dans la liste que les directeurs du Mossad et le colonel. La première et la deuxième page, tapées très serrées, contenaient de brefs résumés biographiques de mon père et de ma mère, origines parentales, date et lieu de naissance, de mariage, de décès, caractéristiques physiques, énumération des biens, la maison d'Acco, un immeuble chic de trois étages avec terrasse à Tel-Aviv, un important portefeuille d'actions, tout ce dont j'avais hérité. La troisième page détaillait sèchement les différentes étapes de la carrière militaire de mon père. Les circonstances de sa mort n'y étaient pas précisées. Le quatrième feuillet décrivait les activités de mécénat de ma mère et ses liens avec le Mossad. Le cinquième me concernait et recensait les mêmes choses, au fond assez ordinaires. Il y était indiqué que j'avais été un agent sous couverture, sans précision sur les actions que j'avais menées. Sans doute étaient-elles recensées dans un autre document. Les renseignements sur mon parcours à l'opéra et dans le jazz étaient brefs. La date de la mort restait en blanc... Le travail était à la fois concis et précis. Je ne relevai aucune erreur.

Les feuillets suivants, rédigés sur un épais papier jauni, étaient glissés dans deux transparents en plastique comme si on avait voulu que ces documents soient préservés pour l'éternité. Il n'y avait qu'une quarantaine de pages classées dans un ordre chronologique. Je les sortis avec précaution et en commençai la lecture. Dès la première phrase, je compris que c'était le récit clinique, froid, de faits inavouables : *Seul l'intérêt supérieur de l'État explique ce qui suit.*

Il ne me fallut guère plus d'une demi-heure pour tout lire. Chaque ligne fut un choc. La première partie était consacrée à ma mère, dont je découvris sans grand étonnement qu'elle aussi avait été un agent très actif. Je m'étais toujours interdit de m'interroger sur ses secrets. Je les pressentais mais je ne voulais voir en elle qu'une mère adorée. Engagée dès son plus jeune âge, elle avait fait de son mécénat culturel un véhicule pour financer des opérations discrètes, notamment la constitution de dossiers sur les hommes politiques israéliens et leurs faiblesses. Elle avait également convaincu de grands artistes d'origine juive de rendre des services à Israël.

L'essentiel suivait. Il était sidérant et me coupa le souffle : mon père était le colonel Meir Aaron. Ma mère en avait fait elle-même l'aveu dactylographié dès la fin juin 1967. Le ton du texte était sans affect, un rapport de police. Elle y racontait qu'elle était tombée enceinte dans les semaines qui avaient précédé le départ de son amant pour une opération commando en Égypte au printemps 1953. Il avait été porté disparu. Elle avait alors cherché un père à son futur enfant. Elle choisit le jeune héros qu'elle avait croisé des années plus tôt à Beer-Sheva et que lui avait présenté le futur colonel avant d'être déclaré mort au combat. Elle ne lui cacha pas la vérité et ils s'empressèrent de se marier. Meir Aaron réapparut avant même que je voie le jour. Il était tombé entre les mains des Égyptiens. Mis au cachot comme monnaie d'échange, il avait été récupéré six mois plus tard contre dix prisonniers arabes. À son retour, d'un commun accord, mes parents devenus follement amoureux l'un de l'autre lui turent la vérité. Longtemps, il ignora qu'il était mon vrai père. Mes parents veillaient toujours à m'éloigner lorsqu'ils le recevaient à Acco. Ils n'avaient pu éviter, le 7 juin 1967, qu'il déjeune à notre table. Il avait débarqué à la maison quelques heures avant de partir en opération avec mon père dans le Golan. Il y eut un conciliabule entre mon père et ma mère à la fin du repas. Ils décidèrent alors de tout lui révéler. Je fus expédiée dans ma chambre. Mon père proposa au futur colonel de fumer un cigare sur la terrasse. Il lui raconta tout, en présence de ma mère muette.

Le témoignage de ma mère s'arrêtait là. Elle n'expliquait pas leur décision d'en finir avec ce secret de famille. Je ne peux faire que des suppositions. Je veux croire que celui que j'appelle encore mon père sentait sa fin proche et que cet homme intègre étouffait de son mensonge par omission.

Ce récit était daté du 20 juin 1967, dix jours après son massacre. La suite avait été rédigée par un dirigeant du Mossad et relatait les faits du 10 juin. Une enquête avait été diligentée, tout le commando avait été interrogé et une équipe s'était rendue sur les lieux pour retrouver les restes de mon père et découvrir ce qui s'était déroulé. Il était écrit que tous ces hommes étaient des guerriers intrépides, courageux, capables de prendre les plus grands risques sans succomber à des pulsions meurtrières. Tous avaient fait le serment de ne rien cacher à leurs chefs et de livrer des rapports fiables. Les faits étaient racontés de manière neutre. Alors qu'ils s'enfonçaient dans la tenaille syrienne pour tenter de la faire sauter, mon père avait répondu d'une voix trop forte à Meir Aaron qui venait de lui parler à voix basse : « Tu ne me la prendras pas. Plutôt mourir. » Cet échange aussi bref que violent expliquait la suite. Mon père prit soudain le parti du pire avec une option tactique qui présentait des risques inconsidérés. Meir Aaron avait alors appelé l'état-major pour exposer sans détour les choix de son chef. Il avait évoqué sa colère froide et les raisons cachées de cette conduite suicidaire. Ordre lui avait été aussitôt donné de le neutraliser, mais mon père se retourna contre les hommes qui cherchaient à l'appréhender, il les menaça armes à la main, les traita de lâches puis disparut. Meir Aaron redemanda des consignes. L'état-major exigea qu'il décroche avec tout le commando. Ils abandonnèrent mon père sans en débattre entre eux. Ils obéirent sans discuter mais ces soldats se sentirent à jamais responsables de sa mort. Ses restes furent récupérés le lendemain, en charpie comme on me l'avait toujours dit.

Les derniers feuillets sous plastique m'étaient consacrés. Il y était expliqué qu'il fallait utiliser les conditions officielles de la mort de mon père et tous les ressorts de la vengeance pour me transformer en kidon. La tâche avait été confiée au colonel, qui eut ordre de ne rien m'avouer mais de revoir ma mère pour l'apaiser sur mon sort sans lui dévoiler avec précision le rôle auquel on me destinait. Meir Aaron accepta. Aucun commentaire n'éclairait sa démarche. La suite était une série de comptes rendus de mes assassinats, des opérations que j'avais supervisées avec des conclusions sèches sur mon efficacité, sur mon comportement à Versoix, jugé sévèrement. Il y avait aussi de brefs rapports sur ma vie privée au cours des dernières années et quelques lignes sur mon lien avec William Kfencet et sa petite-fille Mara. Tous constataient qu'en dépit de l'épisode suisse, je restais d'une parfaite loyauté.

*

Tuer m'avait appris le sens du tragique mais pas de la tragédie, cette mécanique diabolique implantée dans la tête de certains êtres humains pour peser sur leur destin. J'avais été programmée par l'homme même qui aurait dû me protéger. L'essentiel de mon existence reposait sur le sable mouvant du mensonge, je l'avais pratiqué et j'en avais été la victime. Telle était la répugnante vérité. Pourtant, en refermant le dossier, je sentis que le poids du passé était devenu plus léger. Le sentiment d'absolue culpabilité qui m'avait envahi au fil des ans avec son cortège de lancinants remords s'atténua. J'étais à la fois accablée par ce que je venais de lire et soulagée.

La seule question qui demeurait était : comment aurais-je pu éviter d'être celle que j'avais été ? Dans les minutes qui précédèrent le retour du directeur du Mossad dans ce bunker, je la tournai et retournai dans tous les sens. Je ne voulais pas m'innocenter mais ce dossier était la preuve que les rênes du mors que l'on m'avait passé étaient trop courtes pour que je puisse m'en libérer. Toute la cruauté dont j'avais fait preuve tenait à une histoire fabriquée. Je n'étais pas innocente car quelque chose de terrible au fond de moi ne m'avait pas empêchée de commettre ces meurtres, mais aurais-je agi ainsi si je n'avais pas été manipulée et jetée dans le piège fatal de la loi du talion ? Je méritais tous les reproches que l'on puisse imaginer, ma vie n'avait été que misère et erreur ; pourtant ma conscience, à ce moment-là, devint plus sereine. J'avais le sentiment que la vérité me donnait la clé pour déverrouiller de l'intérieur la prison psychologique dans laquelle ces secrets m'avaient si longtemps enfermée. Peu à peu, j'allais quitter l'enfer des remords pour entrer dans le purgatoire des regrets et de l'acceptation de mes crimes. Mon histoire me serait plus supportable qu'elle ne l'avait été jusqu'alors. La machine avait tout fait pour tuer ma sensibilité, par chance je n'étais pas tout à fait vitrifiée. Envers et contre tout, Versoix en était la preuve. Une part d'humanité avait survécu, sans doute grâce à ma passion du chant, un refuge imperméable au mal. C'était le vrai royaume de mes émotions. J'aurais aimé me rebeller, hurler. Je dois l'avouer, aucune révolte ne surgit en moi après avoir lu ce dossier. Impossible de désigner des coupables. Tout le monde avait été broyé par l'Histoire, aussi bien mes parents que le colonel, contraint à la fois de me transformer en criminelle et de veiller sur moi. Même l'homme qui allait ouvrir la porte pour me permettre de sortir du bunker était une victime. Il était comme tous les miens, prisonnier d'un destin qui permettait aux Juifs de survivre par tous les moyens, envers et contre tout. J'avais partagé cet immémorial fardeau depuis l'âge de 13 ans et j'en avais maintenant 75.

La porte s'entrebâilla en silence. Le général la poussa et apparut dans son encadrement, solennel, regard direct fixé sur moi, muet. Je lui tendis le dossier sans prononcer un mot. Nous passâmes dans son bureau, incapables l'un et l'autre de parler. Alors que j'allais le quitter, il me demanda simplement : « Où allez-vous, maintenant ? » Je pense lui avoir souri et j'ai prononcé cette phrase de William, sa formule magique pour lutter contre son propre désenchantement : « Vers la vie ! Oui, vers la vie. »

10

Ultima verba

« Thank you, thank you… Now a last song in memory of a very good friend… It was a long time ago… It will be also my last song on stage… "Glad to Be Unhappy"… the story of my life. Thank you for everything… »

Look at yourself, if you had a sense of humor
You would laugh to beat the band
Look at yourself, do you still believe the rumor
That romance is simply grand ?
Since you took it right on the chin
You have lost that bright toothpaste grin
My mental state is all a-jumble
I sit around and sadly mumble

Fools rush in, so here I am
Very glad to be unhappy
I can't win, but here I am
More than glad to be unhappy
Unrequited love's a bore
And I've got it pretty bad
But for someone you adore
It's a pleasure to be sad

Like a straying baby lamb
With no mammy and no pappy
I'm so unhappy
But oh, so glad !

C'était il y a six mois à New York, en novembre 2029. J'ai quitté la scène du Village Vanguard sur ces derniers mots. Le public s'est levé et a tambouriné pour que je revienne. Je suis restée dans ma petite loge. Les applaudissements ont duré longtemps encore tandis que les musiciens reprenaient la chanson à la manière de Paul Desmond, comme l'aimait tant l'homme qui ne m'a jamais manipulée.

Je suis rentrée aussitôt après ce concert à Acco. Depuis, je n'ai plus quitté ma maison et la ville. Tout me dit dans mon corps que le crépuscule est proche. Le temps des remords est refermé. Il ne me reste que des regrets apaisés et des larmes de délivrance. J'attends sans crainte que mon sang se fige devant le soleil qui se noie chaque soir sous mes yeux.

Remerciements

Tout au long de ce voyage avec Nahama, j'ai beaucoup consulté, lu et relu, romans, essais, textes épars. Dans le désordre, voici quelques-uns de ces irremplaçables compagnons de route auxquels tantôt j'emprunte des citations tantôt je fais, chemin faisant dans cette histoire, de vrais clins d'œil. Ron Rash, Romain Gary, Joseph Conrad, Friedrich Nietzsche, Robert Littell, John le Carré, Nicole Krauss, Franz Kafka, Vladimir Jankélévitch, Blaise Cendrars, Oscar Vladislas de Lubicz-Milosz, Eschyle, Hannah Arendt, Karl Abraham, Don Winslow, Virginie Despentes, Pierre Hazan, Billie Holiday, Alain Lacombe, Jean Abitbol, Manon Dollé Tricard, Yves Bichet, Georges Perec, Maxime Gorki, Léon Tolstoï, Francis Scott Fitzgerald, William Kennedy, Lauren Groff, Joe Willie Wilkins, R.J. Ellory, Michel Erman, Ernest Hemingway, Gordon Thomas, Matti Friedman, Ronen Bergman.

Photocomposition PCA

Achevé d'imprimer en janvier 2022
par l'imprimerie Bussière 18200 Saint-Amand Montrond
pour le compte des éditions Calmann-Lévy
21, rue du Montparnasse 75006 Paris

PAPIER À BASE DE
FIBRES CERTIFIÉES

CALMANN LEVY s'engage
pour l'environnement en réduisant
l'empreinte carbone de ses livres.
Celle de cet exemplaire est de :
700 g éq. CO_2
Rendez-vous sur
www.calmann-levy-durable.fr

N° d'éditeur : 1851437/01
N° d'imprimeur : 2063019
Dépôt légal : février 2022
Imprimé en France.